Abgetakelt

André Bawar, 1962 in Schleswig an der Schlei geboren, machte sein Abitur in Hamburg und studierte in Berlin Kommunikationswissenschaften und Soziologie. Zwanzig Jahre arbeitete er als freier Journalist für Fernsehsender. Heute lebt er als Roman- und Drehbuchautor in Mecklenburg und Berlin. Im Emons Verlag erschienen »Lachsblut«, »Wismarbucht« und »Poeler Pokale«.
www.moewenkopf.de

Die Personen in diesem Roman sind frei erfunden. Ähnlichkeiten mit Lebenden oder Verstorbenen wären nicht gewollt, sondern rein zufällig. Bei der Erwähnung realer Tötungsdelikte aus der deutschen Kriminalgeschichte sind Fakten in Teilen bewusst verfremdet worden.

ANDRÉ BAWAR

Abgetakelt

KÜSTEN KRIMI

Hansens letzter Fall

emons:

Bibliografische Information der Deutschen Nationalbibliothek
Die Deutsche Nationalbibliothek verzeichnet diese Publikation
in der Deutschen Nationalbibliografie; detaillierte bibliografische
Daten sind im Internet über http://dnb.d-nb.de abrufbar.

© Hermann-Josef Emons Verlag
Alle Rechte vorbehalten
Umschlagmotiv: André Bawar
Umschlaggestaltung: Tobias Doetsch
Druck und Bindung: CPI – Clausen & Bosse, Leck
Printed in Germany 2012
ISBN 978-3-95451-008-5
Küsten Krimi
Originalausgabe

Unser Newsletter informiert Sie
regelmäßig über Neues von emons:
Kostenlos bestellen unter
www.emons-verlag.de

Für meinen Bruder

»*Kein Mensch ist glücklich, bis er nicht tot ist.*«
Wim Wenders, Palermo Shooting, 2008

»*Wer gemeinsam dem Tod ins Auge geblickt hat,
kommt ein Leben lang nicht mehr davon los.*«
Jan Brandt, Gegen die Welt, 2011

1

Freitag, den 11. Dezember

Ruckartige Bewegungen zum Fenster. Abrupt, knirschend, mit tiefem Gurgeln. Mir ging das jedes Mal durch Mark und Bein. Ihr Blick war suchend oder verängstigt oder beides in einem. Tagsüber hörte ich sie nicht nur, dann sah ich sie mit eigenen Augen. Ihr geschwächter Oberkörper bäumte sich auf und sackte dann ins durchgelegene Bett zurück. Am Abend stellten die Schwestern einen halbhohen Sichtschutz zwischen unsere beiden Betten, eine Art spanische Wand – zwei Meter breit und knapp anderthalb Meter hoch. Das Aufbäumen hatte ich somit nur noch vor meinem inneren Auge, ihre Unruhe blieb dennoch unangenehm.

»Sie sollten sie endlich schicken. Na ja, sie hat halt ihre Macken und vor allem viel zu tun. Tststs ... Bin jetzt neunzig. Ja.«

Neben dem Bettenradau störten die endlosen Selbstgespräche. Dagegen half kein noch so gut gemeinter Sichtschutz. Zwei lange Tage hatte ich versucht, mit meiner Zimmer- und Leidensgenossin in einen wie auch immer gearteten Dialog zu treten. Zum Scheitern verurteilt. Die Schuld lag nicht allein bei ihr, vor allem mir fiel das Reden äußerst schwer: Magensonde, wegen einer (vermutlich) harmlosen Fischvergiftung. Durch einen fixierten Beißring zwischen meinen Schneidezähnen glitt ein Schlauch durch Mund und Rachen, schlängelte sich die Speiseröhre bis tief in den Magen-Darm-Trakt hinunter. An gepflegte Unterhaltung war nicht zu denken. Ein bisschen Gebärdensprache mit den Händen und mimische Reaktionen, hier ein zustimmendes Brummen, dort ein ablehnendes Schnarren – tagsüber, wohlgemerkt.

»Tststs ...«, zischelte Frau Schmatz mal wieder. Ihr Lieblingskommentar zu allem und jedem. »Bin jetzt dreiundneunzig und bleibe, solange ich will. Ja. Tststs ...«

Ihre freiwillige Altersangabe stimmte nicht. Oma Helga, wie sie von den meisten Schwestern hier gerufen wurde, hieß mit vollständigem Namen Helga Maria Schmatz und war letzten August achtundachtzig Jahre alt geworden. Die Dreiundneunzig war Wunschdenken. Ab einem unrettbar schlechten Gesundheitszustand machten sich die Senioren vor allem in den Pflege- oder Geriatrieabteilungen gern ein bisschen älter, als sie tatsächlich waren. Alle Welt vermutete das Gegenteil. Ein Denkfehler der jüngeren, gesunden Menschen.

Zutiefst überzeugt, noch eine gute Zeit vor mir zu haben, machte ich dagegen in der Öffentlichkeit keine Angabe über mein Alter.

»Neunzehn ... sechsundzwanzig ... acht ... sechs ...« Helga Schmatz murmelte wirr vor sich hin. Dann hörte ich sie ruckartig ihre Beine anwinkeln, bevor sie flüsternd fortfuhr: »Zwölf ... Tststs ...«

Ich versuchte, mir einen Reim daraus zu machen: vielleicht Geburtsdaten? Doch schon nach wenigen Interpretationsversuchen gab ich vorschnell auf.

»Ab einem bestimmten Alter ist man nur noch allein«, grübelte sie scharfsinnig.

Dann war die Gefahr groß, dass das hohe Alter zur Quälerei wurde: Krankheit, Senilität, Demenz. Selbst einfache Hilfsbedürftigkeit, davon lernte man nicht nur in einem Altersheim schnell ein Lied zu singen, konnte den Alltag schrecklich belasten.

Obwohl ich für mein Unwohlsein bislang keine simple plausible Erklärung bekommen hatte, nahm ich an, dass es mich wohl beim letzten Fischgericht erwischt hatte. Der Fisch aus der Ostsee war normalerweise tadellos.

Das kommt davon, wenn man einmal keinen Fisch aus heimischen Breitengraden kauft, sondern einem von fernen Längengraden vertraut, dachte ich ein bisschen verärgert.

Vielleicht war es auch einfach nur Pech gewesen. »Eine echte Delikatesse«, so hatte Fisch-Kröger mir den Exoten schmackhaft machen wollen. Außerdem hatte ich mir extra ein fernöstliches Kochbuch besorgt, um bei der Zubereitung besonders viel Sorgfalt walten zu lassen. Schon kurz nach dem Abschmecken war ich ins Schwitzen gekommen. Doch war das gar nichts gegen den Schüttelfrost und das Schwindelgefühl, das mich einige Stunden nach dem Verzehr gepackt hatte.

Meinen Haushalt hatte ich immer noch fest im Griff, und die Nordische Fischplatte, die ich mehrfach pro Jahr in Angriff nahm, wurde üblicherweise vorzüglich. Da gab es für meinen Sohn und unsere Freunde nichts zu meckern. Vier Sorten Fisch eiferten regelmäßig um deren Gunst: gebratene Scholle, gekochter Dorsch, gedünsteter Lachs und geräucherter Aal. Da ging ich auf Nummer sicher. Dazu reichte ich gern Bratkartoffeln mit viel Speck und Zwiebeln, Krautsalat, Rote Beete oder wahlweise saure Gürkchen …

Puh! Ich konnte nicht dran denken, eine neue Übelkeit stieg in mir auf. Dr. Jepsen hatte meinen Magen auspumpen und zusätzlich eine Infusion in den linken Handrücken legen müssen. »Ein Gegengift und muskelentspannende Mittel«, hatte er erklärt, »das A und O bei Botulinumtoxinen.« Was immer das sein mochte.

Und das nächste Festessen stand bereits auf der Tagesordnung: Heiligabend, keine zwei Wochen mehr hin. Hoffentlich war ich bis dahin wieder auf dem Damm und an meinen Herd zurückgekehrt. Erst zum Weihnachtsgottesdienst in die Sankt-Nikolai-Kirche und dann eine Handvoll Gäste bei uns in der Wohnküche in der Böttcherstraße. Nordische Fischplatte, Wismarer Pilsener, alles wie immer und alles vom Feinsten.

Vorwurfsvoll blickte ich zur spanischen Wand, Oma Helga hatte in diesem Moment geräuschvoll in ihr Federbett gefurzt. Flatulenz war bei älteren Menschen und vor allem nächtens verbreitet, dennoch empfand ich ein so lautstarkes Entweichen der Darmgase als ein bisschen tadelnswert. Ich rümpfte die Nase und knurrte klagend an meinem schrecklichen Schlauch vorbei.

»Verlassen. Verlassen und alleingelassen. Tststs. Sie ist schon ein Fuchs!«, fuhr sie fort, pupste nochmals und schien einmal mehr abrupt ihre Beine anzuwinkeln »Ich brauch meine regelmäßige Gehtherapie.«

Vom einzigen männlichen Pfleger der Station wurde Helga Maria Schmatz despektierlich Oma Muschi genannt. Ein Grobian, den ich bei meiner Aufnahme gestern Morgen kennengelernt hatte. Unverblümt hatte er mir erzählt, dass man Oma Muschi vor langer Zeit aus ihrer Wohnung Am Poeler Tor geholt hatte. Sie hatte nur noch äußerst schlecht laufen können, in ihrem Ohrensessel vor dem laufenden Fernsehgerät gesessen, und ein gutes Dutzend verwahrloster Katzen war hungrig um ihre fast tauben Beine gestreunt.

»Ein schöner Tag. Ein schöner Wintertag heute. Und ich bin ein Glückspilz!«

Ihr kranker Körper schoss nach oben. Ihre trüben Augen schauten dann immer – das hatte ich mehrfach beobachten können – apathisch aus dem Fenster. Einfach ins Nichts. Denn von unseren Betten aus hatte man nur den Blick entweder in einen küstengrauen oder einen tintenblauen Himmel. Weder einen hohen Strauch noch einen Baum, auch keine Straßenlaterne konnte man sehen. Nicht mal eine profane Hauswand, gegen die man hätte starren können.

Wäre es taghell und Frau Schmatz zudem nicht bettlägerig gewesen, hätte man ihre Freude über das Wetter verstehen und teilen können. Draußen herrschte seit fast einer Woche ein wunderbar trockener Frost; selten genug Mitte Dezember an der Mecklenburger Ostseeküste. Hin und wieder fiel Schnee, der an den Rändern des glatten Kopfsteinpflasters bereits eine leichte Puderzuckerdecke bildete. Nach hinten raus gebe es eine wunderschön angelegte Grünanlage, hatte mir Irmi, eine der Stationsschwestern, heute erzählt, feine Flocken zauberten dort kleine Zipfel ins Geäst einer hübschen, gertenschlanken Tanne.

Mein Wecker auf dem Nachttisch zeigte, es ging auf zweiundzwanzig Uhr zu. Draußen war es seit etwa drei Stunden stockfinster. Bei dem dünnen Licht der alten Laterne auf dem Pfad vor dem Pflegeheim war an eine verträumte Betrachtung der Wismarer Winterlandschaft gar nicht zu denken.

Oma Helga raschelte mit einer Kekstüte, von denen sie meist mehrere im Bett verteilt hatte. Ihr heimliches Lager, wie sie mir gestern Vormittag mit einem verschmitzten Glucksen erklärt hatte.

Die Kantine im »Glatten Aal« war aber auch mehr als bescheiden. Mir konnte das in meinem Zustand egal sein. Heute Mittag hatte man mir – gegen meinen ausdrücklichen Willen – erstmals eine spezielle Nährstofflösung und danach lauwarmen Kamillentee über die Magensonde verabreicht. So etwas nannte sich dann großspurig Kurzzeitpflege im Seniorenstift »Glatter Aal«.

Der kurze Verbindungsweg zwischen Blieden- und Baustraße, der unmittelbar vor der Anstalt entlangführte, trug den gleichen Namen und lag mitten in der Altstadt Wismars, gleich hinter der gotischen Kirche Sankt Georgen und nur ein kleines Stück vom Amtsgericht am Fürstenhof entfernt.

Eine Woche Vollpension! Dass ich nicht lache!, dachte ich.

»All inclusive«, hatte mein reizender Sohn geflachst. »Zum Auskurieren, zur Beobachtung und zum Aufpäppeln.«

Aufpäppeln! Pah! Erst den Fisch herauspumpen und später eine Art Haferschleimsuppe hineinpumpen. War das ekelhaft! Innerlich war ich am Fluchen und berechtigterweise uneinsichtig. Für ein Leichtgewicht wie mich war solch eine Magengeschichte im reiferen Alter zwar nicht zu unterschätzen (durch die Fischvergiftung und meine hartnäckige Weigerung, besagte Kantinennahrung freiwillig aufzunehmen, hatte ich in den letzten zwei Tagen zwei Kilo abgenommen), doch eines war sicher: Ich wusste selbst am besten, wie ich mir die fehlenden Pfunde wieder aneignen konnte.

Der ständige Brech- und Würgereiz, bedingt durch das Stück Kunststoff im Hals, war das Abscheulichste. Zudem hatte die Wirkung der Betäubung im Rachenbereich seit einigen Stunden nachgelassen. Im Grunde war ich alles andere als zimperlich, aber das Schlucken und Ertragen solch einer Dauersonde war die reine Tortur.

Rund fünfzehn Patientinnen wohnten auf der Station. Soweit mein Orientierungssinn mitspielte, wusste ich, dass es den Gang hinunter zwölf Zimmer (einige Zweibett-, mehrere Einzelzimmer) gab, einen farblosen Aufenthaltsraum, den Personalbereich, ein Badezimmer mit öffentlichen Toiletten, das Lager für Wäsche, Putzmittel und den täglichen Bedarf und einen sogenannten Ruheraum – für die allerletzten Stunden.

Hinter der spanischen Wand entfleuchte es Oma Helga abermals.

»Soll ja nicht frech werden. Bin jetzt mindestens neunzig, vielleicht schon einundneunzig. Tststs. Ich weiß nix Genaues, zähl ja nicht mehr ...«

Wahrscheinlich waren ihre Blähungen dem ausgiebigen Verzehr von Gewürzspekulatius geschuldet. Durfte mich in der Vorweihnachtszeit nicht verwundern. Frau Schmatz stopfte sich die Kekse paketweise zwischen ihre Dritten. Heute Vormittag hatte sie ständig zwischen den Weihnachtsplätzchen und den mit Pflaumenmus gefüllten Lebkuchen hin und her gewechselt. Wenn sie einmal diese exzessive Völlerei unterbrach, konnte sie minutenlang fasziniert auf den Stanniolverpackungen die abgedruckten bunten Rentiere oder dicken Engel oder anderen Nikolausmotive bestaunen.

Neid oder Missgunst waren mir fremd, die Lebkuchen standen in Anbetracht meines Allgemeinzustandes und der Magensonde gar nicht zur Debatte. Im Gegenteil: Beim intensiven Duft von Nahrungsmitteln wurde mir immer noch speiübel.

Doch Oma Helga torpedierte meine Gedankenspiele. »Alles in allem eine Frage des Geldes. Da kommt man gar nicht drum rum.«

Sie brach ab und schwieg mich eine Weile durch die spanische Wand hindurch an. Unbeholfen und umständlich drehte ich mich auf die Seite. Die Injektionsnadel für die Infusion pikste störend in der Hand. Durch den Venenkatheter sollte eine Elektrolytlösung zusätzlich helfen, meinen Flüssigkeitsbedarf zu decken. Nur: Wie sollte man unter solchen Bedingungen einschlafen können?

Trotz mancher Leckerei war das Leben auf der Station alles andere als ein Zuckerschlecken. Dabei galten die insgesamt vier Wohn- und Pflegebereiche des Seniorenheimes über die Grenzen Wismars hinaus als Vorzeigeobjekte, mehrfach geadelt mit der »Goldenen Krücke«, der offiziellen Auszeichnung des Familienministeriums in Schwerin für altersgerechtes betreutes Wohnen und ganzheitliche Pflege gebrechlicher oder behinderter Menschen.

Darüber hinaus verlangte der Gesetzgeber ein offenes Haus, das hieß Integration der Bewohner ins normale gesellschaftliche Leben der Stadt. Die Ausflüge pro Jahr, das hatte mir der Exkollege und Freund meines Sohnes, Hauptkommissar a. D. Hans-Uwe Bartelmann, mehrfach erklärt, die könne man locker an einer halben Hand abzählen.

Im Umkehrschluss bedeutete Integration jedoch auch, dass die Station »Abendfrieden« in schöner Regelmäßigkeit Kapazitäten schaffen musste für Menschen mit zeitlich begrenztem Pflegebedarf, der sogenannten Kurzzeitpflege.

Eine Fischvergiftung in reiferem Alter, mit ihren unkalkulierbaren Folgen, konnte diese Art von Notfall darstellen. Mein Platz im »Glatten Aal« war eine Übergangslösung, der von Oma Schmatz mit Sicherheit ihre letzte Bleibe.

»Aber man will sich ja im Alter auch mal was gönnen«, begann meine Zimmergenossin erneut. »Fast neunzig. Wozu spart man jahrelang? Fast fünf Jahre hat's gedauert. Tststs ... Immerhin dreitausend. Und dann das! Tststs ... Alles in allem 'ne ganz schöne Summe. Oder was meinen Sie?«

Ob die Nachfrage konkret an mich gestellt war? Ich wusste es nicht. Bei meiner Einlieferung Donnerstag früh hatte Helga Schmatz durchaus neugierig registriert, dass sie vorübergehend eine neue Leidensgenossin bekommen hatte.

Ich wollte nicht unhöflich sein und versuchte, zu ihr hinüberzugrunzen, so als hätte ich ihre Frage verstanden und bejahen wollen. Die Reaktion ließ nicht lange auf sich warten. Wieder schoss ihr kränklicher Körper empor. Mehrfach hatte ich mich gewundert, dass ein morsches Rückgrat eine solche Zirkusnummer auf Dauer aushalten konnte. Irgendwann machte es knickknack, und dann half auch keine regelmäßige Gehtherapie mehr.

Schräg über uns musste eine Möwe vorübergesegelt sein, ihr klagendes Schreien drang trotz des fest verschlossenen Fensters in unser Zimmer hinein.

»Mein Papa lebte vom Fischfang. Viele, viele Jahre lang. Mein Mann lebte auch vom Fischfang. Beide lebten vom Fischeinfahren. Bis sie tot waren. Tststs … So spielt das Leben.«

Keine Ahnung, ob Frau Schmatz noch andere Angehörige hatte, Kinder oder Geschwister oder auch nur Nichten und Neffen. Die Weihnachtszeit allein zu verbringen, das stellte ich mir jedenfalls mehr als trostlos vor.

Die grünen Leuchtziffern über dem Nachttisch zeigten, dass der Abend voranschritt und langsam zur Nacht wurde. Doch an erquickenden Schlaf war bei dem permanenten Geräuschpegel, den Frau Schmatz erzeugte, nie und nimmer zu denken.

Wenn sie doch endlich Schluss machen würde mit dem Palaver, hoffte ich inständig. Aber die verwirrte Oma Helga hatte offensichtlich beschlossen, das gemeinsame Zimmer nachhaltig in Beschlag zu nehmen.

»Herr Pfleger?«, rief sie jetzt lauthals. Dann nochmals: »Herr Pfleger?«

Selbst wenn sie den roten Knopf am Ende des Kabels an ihrem Bettgalgen erwischte und pausenlos drückte, käme aller Erfahrung nach keine schnelle Hilfe. Nachtschicht. Wir lagen im Stationszimmer mit der Nummer 6. Eine Nachtschwester oder ein Pfleger für die gesamte Abteilung, elf Zimmer mit jeweils ein bis zwei Patienten.

Meine Gedanken begannen sich müde im Kreis zu drehen.

»Zweimal Kaffee, bitte!«, rief Oma Helga in vollem Ernst.

Hoffentlich hatte sie nicht vor, hartnäckig bis zum Morgengrauen auf ihr Heißgetränk zu warten. Mühsam drehte ich mich die circa fünfundvierzig Grad zurück auf den Rücken. Als hätte sie meine

Gedanken gelesen, nur nicht verstanden, meinte sie plötzlich in vertraulichem Tonfall, dass sie gar keine neunzig sei.

Achtundachtzig, hatte der respektlose Pfleger verraten. Und Muschi habe im Laufe ihres langen Aufenthaltes im »Glatten Aal«, unabhängig von den Lichtverhältnissen, die überschaubaren Tageszeiten vollständig durcheinandergebracht.

»Zweimal Kaffee, aber kein Ei. Ja? Ich vertrage kein Ei. Nicht mehr.«

Der anschließende Pups ließ fast die spanische Wand erzittern. Genug war genug. Und zwei Tage und zwei Nächte Kurzzeitpflege waren mehr als genug. Ärgerlich beschloss ich, meinen Sohn zu verdonnern, mich schon morgen unwiderruflich und gefälligst sofort nach Hause zu bringen.

»Alle völlig plemplem hier!«, kommentierte die Schmatz.

Damit hatte sie ausnahmsweise einmal völlig recht.

»Ein Jahr geht schnell vorüber. Und dann noch eins und noch eins«, flüsterte sie jetzt.

Der radikale Themenwechsel ließ meine Einschlafversuche ein weiteres Mal kläglich scheitern.

»Frühling ist jetzt. Hier wird es kalt ...« Sie schnalzte merkwürdig mit der Zunge. »Und dort ist Frühling. Der Frühling an der Küste ist herrlich. Lange Spaziergänge ... schon am Morgen.«

Jetzt klapperte es auf groteske Weise in ihrer Mundhöhle. Ihr Gebiss hatte sich gelöst. Ich hörte, wie sie schmatzend damit herumhantierte. Es war Schlafenszeit, warum hatte Frau Schmatz überhaupt noch ihre dritten Zähne im Mund? Das gehörte sich nicht, und darüber hinaus war es völlig unhygienisch.

Ihre Tochter, erklärte Helga Schmatz wenig später klar und deutlich, besitze nämlich ein Häuschen in der Nähe von Plettenberg, nahe dem Meer, aber mehr im Ländlichen. Es stehe auf einem Hügel, einem kleinen grünen Hügel, mit einem weiten Blick über den Indischen Ozean.

Plettenberg? Nie gehört. Wo liegt Plettenberg? Indischer Ozean ... Zugegeben, ihre Beschreibung klang gemütlich und einladend. Obwohl man mich als gebürtige Wismarerin mit einer anderen Küste oder einem fremden Meer nicht locken konnte. Die kleine Hansestadt mit ihren etwas mehr als vierzigtausend Einwohnern war nicht nur ein Zuhause, die maritime Region rund um die Mecklenburger Bucht empfand ich als meine über alles geliebte Heimat. Wir wohnten in der Altstadt zwischen Fachwerkhäusern und historischen Hanse-Fassaden, der Kern Wismars gehörte seit 2002 immerhin zum UNESCO-Welterbe.

Ich wollte nie woanders leben. Die Ostsee war das schönste Meer der Welt.

Dennoch lauschte ich mit wachsendem Interesse der stolpernden Erzählweise meiner Bettnachbarin. Frau Schmatz begann nach und nach, familiäre Dinge aus ihrem langen Leben auszuplaudern.

»Außerhalb der Saison ... bis ans andere Ende der Welt! Da gibt's auch preislich gesehen keine Wahl. Haben Sie mal die Preise studiert? Ich hab sie studiert ... Das liegt am weiten Weg, sagt meine Tochter. Der weite Weg ... Die Stadt Knysna muss sehr hübsch sein. Schon dreimal zum schönsten Ort des Landes gewählt, sagt meine Tochter. Tststs ...«

Sie schnalzte nochmals mit der Zunge, möglicherweise um den Sitz der Zahnprothese zu stabilisieren. Optisch war es das Unappetitlichste, wenn der Zahnersatz während des Sprechens unglücklich verrutschte. Der Träger konnte gar nichts dafür und kaum etwas dagegen tun. Das mochte man berücksichtigen oder nicht, es machte den Anblick nicht ansehnlicher.

Erleichtert seufzte ich auf, ich besaß noch fast alle eigenen Zähne.

»Herr Pfleger ...?«

Sie schwieg einen Moment, gerade so, als horchte sie, ob sie eine Antwort erhalten würde. Vor dem Fenster entgegnete ihr die späte Möwe mit einem lautstarken Krächzer.

»Tststs ... Man lebt dort nicht so sicher ... obwohl in Mecklenburg der Krawall auch zugenommen hat. In Plettenberg ist Frühling, da gibt's dann eine blühende Pracht ... ganz plötzlich, sagt meine Tochter. Ihre zwei Kinder, Junge und Mädchen, die spielen und toben auf den Wiesen, ganz wunderbar.«

Da lachte sie einmal richtig verschmitzt und voller Vorfreude auf den nahenden Sommer irgendwo auf der Südhalbkugel bei der geliebten Tochter und ihren Enkeln.

»Wissen Sie, ich hab ein Hörgerät. Dort!«

Wahrscheinlich zeigte sie jetzt auf ihren Beistelltisch. Der Sichtschutz machte schon Sinn, vor allem nachts wollte sich niemand in einem Krankenzimmer beobachtet fühlen.

Doch der alten Frau Schmatz ist, dachte ich, mit oder ohne Hörhilfe nicht mehr wirklich zu helfen. Mit an Sicherheit grenzender Wahrscheinlichkeit lag das Hörgerät schon eine halbe Ewigkeit ungenutzt in ihrer Schublade; die Batterien vermutlich seit Monaten leer. Einmal mehr ratterte es fürchterlich unter der Bettdecke.

»Herr Pfleger! Ich will auf den Egon. Dann ist der Darm leer, und die Luft ist raus. Tststs …«

Oma Helga war bettlägerig. Mit Hilfe des sogenannten Egons, einer Metallpfanne, verrichtete sie ihr Geschäft, ohne das Bett verlassen zu müssen. Praktisch, aber zu dieser Zeit völlig unpassend, und vor allen Dingen war es illusorisch, zu hoffen, dass ihr jemand helfen würde. Weit und breit kein Pflegepersonal, das sich kümmern wollte.

Wir Alten waren irgendwann wieder wie kleine Kinder, genauso anfällig und abhängig und launisch.

Mittags hatte meine Zimmernachbarin tief und fest und schnarchend drei Stunden am Stück geschlafen. Dabei war ihr der Altersspeichel über Kinn und Wangen gelaufen.

Erschrocken tastete ich über mein eigenes Gesicht. Alles trocken. Immerhin … noch alles trocken.

»Er soll ja nicht frech werden, dieser junge Spund!«, rief Oma Helga und meinte vermutlich den flegelhaften Pfleger.

»Hinten rechts hat es wieder eine geschafft«, erklärte sie dann in normaler Zimmerlautstärke. Die habe ausgehaucht, habe sie die Schwester Irmi flüstern hören. »Wie alt? Hab keine Ahnung, bin ja schon Mitte neunzig oder weit drüber. Zehn Monate können 'ne lange Zeit sein.«

Dann schoss ihr Oberkörper mit einem gewaltigen Ruck nach oben und fiel schon im nächsten Augenblick wieder zurück ins Bett.

»Tststs … Saudumme Angelegenheit, wirklich saudumm, hat die Irmi gesagt. Und noch mal: saudumm …«

Sie schwieg eine Weile. Ich schloss wieder die Augen und versuchte, zumindest gedanklich abzuschalten. Vergebens. Ich müsste mit meinem Sohn Ole ein ernstes Wörtchen wechseln. Das war eine Zumutung, seine Mutter wegen einer bloßen Magenverstimmung auf eine Pflegestation zu bugsieren. Mochte ja sein, dass er es gut gemeint und sich nicht anders zu helfen gewusst hatte, aber die feine Art war das nicht …

Plötzlich bemerkte ich, dass es im Raum merkwürdig ruhig geworden war. Ich sperrte Augen und Ohren auf und lauschte. Nichts. Frau Schmatz schien endlich eingeschlafen zu sein. Hoffentlich. Ich schloss die Augen und seufzte.

Doch da geschah es.

Just in diesem Moment schrie Oma Schmatz kurz und spitz auf. Im ersten Moment dachte ich noch: Das war nur die blöde Möwe über dem »Glatten Aal«. Doch das stimmte nicht.

Der Schreck fuhr mir durch alle Glieder. Gott verdammich noch einmal! Ich schauderte. Es dauerte einen tiefen Atemzug lang, bis ich den Grund für ihren markerschütternden Aufschrei erahnte.

Vom Fenster drang ein leises, aber auffälliges, weil ungewohntes Geräusch herüber: ein Knacken, als wenn jemand von außen das Schloss aufdrückte.

Oma Helga und ich lagen so ziemlich auf gleicher Augenhöhe, doch der halbhohe Sichtschutz verhinderte leider, dass wir auch das Gleiche sehen konnten.

Die herrschende Dunkelheit wurde nur durch zwei gedimmte Nachtlichter an den Kopfenden der Bettgestelle gebrochen. Ich musste mich mit dem zufriedengeben, was über der Trennwand, an der weiß getünchten Decke der Zimmerhälfte von Frau Schmatz, an diffusem und schwachem Schattenspiel zu beobachten war. Ein deutlicher Luftzug strömte ins Krankenzimmer, den ich bis zu meinem Bett spürte. Die Gardine bewegte sich ganz leicht, fast verspielt.

Nervös schaute ich zur Uhr: eine knappe Viertelstunde vor Mitternacht. Der blöde Klingelknopf, der Hilfe hätte bedeuten können, lag eingeklemmt in der unzugänglichen Tischschublade. Die clevere Nachtschicht hatte beim letzten Rundgang vorgesorgt.

Vor Furcht schnürte es mir noch ein bisschen mehr den Hals zu, unter Berücksichtigung des Schlauches in meiner Speiseröhre ein geradezu klaustrophobischer Zustand. Deutlich spürte ich, dass jemand Drittes in den Raum gekommen war. Wie war das möglich? Warum stieg jemand von außen über das Fenster ins Zimmer hinein? Wertsachen waren wohl kaum zu ergattern. Ein Einbrecher hätte sich kein unrentableres Etablissement aussuchen können.

Die Abteilung »Abendfrieden« im Seniorenstift »Glatter Aal« lag im ersten Stock eines altehrwürdigen Klinkergemäuers, ohne Balkone oder Vorsprünge, geschweige denn Außentreppe. Ein trister, schiefer Kopfsteinpflasterpfad trennte das Gebäude von dem gegenüberliegenden Gelände eines monumentalen Backsteinbaus, der ehemaligen Kirche Sankt Georgen. Vor unserer Hausfront standen auch keine Bäume, von denen man sich zum Fenster hätte hinüberhangeln können.

Oma Helga furzte. In diesem Fall eine verständliche Verlegenheitsbegrüßung gegenüber einem Fremden zu solch später Stunde.

Mich beunruhigte das sehr. Ich bekam eine Gänsehaut. Die konnte jedoch auch vom kalten Luftzug herrühren, der vom offenen Fenster bis zu meinem Bett strömte. Dann lehnte ich meinen Kopf, trotz des obskuren Geschehens, wieder etwas beruhigter ins Kissen zurück.

»Da bist du ja endlich«, flüsterte meine Nachbarin ihrem späten Gast zu. »Kommst du zur Therapie oder um mir mein Geld zu bringen?«

Keine Antwort. Stattdessen ein tiefes Schweigen.

»Nach all der langen Zeit. Das ist Kunst, verstehst du? Seit über neunzig Jahren warte ich drauf. Wie 'n Künstler. Ja. Aber kein Lebenskünstler. Tststs …«

Dieser Stumpfsinn, zusammenhangloses Gefasel, ärgerte ich mich über Frau Schmatz. Aber der Ärger war nur verschwendete Energie, das wusste ich im selben Augenblick. Wahrscheinlich hatte ihr Geschwätz sogar eine ureigene Logik.

Wer konnte der dubiose Eindringling sein? Warum kam er im Schutze der Nacht? Und warum wunderte sich Frau Schmatz nicht über die Art und Weise des Besuches und wartete auf diese Person anscheinend schon eine längere Zeit?

Der Gast schwieg, und es hörte sich an, als setzte er sich auf die Bettkante zu Oma Helga. Die richtete sich wieder einmal abrupt auf, fiel dieses Mal jedoch nicht auf die quietschende Matratze zurück, sondern röchelte ungewohnt und lange.

Auf Höhe des Knicks zwischen Decke und Wand bildete sich ein schemenhafter Schatten zweier Menschen, die gänzlich zu einem verschmolzen schienen und sich wie bei einer zärtlichen Berührung aneinanderschmiegten, dabei in zeitlupenhaften Wellenbewegungen hin und her wiegten. Ein leises Wimmern vernahm ich, ein tiefes, kurzes, stoßartiges Atmen. Unerfreuliches Zähneknirschen, oder was war das? Ich erschrak nochmals – dieses Mal über die Absurdität meiner Gedanken. Zähneknirschen? Blödsinn!

Mit einem Mal löste sich der eine verschwommene Schatten vom anderen. Wie ein schwerer, nasser Mehlsack kippte jemand auf das Kissen zurück und blieb dort regungslos liegen. Ein letztes Mal klapperten künstliche Zahnreihen hässlich aufeinander. Dann eine verdächtige Stille. Keine Beine mehr, die sich ruckartig anwinkelten. Kein Hochschnellen. Kein Wort mehr, nicht einmal ihr obligatorisches Zischeln.

Stattdessen ein sprudelndes Geräusch, als hätte sich ein alter Korken gelöst. In der allerkürzesten Zeit begann es gallenbitter zu müffeln. Selbst in der Dunkelheit wurde mir fast schwarz vor Augen. Wenn mir nicht die Sonde den Weg versperrt hätte, wer weiß, vielleicht hätte ich Kamillentee und Haferschleim vom Abendbrot erbrochen.

Keine Frage, Frau Schmatz hatte ohne Egon mitten ins Bett gemacht. Aber nicht einfach so. Eher eruptiv.

Im Augenwinkel sah ich, wie die Gardine über dem oberen Rand des Fensters ein zweites Mal hin und her wehte. Die Fensterläden polterten kurz und kräftig gegeneinander. Dann huschte das Phantom von der Zimmerdecke nach draußen.

Abermals hauchte ein kalter Luftzug durch den Raum, verteilte den strengen Geruch frischer Exkremente bis in den hintersten Winkel. Ich hielt den Atem an, lauschte, aber hörte nichts mehr. Mich schauderte. Nervös nagte ich an meinem fixierten Beißring.

Oma Helga hatte ausgehaucht. Oma Schmatz war tot.

Gegenüber schlug es im Glockenturm der Sankt-Georgen-Kirche dezent, fast märchenhaft zur zwölften Stunde.

2

Samstag, den 12. Dezember

»Schneeflöckchen, Weißröckchen, wann kommst du geschneit? Du wohnst in den Wolken, dein Weg ist so weit …«

Vom Korridor der Station »Abendfrieden« dudelte leise Weihnachtsmusik bis ins Zimmer 6 hinein. Die besinnlichen Töne konnten jedoch die geschäftige Hektik dieses Morgens nicht mildern.

Marie-Luise Krabbe, die energische und geschäftstüchtige Leiterin des Pflegeheims, stand kopfschüttelnd neben meinem Sohn – Oberkommissar Olaf Hansen von der Wismarer Kommandantur – auf dem mittlerweile geräumten Platz unseres Pflegezimmers, wo sich bis vor wenigen Stunden das Patientenbett von Helga Maria Schmatz befunden hatte.

Zu meinem Leidwesen schienen mich die beiden seit etlichen Minuten vollständig zu übersehen oder gar vergessen zu haben, dabei hätte ich mich – nächtlicher Überfall hin oder her – endlich gern gewaschen und angezogen und vor allem meine Siebensachen gepackt. Nach den grausamen Vorkommnissen der vergangenen Stunden würde ich in diesem Hause keinen weiteren Tag und schon gar keine weitere Nacht verbringen wollen, das war so sicher wie mein sonntägliches Amen in der Sankt-Nikolai-Kirche.

Anstaltsleiterin Krabbe schlug theatralisch die Hände über ihrem Kopf zusammen und stöhnte in einem fort, dass ihr so etwas noch nie untergekommen sei, seit fünfzehn Dienstjahren in verschiedenen leitenden Funktionen des Seniorenstifts »Glatter Aal« nicht.

Mein Ole, wie ich ihn von klein auf liebevoll nannte, versuchte umgehend, mit besänftigenden Worten bei der fünfzigjährigen Heimleiterin verwertbare Fakten zu sammeln. Das kannte ich schon, darin war er als Kommissar geschult und geübt wie kein Zweiter in Wismar.

In diesem Punkt kam Ole glasklar nach seinem Vater. Jockel Hansen war stets ein Fels in der Brandung, ein in sich ruhender, äußerst verträglicher Kerl gewesen.

Als Johanna Karpendiek in Wismar geboren, hatte ich während

meiner Lehrzeit im Fischereikontor von Edwin Hansen seinen Sohn kennen- und lieben gelernt. Im Mai 1960 hatte Jockel mich geheiratet, gefolgt von zwei Flitterwochen auf Hiddensee – im Betriebsferienheim »Kloster«. Das war eine unbeschwerte, schöne Zeit gewesen. Zwei Jahre später war dann unser Sohn Olaf zur Welt gekommen. Ein echtes Wunschkind. Auch äußerlich ganz der Vater, nicht unüblich beim ersten Sprössling. Aber das nur nebenbei.

Oma Helga war definitiv tot. Der Pfleger, der sie bis gestern ungebührlich Muschi genannt hatte, hatte sie bei seinem Rundgang gegen fünf Uhr morgens leblos und mächtig verschmutzt in ihrem Bett aufgefunden.

Meine Kehle war ganz rau und aufgescheuert durch den Schlauch und meine Bemühungen, nach Hilfe zu rufen. Irgendwann hatte ich aufgegeben und mich in mein Schicksal gefügt, mit der toten Oma Helga und dem mordsmäßigen Gestank die restliche Nacht zu verbringen. Durch den offenen Spalt des angelehnten Fensters hatte der schlechte Geruch nur äußerst dürftig entweichen können, dafür war langsam, aber sicher die Eiseskälte einer Winternacht eingedrungen.

Bis sich das Personal der Abteilung »Abendfrieden« vom Fernseher im Gemeinschaftsraum zur morgendlichen Waschrunde schlurfend in Bewegung gesetzt hatte, hatte sich das Krankenzimmer fast auf Frostniveau abgekühlt. Immerhin kam das dem erbarmungswürdigen Zustand der Frau Schmatz entgegen und vor allem der Beweisaufnahme der polizeilichen Spurenermittlung.

»Grässliches Ende!«, zeterte Marie-Luise Krabbe. »Na ja, immerhin starb sie im eigenen Bett.«

Eine missverständliche Aussage von Marie-Luise Krabbe, die recht korpulent war und stets eine zwar konservative, aber dennoch pfiffige, weil kastanienbraune Bobfrisur trug.

»Wie konnte das nur passieren, Herr Kommissar?«

Ihre runden Wangen glühten vor Aufregung feuerrot – fast wie die leicht abstehenden Ohren meines Sohnes.

»Das frag ich Sie«, murmelte Ole Hansen und inspizierte gleichzeitig akribisch das Fenster, durch das der Täter eingestiegen war.

»Und das Ganze auch noch mit Ihrer armen Frau Mutter in ein und demselben Raum!«, fuhr Frau Krabbe sichtlich um Fassung bemüht fort. »Solch ein Zufall und solch eine schreckliche Nacht. Wie kann ich Ihnen nur helfen? Wie kann ich das wiedergutmachen?«

Sie war überdreht, schien leicht übernächtigt, aber vor allem stellte das gewaltsame Ableben einer ihrer Bewohnerinnen für die Leiterin des Seniorenstifts eine hochnotpeinliche Situation dar. Es war klar: Der Ruf ihrer Vorzeigeeinrichtung stand auf dem Spiel.

Einen Ruf, den sich der »Glatte Aal« in jahrzehntelanger Fürsorge gegenüber den Alten, Kranken und Gebrechlichen der Hansestadt Wismar und der Region erworben hatte. Nicht dass es die einzige Anstalt dieser Art war. Im Gegenteil: Das gesunde Reizklima an der Ostsee ließ die Menschen in großer Zahl steinalt werden. Wer jedoch keine Familie hatte oder sonstige Angehörige, wollte selten in die einschlägig bekannten Etablissements der näheren Umgebung: weder auf die Geriatriestation »Friedenshof« in der Störtebekerstraße noch nach Klütz in die Wohnanlage »Ollenhus«, auch nicht ins Seniorenhaus »Am Pockensee« bei Grevesmühlen oder ins Pflegeheim »Mast- und Schotbruch« nach Rerik, sondern zuallererst in den »Glatten Aal« in Wismars Altstadt (trotz schier endloser Warteliste).

»Ruhig Blut, Frau Krabbe. Erzählen Sie mir einfach, was Sie über Frau Schmatz wissen und welche Vermutungen Sie hinsichtlich ihres gewaltsamen Todes haben.«

Helga Schmatz war erdrosselt worden. Friesen, der vorlaute Pfleger, hatte erst vermutet, Muschi sei an einem gemeinen Lebkuchen erstickt oder an einer nicht bemerkten Kolik mit irreparablem Magendurchbruch elendig zugrunde gegangen. Deshalb hatte dieser Unhold zuerst nur einen Notarzt konsultieren und unter gar keinen Umständen die Polizei hinzuziehen wollen.

Doch dann hatte Max Friesen, wie der ungehobelte, hünenhafte Mittdreißiger vollständig gerufen wurde, die dünne, tief ins Fleisch eingeschnittene Angelsehne zur Kenntnis genommen, die sich, obwohl mehrfach um Helgas Hals gewickelt, aufgrund ihres farblosen Nylonmaterials tatsächlich erst beim genaueren Hingucken zwischen den Hautfalten zu erkennen gegeben hatte.

Wie bei Todesfällen üblich hatte Pfleger Friesen Oma Muschi rasch ins Einzelzimmer rechts vom Stationseingang geschoben. Nie zuvor und nicht danach habe ich den fußfaulen Friesen bei der Arbeit noch einmal so schnellen Schrittes beobachten können.

Wenig später war die intuitive Bettenverlegung den Beamten aus der Kommandantur und vor allem den Kollegen der Spurensicherung ziemlich sauer aufgestoßen. Das ließ sich jedoch jetzt beim besten Willen nicht mehr rückgängig machen. Max Friesen hatte sich für seinen Übereifer entschuldigt und sich ad hoc hinter der Notwendigkeit diverser pflegerischer Maßnahmen bei den Patientinnen in den benachbarten Räumen verschanzt.

Frau Schmatz lag im Sterbe- und Totenzimmer. Ihr Leichnam wurde einer ersten groben Obduktion unterzogen. Seit halb sieben Uhr in der Frühe machten sich zwei Kollegen meines Sohnes unter der Leitung des Lübecker Forensikers Steffen Stieber – spurentechnisch – über die Tote her.

Seit einer halben Stunde versuchte mein Ole, mit seiner reizenden Assistentin Inga Jensen den Tatort zu analysieren und den Tathergang zu rekonstruieren. Mit der aufgeregten Frau Krabbe an ihrer Seite ein mehr als schwieriges Unterfangen.

Immerhin hatte mein aufmerksamer Herr Sohn wenigstens Stationsarzt Dr. Hannibal Jepsen die Anweisung gegeben, seiner Mutter umgehend Schlauch und Venenkatheter zu ziehen. Nicht nur damit sie, wie er es nannte, von der Quälerei befreit werde, sondern damit er seiner Mutter endlich zu den Geschehnissen der vergangenen Nacht ausführlich Fragen stellen könne, ohne die Antworten (an der ovalen Öffnung des Beißringes vorbei) erraten zu müssen.

Schließlich war ich seine einzige Zeugin – wenn auch nur Ohrenzeugin.

Dr. Jepsen war ein bekannter, um nicht zu sagen angesehener Allgemeinmediziner, der in einer restaurierten Villa in der belebten Dahlmannstraße (unweit vom »Glatten Aal«) samt Frau und zwei Kindern in der ersten Etage und im ausgebauten Dachgeschoss wohnte und im Hochparterre seine stark frequentierte Praxis leitete. Er war seit einigen Jahren auch mein Hausarzt, zu dem ich Vertrauen hatte und der meine seltenen Klagen stets mit gebührendem Ernst zur Kenntnis nahm.

Kläre Jepsen, seine Ehefrau, assistierte ihm in der Hauspraxis. Auch mit ihr konnte man sehr gut über die unterschiedlichsten Krankheitssymptome offen und vertrauensvoll sprechen.

Drei Jahre lang kümmerte sich Dr. Jepsen ehrenamtlich um die medizinische Versorgung der Bewohnerinnen der Station »Abendfrieden«. Seit dem letzten Jahreswechsel führte er die Aufgabe nunmehr auf Honorarbasis und im Wechsel mit anderen Ärzten weiter. Der Doktor galt als engagierte, hoch motivierte Kapazität, die jedoch beizeiten einen feudalen Lebensstil pflegte und mittlerweile ihren Preis kannte.

Donnerstag früh hatte er meine Aufnahme begleitet und die ersten Untersuchungen vorgenommen, bevor die Diagnose für ihn eindeutig gewesen war.

»Eine Ciguatera.«

»Eine was?«

»Fischvergiftung. Nicht dramatisch, eher mittelschwer.«

»Ah ja.«

»Ist gar nicht so selten, wie man glaubt«, hatte er abgeklärt ergänzt.

Heute Morgen hatte er dann ein wenig protestiert, vor allem als es darum ging, mich von der Elektrolytinfusion zu befreien.

Das sei seines Erachtens zu früh, hatte er bemängelt, ich müsse nach dem Gegengift noch über einen längeren Zeitraum reichlich Flüssigkeit zu mir nehmen. Wenn nicht über den Schlauch oder Infusionen, dann eben trinken, trinken und nochmals trinken.

»Das war ein Giftfisch, den Sie verspeist haben, Frau Hansen. Wir haben zwar Ihren Magen ausgepumpt, aber die Reste von Ciguatoxin und Maitotoxin müssen über mehrere Tage konsequent herausgespült werden. Da gibt es keinen anderen Weg.«

»Der Fisch war kräftig durchgebraten«, hatte ich zaghaft versucht zu erklären.

»Das tut nichts zur Sache, Frau Hansen«, hatte er sich leicht mokiert. Solche Toxine könnten weder durch Braten noch durch Kochen zerstört werden.

»Tee oder stilles Wasser. Reichlich!«, hatte er angeordnet. »Aber weder Kaffee noch Säfte, das schafft nur weitere Komplikationen. Sie sind für Ihr Alter und trotz Ihrer Fischvergiftung bemerkenswert gut auf dem Damm. Dennoch: Schonung tut not. Ich will Ihnen keine Angst machen, Frau Hansen, aber es gab schon Patienten, die wegen einer laxen Behandlung ähnlicher Botulinumtoxine einige Tage später verstorben sind.«

»Komm, setz dich ans Fenster, du lieblicher Stern, malst Blumen und Blätter, wir haben dich gern …«

Geschmacklos: Weihnachtsmusik als Untermalung für einen

Mordort. *Das* Motiv war klar. Bestenfalls wollte man schleunigst vom gewaltsamen Todesfall ablenken. Die Stationsleitung tat so, als handelte es sich um einen ganz normalen besinnlichen Vorweihnachtstag. Und die Krabbe trompetete vorneweg ins selbe Horn. Ich empfand das als abscheulich.

Frau Schmatz sei eine ihrer liebsten und dauerhaftesten Bewohnerinnen gewesen, seit über fünf Jahren im »Glatten Aal« und die längste Zeit auf der Station »Abendfrieden«, rekapitulierte die Heimleiterin schnell und präzise.

Komisch, dachte ich sogleich, hatte die Schmatz heute Nacht nicht etwas von zehn Monaten geplappert, die nun endgültig genug seien? Leider musste man annehmen, dass auf ihre Aussagen kein Verlass war. Sie hatte reichlich durcheinander gewirkt.

Leider sei sie auf ihrem Zimmer die längste Zeit allein gewesen, keine Freundinnen, keine Angehörigen, keine Besuche, fuhr Frau Krabbe fort. Es gebe wohl eine Tochter, die irgendwo, wer weiß wo, lebe. Besuche hätten aber nie stattgefunden.

»Höchstens mal eine Karte zu Weihnachten oder ein Brief mit Fotos zu ihrem Geburtstag. Mehr nicht.« Und nach einer Verschnaufpause fragte sie wie aus dem Nichts: »Warum musste unsere arme Helga Schmatz auf diese tragische Weise sterben?«

Frau Krabbe wartete die Antwort nicht ab, sie hatte sich die Frage anscheinend selbst gestellt. »Ich habe keinen blassen Schimmer!«, rief sie verstört. »Schwester Irmi wird Ihnen weitere Details nennen können, die Akte von Frau Schmatz liegt zu Ihrer Verfügung im Schwesternzimmer bereit. Auf den Flur, schräg gegenüber, erstes Zimmer rechts.«

Marie-Luise Krabbe entschuldigte sich: Die Pflicht rufe, die morgige Adventsfeier müsse organisiert und mit Pastor Petersen von der Sankt-Nikolai-Kirche müssten die Beerdigungsformalitäten für Oma Helga, wie sie jetzt wortwörtlich mit einer Träne im Augenwinkel betonte, besprochen und vorbereitet werden. Die Liste der beharrlichen Bewerber sei lang. Das Bett am Fenster in Zimmer 6 solle, wenn alle Formalitäten erledigt worden seien, bereits ab Jahreswechsel neu bezogen werden.

Der Kommissar heuchelte Verständnis, da er selbst, wie er meines Erachtens sehr ungeschickt formulierte, »mit dem Leichnam noch alle Hände voll zu tun« habe.

Die Krabbe ging, der Friesen kam nicht wieder, und die Schröder (wie Schwester Irmi mit Nachnamen hieß) feudelte gerade die Sauerei im Sterbezimmer weg. Wir hatten endlich unsere Ruhe und die nötige Muße, um – so gelassen es eben ging – den Tatort genauer zu inspizieren.

Das alte Holzscharnier vom betroffenen Fenster musste mit einem spitzen, widerstandsfähigen Gegenstand, einem Schraubenzieher oder einer Stahlfeile oder vielleicht sogar einem Brecheisen, aufgehebelt worden sein.

Vor dem Gebäude hatten die Beamten der Spurensicherung keine Fußabdrücke oder andere Hinweise auf dem gefrorenen Grund feststellen können. Dafür waren die Verunreinigungen vor allem auf dem Fensterbrett mit Schmutz- und Schmierpartikeln vom nächtlichen Einstieg ins Patientenzimmer deutlich zu erkennen. Nur ließ sich daraus bis dato wenig Verwertbares herauslesen. Die Gardine war am Saum leicht eingerissen. Ob das mit dem gewaltsamen Öffnen des Fensters oder dem späteren Ausstieg in Zusammenhang stand, konnte vermutet, aber ebenso gut bezweifelt werden. Vielleicht gab es den Riss auch schon viel länger als erst seit letzter Nacht.

Bedeutender schienen dagegen die Untersuchungen der Habseligkeiten des Opfers: In Oma Helgas Portemonnaie steckten ein Zwanzig-Euro-Schein und ein paar Münzen, ein abgelaufener Personalausweis, aus dem immerhin ihr exaktes Alter hervorging, ein uralter, fast verblichener Lottoschein, dessen Kreuze nurmehr erahnt werden konnten, und eine handschriftlich auf ein Stückchen Papier gekritzelte ausländische Adresse mit enorm langer Telefonnummer, die mit den Zahlen Null, Null, Zwei, Sieben begann.

»Wenn mich nicht alles täuscht: Südafrika, Fräulein Jensen.«

»Plettenberg Bay«, las seine Assistentin laut vom Zettel vor.

»Weit weg«, konstatierte Ole Hansen, merklich abgelenkt durch den Lottoschein in seinen Händen.

An weiteren Wertgegenständen fand Inga Jensen im Nachttisch noch einen goldenen Ehering, eine längst stehen gebliebene Damen-Armbanduhr und zwei silberne Ohrclips, die Frau Schmatz vorsichtshalber auf Watte in einer kleinen Streichholzschachtel deponiert hatte.

Ein Fotoalbum kam zum Vorschein, prall gefüllt mit Motiven eines langen Lebens. Während die meisten Seiten akkurat beklebt, hier und da sogar mit handschriftlichen Untertiteln versehen waren, steckten zwischen den letzten Seiten des Albums die Bilder wüst verstreut. Oma Schmatz hatte sich keine Mühe mehr gemacht oder war einfach nicht länger in der Lage gewesen, die Fotos fein säuberlich einzusortieren.

Zuallerletzt angelte mein Sohn eine in ihrem Innenbereich leicht verschimmelte Dose aus der Schublade, die eigentlich zur Aufbewahrung des Gebisses vorgesehen war und in der nun eine verbogene Brille lag. Solch eine Gemeinheit sah dem Pflegepersonal ähnlich. Keine anständige Gebissreinigung, man sparte sogar an Corega Tabs. Ohne Pause hatten die dritten Zähne zwischen den ramponierten Kiefern klappern müssen. Und die Sehhilfe war bestens versteckt, machte ja auch nur Arbeit, die Brillengläser für die alte Frau Schmatz zu putzen. Eine böse Schindluderei war das.

In den vielen Tüten in, auf oder unter ihrem Kleiderschrank fand sich ein Sammelsurium von mehr oder weniger frischen Lebkuchen jeder denkbaren Form und Farbe.

Ihre überschaubare Garderobe bestand aus einigen wenigen, lange nicht mehr gebrauchten Wäschestücken.

»Fräulein Jensen! Tun Sie mir den Gefallen«, bat der Kommissar jetzt seine Assistentin. »Packen Sie das alles zusammen, ordnen Sie es später in der Kommandantur nach Sinn und Unsinn beziehungsweise Zweck und Zustand und setzen Sie sich bitte vor allem mit dem Teilnehmer dieser Rufnummer in Verbindung.«

»In Afrika?«, fragte Inga Jensen etwas überrascht.

»Exakt in Südafrika. Wir wollen hoffen, dass die Nummer auf dem Zettel in der Geldbörse vollständig und der Anschluss noch aktuell ist.«

Mein Sohn war ein ausgemachtes Früchtchen. Geschickt hatte er es eingefädelt, dass die aparte Inga Jensen mit ihrem Einfühlungsvermögen, Taktgefühl und vor allem ihren Sprachkenntnissen die schreckliche Nachricht vom Tod der Mutter der Schmatz-Tochter im fernen Plettenberg Bay zu übermitteln hatte. Ich wusste nur zu gut, wie ungern mein Ole solche Aufgaben übernahm.

Steffen Stieber trat durch die Tür.

»Tod durch Strangulation und Ersticken«, stellte der Forensiker aus Lübeck fest. Er zog sich die verunreinigten Plastikhandschuhe aus und warf sie gedankenverloren in den Mülleimer neben meinem Schränkchen, in den sich schon zuvor der Schlauch meiner Magensonde verabschiedet hatte.

Stieber war in Hamburg geboren und hatte fern der Heimat Kriminalistik an der Yale-Universität im amerikanischen New Haven studiert. Ein sehr guter Mann, wie man in der Kommandantur nicht müde wurde zu betonen. Seine hervorstechendste Eigenschaft war jedoch seine Aussprache: Der gebürtige Hamburger mit der frechen Stupsnase pflegte über fast jeden spitzen Stein zu stolpern.

»Todesstunde zwischen halb zwölf und halb eins. Keine Stöße, keine Stiche. Zerschnittener Kehlkopf – verursacht durch die scharfe Angelsehne und starke Zugkraft.«

Da habe es einer ganz genau wissen wollen, fachsimpelte er munter weiter, auseinandergetüttelt und fein säuberlich aufgerollt, kämen sage und schreibe dreieinhalb Meter Angelschnur zusammen.

»Gebrauchsspuren an den Händen des Täters sind wahrscheinlich. So eine feine Sehne schneidet sich nicht nur in den Hals des Opfers, sondern durch den Druck ebenfalls deutlich in die Finger oder Handflächen des Mörders.«

»Es sei denn, er hatte dick wattierte Handschuhe an«, trat Ole Hansen auf die Euphorie-Bremse.

Wovon man ausgehen müsste, dachte ich.

Woher er das mit der enormen Kraft wisse, fragte der Kommissar etwas brüsk. »Das schließt möglicherweise im Vorhinein eine weibliche Täterschaft aus.«

»Der Halsumfang auf Strangulationshöhe misst knappe dreizehn Zentimeter. Normal wäre, selbst unter Berücksichtigung des Alters und ihres schwachen Fleisches, mindestens das Doppelte«, erklärte Stieber.

Für meinen Geschmack pfiff Ole in diesem Moment ein wenig zu lässig durch seine geschürzten Lippen. Inga Jensen, Anfang zwanzig, fast einen Kopf größer als mein Sohn, schaute ebenfalls etwas baff zu ihm hinunter.

»Druckstellen und Hämatome an den Armen und im Schulterbereich«, referierte Stieber weiter. »Trotz des Ausscheidens eines enormen Quantums an Exkrementen befand sich noch eine erhebliche Menge halb oder komplett verdauter Backwaren im Magen-Darm-Trakt.«

»Und?«, fragte der Kommissar frech wie ein Stichling.

»Wenn die Dame nicht erwürgt worden wäre«, fügte Stieber pietätlos hinzu, »dann wäre sie wahrscheinlich in absehbarer Zeit an übelster Verstopfung verstorben.«

Ich mochte den jungen Stieber, aber in einem waren sich die Herren Mediziner alle gleich, sie nahmen kein Blatt vor den Mund und neigten bisweilen dazu, in ihrer Wortwahl etwas geschmacklos zu werden.

»Schneeflöckchen, du deckst uns die Blümelein zu, dann schlafen sie sicher in himmlischer Ruh ...«, flötete es von der Diele herein.

»Mama«, besann sich mein Ole endlich, »nun erzähl uns doch noch mal in aller Ruhe, was sich hier letzte Nacht zugetragen hat. Und bitte erinnere dich auch an die kleinsten Details.«

Letzteres hätte der Herr Sohnemann gar nicht zu betonen brauchen, das war eine Selbstverständlichkeit. Schließlich hatten wir in der Vergangenheit so manch schwierigen Fall am Küchentisch bei uns in der Böttcherstraße diskutiert und – ohne falsche Bescheidenheit an den Tag legen zu wollen – gemeinschaftlich gelöst. Andererseits verstand ich ihn sehr gut: Er war Beamter, und im Beisein seiner netten Kollegen hatte er mir gegenüber einen offizielleren Ton anzuschlagen.

Ich sammelte mich, holte tief Luft, um nochmals komprimiert meine Version der Geschichte unverblümt und nüchtern zum Besten zu geben, da flog die angelehnte Zimmertür auf, und ein Mann im blauen Overall mit Werkzeugkasten stolperte abgekämpft und schwitzend in den Raum.

»Mück!«, rief er hechelnd. »Hein Mück. Der Hausmeister. Ich soll hier ein Fenster reparieren.«

Das war weder ein verspäteter noch ein verfrühter Aprilscherz. Der Mann hieß wirklich so. Später sollte ich seinen Spitznamen erfahren: Man nannte ihn Mücke.

»Sie sind schneller, als die Polizei erlaubt«, sagte der Kommissar süffisant. »Wir sind noch nicht fertig, Herr Mück. Ihre Chefin, die verehrte Frau Krabbe, muss sich leider noch ein wenig gedulden.«

»Wann dann?«, forderte Herr Mück einen verbindlichen Termin. »Mein Kalender platzt aus allen Nähten, eine Baustelle jagt die andere, sechzehn Stunden pro Tag im Einsatz für den ›Glatten Aal‹. Da muss alles zackig und zack, zack gehen.«

Er möge es in ein bis zwei Stunden noch einmal probieren. Mit dieser windelweichen Zeitangabe komplimentierte Ole den schwer transpirierenden Hausmeister hinaus auf den Flur.

Auch Steffen Stieber verabschiedete sich rasch, da er noch, wie er es formulierte, schleunigst eine weibliche Leiche, die heute Morgen in einem Strandkorb in Kühlungsborn entdeckt worden sei, nach Fremdeinwirkungen zu untersuchen habe, bevor sie aufgetaut und somit weitestgehend unbrauchbar geworden sei.

»Mein Bericht flattert morgen früh auf den Tisch des Hauses.« Schon segelte er schnellen Schrittes über den Flur und auf und davon.

Zu dritt vervollständigten wir endlich das Protokoll zum Tathergang.

»Gehtherapie oder Geld? Das war die entscheidende Frage für Frau Schmatz«, sinnierte Ole. »Kurz vor Mitternacht. Geschlossenes Fenster. Gewaltsam aufgehebelt. Im Bett eiskalt erwürgt. Therapeutische Maßnahmen sehen anders aus.«

Inga Jensen schaute nochmals in die Geldbörse. »Der Täter hat einen Zwanzig-Euro-Schein dagelassen.«

Sollten die beiden besser in ihrer Kommandantur herumspekulieren. Mir ging das jetzt zu weit. Die Gunst der Stunde nutzend, bat ich um tatkräftige Unterstützung.

Zwanzig Minuten später stand ich noch etwas wackelig, doch frisch geduscht und vollständig angezogen am Waschbecken, um mir die Zähne zu putzen. Dankenswerterweise packte mir die hübsche Kriminalassistentin gerade meinen kleinen Koffer, da nahm das Schicksal seinen unvermeidlichen Lauf.

»Mama!«, hauchte mir mein Sohn bittend ins Ohr, »Mama, ich bitte dich, bleib noch. Wenigstens ein paar Tage.«

Mein Ole hat keine außergewöhnlichen Merkmale, nicht mal ein Muttermal, nur seine süßen Segelohren, die ganz nach seinem Vater kommen und jetzt abermals feuerrot glühten. Wie bei Papa Jockel waren puterrote Ohren ein deutliches Signal, dass er stark emotionalisiert war oder die Situation ihm einfach nur unangenehm wurde.

Leise sprach er auf mich ein: »Was willst du zu Hause? Hier wirst du dringender gebraucht …«

Ein guter Junge, einwandfreier Charakter, bald achtundvierzig

Jahre alt. Mein Gott, wie schnell die Zeit verging. Seit der unglücklichen Trennung von Monika, mit der er fast sechs Jahre in Bergen auf Rügen gelebt hatte, hatte er ein ausgeprägtes Faible für Makrelenbrötchen entwickelt. Ob da ein unmittelbarer Zusammenhang bestand? Flugs verwarf ich den Gedanken.

Stattdessen fragte ich ihn etwas scheinheilig: »Wie meinst du das?«

»Das weißt du nur zu gut«, entgegnete er hölzern.

»Weißt du, was du da von mir verlangst?«

»Ich weiß, ich weiß. Aber tu nicht so, als wenn dich die Aufgabe, bei allen verständlichen Bedenken aufgrund der Vorkommnisse der letzten Nacht, nicht auch ein bisschen reizen würde.«

»Wie lange?«, fragte ich, ohne auf seine provokative Bemerkung einzugehen.

»Sagen wir: zwei, drei Nächte?« Er hatte seine Stimme zu einem Flüstern gesenkt. »Ich verspreche dir, es wird für deinen Schutz gesorgt. Und ich werde mindestens zweimal pro Tag vorbeischauen und persönlich nach dem Rechten sehen.«

»Um dir die neuesten Informationen abzuholen«, kombinierte ich und guckte ihm blitzend in die Augen. Treuherzig schaute Ole zurück – mein einziges Kind, wie könnte eine Mutter da Nein sagen?

»Jemand muss den rüpelhaften Pfleger im Auge behalten«, stellte ich Bedingungen. »Und dann soll Dr. Jepsen eingeweiht werden, damit mich niemand wieder ins Bett verfrachtet oder gar Schläuche schlucken lässt oder anderes unsinniges Zeug mit mir veranstaltet ...«

»Schon gut, schon gut«, murmelte Ole, »ich kümmere mich drum.«

»Vollpension! Untersteh dich! Das machst du nicht noch mal mit deiner alten Mama ...«

Der Oberkommissar trampelte nervös von einem Bein aufs andere. Klar, er hatte ein schlechtes Gewissen und ich durch meine Bereitschaft zur Mithilfe bei meinem Sohn etwas gut.

»Was ist mit Kikki?«

»Keine Bange, für die wird liebevoll gesorgt.«

Meine schneeweiße Angorakatze war es nicht gewohnt, dass das Frauchen so lange fortblieb. Ich war ja für jeden noch so abenteuerlichen Spaß zu haben, aber nur unter der Bedingung, dass meine geliebte Katze dadurch keinen Kummer hatte.

»Hat Margarete Kikki genommen?«

Meine nette Nachbarin aus der Böttcherstraße hatte selbst lange Jahre eine Katze, eine Sibirische Hauskatze aus Murmansk, einen grauen Engel, leider auf abscheuliche Art an industriellem Dosenfutter mit anschließendem Leberversagen zu früh eingegangen.

»Klar. Sie bekommt täglich frischen Fisch. Bring ich selbst von Lotte Nannsen mit.«

»Margarete soll aber nicht so viel Milch geben, das verträgt Kikki nicht. Auch wenn sie manchmal nicht genug kriegen kann.«

Ole versprach, es der Nachbarin zu bestellen.

Während sich die nächsten Schritte des offiziellen Ermittlerduos dem Personal, der Leitung und dem überschaubaren Umfeld des Opfers nähern wollten, sollte ich – quasi *undercover* – den Bewohnern und Patienten auf den (dritten) Zahn fühlen.

Hatte Frau Schmatz Feinde, Neider vielleicht, unbequeme Leidensgenossinnen? Wem war sie ein Dorn im Auge? Welche Verhaltensweisen legte sie, neben denen, die ich bereits in den ersten Stunden erduldet hatte, an den Tag? Welche Marotten hatte sie?

»Jeder alte Mensch hat irgendwann irgendwelche Marotten«, hatte mein Ole im Brustton der Überzeugung behauptet.

Ich nahm ihm das nicht krumm, seine Auffassung war vielmehr einer tiefen beruflichen Skepsis gegenüber den angeblich normalen, gewöhnlichen Leuten geschuldet.

Wer hatte ein Motiv, die arme alte Frau Schmatz zu töten?

Inga Jensen verabschiedete sich höflich und versprach, nach Dienstschluss noch einmal vorbeizuschauen und mir das Nötigste mitzubringen. Ich schrieb ihr in aller Kürze eine lange Liste. Jockels in Ehren erhaltener Seesack auf dem Schlafzimmerschrank sollte als Transportbehältnis ausreichen. Ich hatte mich zu rüsten, und ab jetzt würde ich im »Glatten Aal« nichts mehr dem Zufall überlassen.

Irgendjemand hatte es sich leicht gemacht und bei der Musikanlage auf die Wiederholungstaste gedrückt. In Endlosschleife dudelte es durch den Flur.

»Schneeflöckchen, Weißröckchen, komm zu uns ins Tal, dann baun wir den Schneemann und werfen den Ball.«

Am späten Nachmittag wurde der Leichnam von Oma Schmatz abtransportiert. Der lange Korridor, der auf der Südseite in den Gemeinschaftssaal und an seinem nördlichen Ende in die Freiheit führte, war leer und totenstill. Schwester Irmi hatte sogar die Weihnachts-CD vorübergehend abgestellt. Die zwölf Zimmer der Bewohnerinnen – acht zur Straßenseite und vier zur Hofseite gelegen – waren fest verschlossen. Mit Ausnahme von Pfleger Friesen, der die schwere Eingangstür zur Stationsdiele weit offen hielt, verabschiedete keine weitere Menschenseele den Sarg, der in diesem Moment von zwei grau in grau uniformierten Herren eines Bestattungsunternehmens aus dem Totenzimmer hinausgetragen wurde.

Eine beklemmende Szenerie, der etwas Surreales anhaftete. Einer der beiden Totenträger hielt inne, blickte über die Schulter den langen Flur hinunter und erwiderte meinen Blick, der ihn vom Ende des Ganges her fixiert hatte, geradewegs so, als hätte er es im Rücken gespürt. Ich fühlte mich durch eine plötzliche Woge irrationalen Schauders überflutet.

Hinter der Tür mit der Nummer 10, dem Totenzimmer genau gegenüber gelegen, glaubte ich ein undeutliches Wimmern zu hören. Eine gruselige Untermalung zum grotesken Szenarium auf dem Stationsflur.

Ein seltsamer Bestatter mit einer noch merkwürdigeren Physiognomie: scharfe Schnabelnase, fast lippenlos, unmerkliche Wangenknochen, spitze und eng anliegende Ohren, dünnes gefiederartiges Haar, aber stechender Blick aus dunklen Augenhöhlen. Der Mensch glich irgendwie einem Vogel oder mehr noch einer Vogelscheuche – schwer zu beschreiben. Schlank, fast windschlüpfig, dabei bestimmt anderthalb Köpfe größer als sein eher belangloser Kollege.

Auf sein Zeichen hin setzten sie den schlichten Holzsarg noch einmal ab. Der möwenähnliche Mann schwebte leicht wie eine Feder über den Linoleumbelag. Kein Schritt war auf dem sonst quietschenden Grund zu hören. Vielleicht lag es am ausgetüftelten Schuhwerk …

Sekunden später stand mir das unheimliche Wesen gegenüber, zückte etwas aus der Brusttasche seines grauen, fast pergamentartigen Jacketts und drückte mir flugs ein Kärtchen in die hohle Hand. Das Gewimmer in Zimmer 10 schwoll kurzzeitig zu einem Klagelied an. Bildete ich mir das alles nur ein, oder geschah es tatsächlich?

Es fiel kein Wort. Die Zeit schien für einen viel zu langen Moment stillzustehen ...

Pfleger Friesen hielt die Tür und seinen Mund sperrangelweit offen, wagte nicht mal zu atmen.

Konsterniert blickte ich auf die Karte und las:

»Institut Gebein & Eichenlaub – Spezialist für See- und Feuerbestattungen. Sie killen, wir grillen! Sargmacherstraße 1, 23966 Wismar – gleich hinter der Touristeninformation – Telefon: ...« et cetera pp.

Mit leichter Feder kritzelte der Typ drei Worte auf die Rückseite der Visitenkarte, schwebte mit leichtem Flügelschlag zurück zu seiner eigentlichen Aufgabe, hievte mit seinem Hiwi auf drei die Totentruhe an, machte sich buchstäblich vom Totenacker, und schon war der Spuk vorüber.

Ich drehte das Kärtchen um, die Worte waren noch feucht: »Für alle Fälle« ...

Mir sackte das pochende Herz in die Bundfaltenhose. Meine Gänsehaut wollte sich lange Zeit gar nicht mehr legen.

Er war es, keine Frage. Das war der dubiose Kerl, von dem mittlerweile die halbe Hansestadt zu berichten wusste, wenn es um Tod und Verderben ging. Obwohl ihn fast niemand jemals zu Gesicht bekommen hatte. Der ominöse Möwenkopf-Mann!

Selbst im 21. Jahrhundert gab es an der Küste noch Leute, die an den Klabautermann glaubten. Alles Seemannsgarn, da war ich mir sicher. Dagegen schien der Möwenkopf-Mann mehr als real.

In Zimmer 10 schrie es spitz auf. Mich fröstelte. Friesen setzte sich in Bewegung, um nachzuschauen, ob es in der Zehn ein ausgewachsenes Problem gab. Schleunigst zog ich mich zurück – hinter die dünne hölzerne Tür mit der Nummer 6.

3

Sonntag, den 13. Dezember

Der fiese Knopf Max Friesen war eine echte Kodderschnauze. Unglücklicherweise hatte man ausgerechnet ihn zur Adventsfeier auf der Station »Abendfrieden« als Weihnachtsmann auserkoren. Bereits am frühen Nachmittag und beachtliche elf Tage zu früh hatte Friesen im Gemeinschaftsraum stilecht kleine Geschenke an die Heimbewohnerinnen im »Glatten Aal« zu verteilen.

Die Terminierung stellte keinen Beinbruch dar. War sie doch dem eher beruhigenden Umstand zu verdanken, dass einige der alten Damen tatsächlich noch Familien hatten, die sie über die Festtage nach Hause in den Kreis der Lieben holen wollten. So zog man die Bescherung im Seniorenstift kurzerhand vor, um sie im Kreise der Gleichgesinnten als traditionell nordischen Julklapp deklariert mehr oder weniger einträchtig zu begehen.

Das einzig wahrhaft Stimmungsvolle vorneweg: Den großen grünen Kranz aus Tannenzweigen schmückten vier prächtige rote Sturmkerzen, auf denen drei Flämmchen seicht und golden flackerten. Der Adventskranz thronte in der Mitte unserer Zusammenkunft auf einem olivbraunen Teakholztisch, den man zur Feier des Tages aus dem Schwesternzimmer ausgeborgt und hierhergeschoben hatte.

Die lange Rute und die kurzen bösen Kommentare, mit denen Pfleger Friesen die alten Leute zu bekehren oder – nennen wir es ruhig beim Namen – zu piesacken suchte, waren völlig unangebracht und sollten später berechtigterweise eine Sammelbeschwerde bei Marie-Luise Krabbe zur Folge haben. (Wer diese anonym verfasste Klage samt Unterschriftenliste zu verantworten hatte, darüber wollte ich mich bis ans Ende meines Aufenthaltes in dieser Einrichtung in Schweigen hüllen.)

»Ein feines Tröpfchen besten Pflaumenwein für unsere liebe Frau Schluckspecht aus Zimmer 5. Jedoch nur unter der Bedingung, dass sie im nächsten Jahr die Fläschchen nicht mehr durchs offene Fenster, wie vom Hausmeister zu Recht beklagt, sondern vorschriftsmäßig im Glascontainer im Innenhof entsorgt.«

Während seiner dreisten Ermahnung kratzte sich Friesen den künstlichen Rauschebart, drohte der Dame aus Zimmer 5 mit seiner affigen Plastikrute wie im schlechtesten Laienschauspiel und reichte der gierigen Elfriede von Meuselwitz eine halb geleerte Likörflasche vom China-Imbiss »Zul flöhlichen Flühlingslolle« herüber. Die Imbissstube lag für das Personal des Pflegeheims äußerst günstig, nicht weit vom »Glatten Aal« am Ende der Baustraße, eingangs des begrünten Mittelstreifens der Claus-Jesup-Straße. Der fiese Friesen hatte sich dort mit allem möglichen asiatischen Krimskrams auf Kosten der knappen Stationskasse eingedeckt. Es war leider anzunehmen, dass der zur Verfügung gestellte Betrag nicht annähernd dem Gegenwert in seinem Kartoffelsack entsprach. Den Geschenkesack hielt er während der Bescherung die ganze Zeit zwischen den Beinen. Immer wenn er den Faden verlor, guckte er stumpfsinnig hinein, um dann das nächste freche Präsent herauszuholen.

Aber wer wollte ihm das ankreiden? Schwester Irmi hing an seinen vom Rauschebart überwucherten Lippen und war froh, dass ihr »netter Kollege, der stets lustige Pfleger Max«, wie sie sich ausdrückte, aus freien Stücken die Initiative ergriffen hatte.

Die nunmehr exakt fünfzehn Bewohner waren vollzählig versammelt. Die Bettlägerigen hatte man in einer wahren logistischen Meisterleistung samt Koje zur Bescherung in den Saal manövriert. Die eine oder andere Dame war zwar nicht mehr ganz auf der Höhe des Geschehens, die Veranstaltung schien jedoch das alljährliche Highlight des sozialen Miteinanders im Seniorenstift zu sein und genoss deshalb so etwas wie Pflichtcharakter.

Da hätte man eigentlich Marie-Luise Krabbe als Anstaltsleiterin zumindest auf einen Sprung erwarten können. Fehlanzeige. Selbst Mücke, der fixe Hausmeister, schaute kurz auf einen Kaffee vorbei, nachdem er endlich das Fensterscharnier in meinem Zimmer hatte auswechseln dürfen.

Nicht alle Namen sind für den Fall von Belang, deshalb nur die wesentlichen: direkt neben Frau von Meuselwitz schnarchte Frau Zamzow, sechsundsiebzig Jahre alt, einst attraktive, aber gefürchtete Deutschlehrerin vom Geschwister-Scholl-Gymnasium, schwere Demenz im Endstadium. Alzheimer hieß ihre schlimme, schleichende Krankheit.

Auf der anderen Seite von Elfriede von Meuselwitz saßen die Zwillingsschwestern Ehlers (Gertrud und Gudrun), zusammen hundertvierundzwanzig Jahre jung, die eine begüterte Kapitänswitwe, die andere eine nervöse, jedoch mit Anstand ergraute Jungfer. Krankheiten waren nicht bekannt, für sie war der »Glatte Aal« ein lang gehegter Wunsch, sprich der angestrebte Ruhesitz.

Eine Frau mit schrecklich gefärbten lila Haaren, die achtzigjährige Marita Gumbinnen, hockte neben Frau Zamzow und bohrte sich unentwegt in ihren dazu wahrhaft einladenden Nasenflügeln. Dazu benutzte sie ein mit bunten Blumen bedrucktes Stofftaschentuch. Frau Gumbinnen war eine ruhige, oftmals abwesend wirkende Dame, die auf der Station sehr zurückgezogen lebte.

Die ehemalige Schauspielerin Frieda Ferres, knapp siebzig und ihr halbes Leben nur Fifi gerufen, regional berühmt durch ihre Auftritte an der Wismarschen Niederdeutschen Bühne, gruselte sich die ganze Zeit vor dem mangelhaften darstellerischen Potenzial des Pflegers Friesen. Im Alltag klagte sie über Rheuma und zu hohen Blutdruck, den sie nicht in den Griff bekam. Ihre aktive Bühnenlaufbahn hatte sie vor knapp zwei Jahren beendet.

Gerlinde Poltzin, die Mutter von Sportreporter-Legende Kläuschen Poltzin, den die Wismarer wegen seiner außerordentlich lebendigen Radioreportagen fast abgöttisch liebten, spiekte stoisch in die Runde und klatschte zumeist an unpassendster Stelle vor Freude oder garstiger Genugtuung in ihre knöchernen Hände. Sie wirkte verwirrt, bekam jedoch definitiv mehr mit, als die meisten glaubten.

Neben ihr saß Elli Schwertfeger. Sie wollte im »Glatten Aal« nächstes Frühjahr ihren einhundertsten Geburtstag feiern. Auf Anhieb wusste keiner mehr, wie lange sie in diesem Haus schon wohnte, vermutlich seit Anbeginn der Einrichtung. Ein Fliegengewicht, aber zäh wie Leder, ohne jeden Zusammenhang unentwegt vor sich hin brabbelnd. Sie kommentierte alles und jeden, ohne dass es für den Zuhörer irgendeinen Sinn ergab. Manchmal war das witzig, dann wieder einfach nur anstrengend.

Ganz weit links im Kreis des Publikums saßen zwei betagte Herren, die freundschaftlich miteinander flüsterten. Das war mir neu, und das hätte ich auch nicht vermutet, dass auf einer Frauenstation ebenfalls Männer untergebracht wurden. Eddi Goor und Piet Pirschel fanden Einlass, weil sie zusammen jahrelang erfolglos auf der endlosen Warteliste zugebracht hatten und als Paar nur ein gemeinsames Zimmer für ihren Lebensabend beziehen wollten.

Schräg unter dem »Abendfrieden«, im Hochparterre vom »Glatten Aal«, gab es im Männertrakt »Herbstreigen« bedauerlicherweise überwiegend Einzelquartiere und zwei Drei-Mann-Behausungen. Nichts für zwei alternde, schnuckelige Nestsucher.

Übrigens reichte ihnen der zynische Rutenmann gerade mit einem vertraulichen Augenzwinkern eine mächtig zerdrückte Packung Kamasutra-Räucherstäbchen hinüber.

Elfi, wie Elfriede von Meuselwitz von ihren Leidensgenossinnen kurz und liebevoll gerufen wurde, war neunundsechzig Jahre alt und geistig fit wie ein Turnschuh. Sie humpelte nun, auf einem schwarzen Gehstock gestützt, aus dem Kreis der Bewohner und setzte sich im Hintergrund des weihnachtlich deklarierten Kaffeekränzchens direkt neben mich.

»Neu hier?«, fragte Elfi, setzte die kleine Likörflasche an und nahm zwei, drei hastige Züge, wobei ihr ein paar zähe Tropfen des Pflaumenweins zwischen den vereinzelten weißen Bartstoppeln das Kinn herunterliefen.

»Eine Woche Kurzzeitpflege«, entgegnete ich.

»Na dann, herzlichen Glückwunsch.«

»Hanna Hansen. Freut mich.«

»Ganz meinerseits. Elfriede Karla Theodora Freifrau von Meuselwitz. Seit drei Jahren Einzelhaft ohne Bewährung. Für dich einfach nur Elfi.«

Ich staunte über ihren wohlklingenden adeligen Namen. Vor allem die Freifrau machte ordentlich etwas her. Wenn der Titel ihr im Alter und im »Aal« auch nicht sonderlich half, wie unschwer zu vermuten war.

Der trostlose Gemeinschaftsraum maß knapp dreißig Quadratmeter im Karree. Es roch nach einer seltenen Mischung aus heißem Kerzenwachs, Tannengrün und scharfen Reinigungsmitteln. Im alten Röhrenfernseher lief die stumme Liveübertragung irgendeines Skirennens. Aus den in der Decke integrierten Boxen, die durch die Mikrokompaktanlage im Schwesternzimmer gespeist wurden, dudelte ein frommer Weihnachtsklassiker nach dem anderen.

»Die Kinder stehen mit hellen Blicken, das Auge lacht, es lacht das Herz, o fröhlich, seliges Entzücken, die Alten schauen himmelwärts ...«

»Wie passend!«, erriet Frau von Meuselwitz meinen Gedanken und deutete mit einer vagen Geste gen unsichtbare Lautsprecher. Eines von gut und gern drei Dutzend Adventsliedern. Seit gestern früh hatte ich das untrügliche Gefühl, dass es sich dabei um die immer gleiche CD handelte.

»Was haben wir denn da für ein feines Kätzchen?«, schwadronierte der Weihnachtsmann und hielt ein quietschbuntes Spielzeug in die Höhe. Die chinesische Winke-Katze aus billigem Plastik war vielleicht im fernen Asien ein populärer Glücksbringer. In unseren Breitengraden besaß sie dagegen allerhöchsten Kitschfaktor.

»Das wäre aber eine feine Mieze für unsere Oma Muschi gewesen – Gott hab sie selig!« Und die Tatze winkte pausenlos und albern in die Runde. Friesen reichte die Figur Frau Gumbinnen, die sich artig bedankte und dann die Winke-Katze andächtig in ihrem Schoß unter dem vollgeschnäuzten Taschentuch verbarg.

Marita Gumbinnen war letzte Woche achtzig geworden, gebürtige Ostpreußin und durch Kriegswirren und Flucht über das Große Haff vor über sechzig Jahren bis nach Wismar vertrieben worden. Eltern oder Geschwister lebten schon lange nicht mehr. Niemand kümmerte sich. Seit knapp fünf Jahren lebte sie im »Glatten Aal« im Zimmer mit der Nummer 7. Die lila Haare leuchteten, ihr Friseur gehörte erschossen.

»Ich mag keine Männer, nicht mehr«, philosophierte Elfi von Meuselwitz. »Aber Goor und Pirschel sind ganz in Ordnung. Die halten die Klappe und reden nur, wenn sie gefragt werden. Und auch dann nur das Nötigste.«

Meinen fragenden Gesichtsausdruck interpretierte sie einmal mehr richtig.

»Wir alten Leute sind ein Riesengeschäft!«, flüsterte sie mit Nachdruck. »Egal, ob Männchen oder Weibchen. Was meinst du, Hanna, was der Laden hier abwirft?«

Aufrichtig, denn komplett unwissend, zuckte ich die Schultern.

»Die Krabbe kassiert ein fünfstelliges Monatsgehalt. Was denkst denn du ...?«

Wahrscheinlich ein bisschen übertrieben, dachte ich.

Anscheinend lag es in ihrer Natur, Elfi neigte zur Überzeichnung.

Aber vielleicht war es in diesem Moment auch dem Pflaumenwein zu verdanken.

»Die Krabbe ist an allem schuld«, fuhr Elfi von Meuselwitz munter fort. »Die kümmert sich hier um alles, nur nicht ums Wesentliche.«

Auf meine Nachfrage, wie sie das meine, antwortete Elfi völlig frank und frei und flapsig: »Die Krabbe kratzt das Geld zusammen, hockt in Ausschüssen und Gremien und rennt potenziellen Spendern und zukünftiger Kundschaft die Bude ein. Wie der Laden intern läuft, interessiert sie nicht die Bohne. Das Personal kriecht zu Kreuze, macht im Endeffekt aber, was es will. Kaum ist die Katze aus dem Haus, tanzen die Mäuse auf dem Tisch. Will sagen: Für die Krabbe geht es nur um Kohle.«

»Da kommt so ein gewaltsamer Tod zur Weihnachtszeit ziemlich ungelegen«, vermutete ich.

»Im Gegenteil, meine liebe Hanna«, kicherte sie geheimnisvoll, »im Gegenteil. Der Tod kam wie gerufen.«

Sie zwinkerte mir zu und nahm einen herzhaften Schluck aus ihrem Fläschchen. Dann fixierte sie den Weihnachtsmann und murmelte mehr zu sich selbst: »Wie heißt es so schön: Der Fisch stinkt vom Kopf her.«

»Gesegnet seid ihr alten Leute, gesegnet sei du kleine Schar! Wir bringen Gottes Gaben heute, dem braunen wie dem weißen Haar!« Weihnachten hin oder her, die CD ging mir langsam auf die Nerven.

Gerlinde Poltzin reckte gerade ihre zittrigen Finger und nahm aus dem Kartoffelsack von Pfleger Friesen eine Pappschale mit vier frittierten Frühlingsrollen entgegen. Dazu reichte er eine Serviette und ein kleines Schälchen mit süßsaurer Soße.

Eine Frechheit, dieser Friesen!

Frau Poltzin hatte für ihren schnippischen Applaus nun leider keine Hand mehr frei.

»Komm schon!«, schnarrte es neben mir. »Ich muss dir was zeigen.« Meine Nachbarin zog sich an ihrem Krückstock hoch.

»Holla, die Waldfee! Wir sind noch nicht durch mit Weihnachten.« Der Rauschebart stand auf, durchrührte mit der Rute das abgehangene Frittenfettaroma, sodass die Kerzenflammen Funken sprühten, und spie Gift und Galle hinterher. »Frau von und zu Meuselwitz! Frau Hansen! So geht das nicht. Das kommt ins dicke Weihnachtsmann-Jahrbuch. Soll und Haben. Sie verstehen? Das hat Folgen. Nach der Bescherung ist vor der Bescherung. Wenn Sie wissen, was ich meine!«

Die leere Likörflasche sauste mit enormem Getöse in einen blechernen Mülleimer, und ein enervierender Kinderchor trällerte die letzte Strophe eines gottgefälligen weihnachtlichen Kirchenliedes.

»Zu guten Menschen, die sich lieben, schickt uns der Herr als Boten aus. Und seid ihr treu und fromm geblieben, wir treten wieder in dies Haus!«

Als ich mich kurz umdrehte, sah ich aus dem Augenwinkel, wie Hein Mück Elfis leere Flasche diensteifrig aus dem Mülleimer fischte.

Wir saßen in dem kleinen Park, auf der Hofseite des Seniorenstifts »Glatter Aal«, früher war das einmal der Pastorengarten der gemeinsamen Kirchengemeinde Sankt Marien und Sankt Georgen gewesen, und schauten auf einen hübschen zugefrorenen, fast kreisrunden Teich, auf dessen dünner Eisfläche die eine oder andere Schnatterente tollpatschig hin und her schlitterte. Das war lustig anzuschauen.

Elfi von Meuselwitz fingerte eine zerdrückte Schachtel aus ihrem Wintermantel, steckte sich eine Zigarettenkippe zwischen ihre schmalen, aufgesprungenen Lippen und tat einen kräftigen, befreienden Zug.

»Nix darf man mehr. Wie die kleinen Kinder behandelt man uns.«

Elfi war bekennende Alkoholikerin, wundervoll direkt und hatte ihr langes, schönes graues Haar zu einem Zopf zusammengeflochten, der ihr bis auf die Mitte ihres Rückens fiel. Sie rauchte und scharrte dabei gedankenverloren mit ihrem Spazierstock in der zarten Schneedecke herum.

»Der Pfleger ist aber auch ein Unmensch«, versuchte ich, das Gespräch am Laufen zu halten.

»Max Friesen ist nur die Spitze des Eisbergs«, entgegnete sie. »Du hast Glück, du bleibst nicht lang. Sonst würde ich dir raten, sieh dich vor. Vor allen. Sogar vorm Hausmeister.«

»Hein Mück?«

Sie sog am Zigarettenstummel und schnippte die heruntergebrannte Kippe in den Schnee.

»Mücke ist nur oberflächlich ein netter Kerl, der ist pedantisch bis in die Zehenspitzen. Ob Rasenmähen, Unkrautjäten, das muss alles generalstabsmäßig wie am Schnürchen laufen, sonst kann der zur Furie werden.«

Nach einer kurzen Pause fügte sie fast deprimiert hinzu: »Aber das gilt eigentlich für jeden, der hier was zu sagen hat.«

»Warum gehst du nicht einfach weg?«

»Du hast leicht reden. Du hast ein Zuhause. Sogar einen Sohn, wie ich gehört hab, um den du dich kümmern kannst … und er manchmal um dich. Ich bin allein, ohne Mann, kinderlos. Nicht mal mehr Verwandte. Der Schnaps hat mich mürbegemacht. Vergesslich. Am Ende stand der Herd in Flammen. Besser so. Besser die Verantwortung ein für alle Mal los sein.«

Wir saßen eine Weile stumm nebeneinander. Ihr adliger Name ließ eine Familie oder zumindest reiche Verwandtschaft vermuten. So konnte man sich irren. Was würde ich tun ohne meinen Ole, ohne Freunde wie »Uns Uwe« Bartelmann und die Nachbarinnen, allen vorweg Margarete Olg und Emma Beeck? Das Leben ohne Familie, ohne Bekannte, es musste grausam sein … und völlig inhaltsleer.

»Alles verdammt lang her. Altes Adelsgeschlecht aus dem Altenburger Land. Erst verarmt, dann ausgestorben. Ich bin die Letzte«, kommentierte Elfi meinen Gedanken, und dann fragte sie sehr direkt: »Ich hab Alpträume, wenn ich an Heiligabend denk … Was ist mit deinem Mann?«

»Gestorben. Vor fünf Jahren. Schlaganfall.«

»Das tut mir leid.«

»Ging alles ganz schnell. Keine Quälerei.«

»Wie hieß er?«

»Jockel. Eigentlich Jochen, aber alle nannten ihn Jockel.«

»Fühlst du dich allein?«

»Ich hab meinen Sohn.«

Feine Flöckchen rieselten aus grauem Küstenhimmel. Der kleine, zum Stift gehörende Park wirkte gemütlich, aber wenig natürlich, eher akkurat angelegt: kahle, gestutzte Sträucher, eine kerzengerade, fast vier Meter lange Blautanne, ein paar Beete, in denen im Frühling vermutlich Zierpflanzen blühten, keinerlei Unkraut, der künstliche Teich. All das abgegrenzt durch eine knapp zwei Meter hohe verwitterte Backsteinmauer. Kein Blick wagte sich in den Hof hinein, keiner fand den Weg hinaus. Nur die fünf Holzbänke, auf denen die Alten und Kranken an wärmeren Tagen sinnierten, passten nicht gänzlich in die gepflegte, anheimelnde Gartenatmosphäre. Die Planken begannen morsch zu werden, die eine oder andere schien bereits gesplittert beziehungsweise gebrochen.

Elfi zückte einen Flachmann aus dem Mantel, öffnete ihn mit einem knarzenden Geräusch und hielt ihn mir auffordernd hin. Dankend lehnte ich ab. Wie vom Arzt befohlen hielt ich mich lieber an meine Wasserflasche. Sie nahm ein Schlückchen und steckte den Rum zurück in ihre Brusttasche.

»Karibischer«, erklärte sie, »aus Anguilla. Wenn, dann nur vom Feinsten.«

Ich kicherte. Sie lachte und zeigte ihre gelben Zähne. Der Atem kondensierte in der Winterluft.

»Du wolltest mir etwas zeigen«, ermahnte ich sie freundlich.

»Hier!« Elfi deutete auf die Eisfläche vor uns. »Dort hat man sie herausgezogen. Letzten September.«

Ich schaute perplex zum Teich.

»Herausgezogen? Wen?«

»Die Möller.«

»Kenne ich nicht.«

»Stand in jeder Zeitung.«

Ich dachte nach, und dann fiel der Groschen.

»Möller? ... Irene Möller?«

Sie nickte nachdenklich.

Tatsächlich hatte unsere Lokalzeitung, der Wismarer OSTSEE-BLICK, tagelang die verrückte Geschichte der verwirrten Irene Möller Anfang August auf die Titelseiten gebracht. Ihr Schicksal half, das ansonsten nachrichtenarme Sommerloch zu stopfen. Doch beim besten Willen: An einen Tod der armen Frau Möller durch Ertrinken konnte ich mich nicht erinnern.

»Sie bekam gute Rente. Nach ihrem unfreiwilligen Ausflug ließ ihr Sohn sie hierherbringen. Das hielt jedoch keine vier Wochen!«, erklärte Elfi von Meuselwitz vieldeutig.

Zehn Tage lang war Frau Möller damals zu Fuß über die Insel Poel geirrt. Über die Felder, durch die Wälder, sogar hüfthoch durch die See, hieß es. Sie hatte sich verlaufen, es war wie verhext:

Sie hatte Hilfe gesucht, aber weit und breit keine Menschenseele getroffen. Irgendwann begann man die Gegend nach ihr zu durchkämmen. Am Ende waren ihr die Kräfte geschwunden, erschöpft, dem Tode nahe, hatte sie ein Bauer bei Brandenhusen mitten auf seinem Acker gefunden. Halb verhungert, praktisch verdurstet, komplett verwirrt.

Wegen einer früheren Nervenkrankheit litt die einundsiebzigjährige Wismarerin unter Gedächtnisverlust und Orientierungslosigkeit. Sie war aus ihrer Wohnung getreten, wollte zur Therapie und war in den falschen Bus gestiegen. Ein Fehler mit beinahe tödlichen Folgen.

Dr. Jepsen, der Irene Möller im Nachhinein untersucht hatte, schätzte, dass sie in den zehn Tagen wahrscheinlich hundert Kilometer gelaufen war und über zehn Kilogramm abgenommen haben musste.

Beamte aus der Kommandantur hatten fieberhaft und mit einem in der Wismarer Polizeigeschichte einmaligen Großaufgebot nach ihr gesucht.

Der Doktor betonte später in einem Exklusivinterview für den OSTSEE-BLICK, dass innerhalb der belebten Wismarer Gassen sicherlich früher jemand auf die Frau aufmerksam geworden wäre. Aber in den weitläufigen Feldern und Wäldern und abgelegenen Siedlungen der ländlich geprägten Insel Poel sei der Frau tage- und nächtelang niemand begegnet.

Zur selben Zeit hatte Kommissar Hansen im Urlaub auf Mallorca geweilt und seine liebe Assistentin Inga Jensen keinerlei Anhaltspunkte gefunden, irgendjemandem in diesem Drama einen ernsthaften Vorwurf zu machen. Daraufhin musste die Staatsanwältin am Amtsgericht im Fürstenhof das bereits wegen unterlassener Hilfeleistung (gegen unbekannt) eingeleitete Ermittlungsverfahren wieder einstellen.

»Dennoch: Das war damals ein Wettlauf mit der Zeit«, fasste ich das Grauen noch einmal zusammen.

»Den die Gute letztendlich doch verloren hat«, resümierte Elfi von Meuselwitz.

»Wie meinst du das?«

»Sie starb direkt vor uns. Ertrunken im Teich!« Sie fingerte sich eine neue Zigarette aus der Packung. »Ich kann mich noch genau an den Tag erinnern. Es gab eine Tanzveranstaltung ... am späten Nachmittag. Da weilte sie noch mitten unter uns, tanzte mit dem kleinen Herrn Stier vom ›Herbstreigen‹, der mittlerweile auch schon tot ist. Was glaubst du, wie viele Bewohner hier aus dem Heim immer mal wieder verschwinden und dann aufwendig gesucht werden müssen?«

»Die meisten können doch kaum laufen«, widersprach ich ganz nüchtern und nahm einen Schluck Mineralwasser.

Elfi guckte mich schief an, hauchte genüsslich den Tabakrauch in den frostigen Nachmittag, stand dann schwerfällig auf und umrundete langsam den ungefähr zehn Quadratmeter kleinen Tümpel.

»Mit dem Kopf unter der Oberfläche!«, rief sie vom gegenüberliegenden Rand. »Ihre Beine lagen halb draußen am Ufer. Die Lungen voll Wasser.«

Sie hatte das Eisloch einmal vollständig umkurvt und humpelte wieder auf mich zu.

»Verwirrte und vermisste ältere Menschen werden zunehmend zu einer gesellschaftlichen Herausforderung, hieß es vonseiten der Krabbe. Stand sogar im BLICK. Mit Foto.«

Seit bald einem Jahrzehnt hatten wir den OSTSEE-BLICK abonniert, obwohl mein Sohn das Zeitunglesen hasste wie kein Zweiter. Doch das unglückliche Ende von Frau Möller im »Glatten Aal« musste mir bei meiner täglichen, normalerweise sehr aufmerksamen Lektüre entgangen sein.

»Nachts war sie weggelaufen. Zuerst hatte sie keiner vermisst, erst vor dem Frühstück bemerkte man das Malheur. Doch da war es schon zu spät. Zur Geisterstunde im Hof herumgeirrt wie ein Gespenst. Verwirrt, verlaufen, erbärmlich ertrunken. Merkst du was, Hanna?«

»Was willst du damit andeuten, Elfi?«

»Ertrunken im Teich? Maximal dreißig Zentimeter tief, das Wässerchen. ›Ertränkt‹ trifft wohl eher den Sachverhalt. Zugegeben, der Boden ist im Sommer vielleicht ein wenig glitschig. Dennoch alles Tinnef. Ich behaupte: Die Möller wurde ersäuft wie eine lästige Katze!«

»Ist das nicht ein bisschen weit hergeholt?«

»Zehn Tage Poel hatte sie überlebt. Zehn Tage Ostsee und Sturm und Hunger und Durst. Und dann wird sie von einem Ausrutscher in einem winzigen Teich hinweggerafft? Mord war das, genau wie bei der Schmatz.«

»Aber warum? Und vor allem von wem?«

»Das ist der Casus knacksus, meine Liebe. Das gilt es herauszufinden.«

»Seute Deerns!«, tirilierte es im selben Augenblick vom Stiftportal herüber. »De Julklapp is vörbi. Ick bin fix un fardig, ick bruk furts ne Zigarett.«

Raschen, aufrechten Schrittes näherte sich Fifi Ferres, stellte sich neben uns, strich sich mehrfach theatralisch durchs auffällige, strähnig blonde Haar und gierte nach Elfis Zigarettenpackung.

Im angemessenen Abstand zur Schauspielerin folgten die groß gewachsenen Zwillinge in die Dämmerung des Hofes, setzten sich etwas abseits auf eine der Parkbänke und unterhielten sich unter vier Augen wie zwei Schwestern – vertraulich und familiär, doch etwas scheu gegenüber uns anderen.

Frau von Meuselwitz bot dem niederdeutschen Ex-Bühnenstar bereitwillig einen Glimmstängel an, und schon pafften sie um die Wette und schwadronierten im unverfänglichsten Small Talk über Fifis Präsent vom fiesen Friesen – einen armseligen Beutel chinesischen grünen Tee der Marke »Gunpowder«.

Schneeflockengleich rieseln animierte weiße Kugeln über den Bildschirm. Es ertönen die ersten Takte des bekannten amerikanischen Songs »Jingle Bells«. Im modernen Fernsehstudio erscheint eine gut aussehende Glücksfee. Lächelnd tritt sie in die antiquierte Kulisse. Die einprägsame Tonfolge des Winterliedes ist der Moderation wie ein Musikbett unterlegt. »Guten Abend, meine Damen und Herren. Ganz herzlich willkommen, liebe Zuschauer, bei uns im Lottostudio! Schön, dass Sie eingeschaltet haben und bei uns wieder dabei sein wollen!« Die musikalische Untermalung und die aparte Ansprache reißen abrupt ab.

»Aber Mama! Was hat das eine mit dem anderen zu tun?«

Der Kommissar hielt den Telefonhörer einige Zentimeter von seinem Ohr entfernt und guckte leicht angesäuert.

»Mensch, Junge, nun denk doch mal logisch. Zwei mausetote Frauen innerhalb eines halben Jahres auf derselben Station, und beide sterben keines natürlichen Todes.«

Olaf Hansen wusste genau, wie seine Mutter auf der anderen Seite der Leitung jetzt aussah: engagiert rosige Wangen und milde blaue Augen, die ihn sogar durch den Hörer hindurch eindringlich anfunkelten. Er zierte sich noch, obwohl er die verwegenen Spekulationen der Frau von Meuselwitz über den plötzlichen Tod der Frau Möller äußerst interessiert aufgenommen hatte.

Die telefonische Erörterung dauerte keine zehn Minuten, dann begab sich der Oberkommissar ohne Umwege ins Polizeiarchiv, das hieß ins Dachgeschoss der Kommandantur, um dort die übersichtliche Akte »Irene Möller« zielsicher aus einem staubigen Stapel zu ziehen.

Gemeinsam mit seiner Kriminalassistentin befand sich der Kommissar nun in seinem Büro im ersten Stock der Polizeidienststelle am südlichen Kopfende des Marktplatzes der Altstadt und brütete über den unglücklichen beziehungsweise brutalen Todesfällen im »Glatten Aal«.

Im nüchternen Arbeitszimmer der Kommandantur zierte die Kommode an der Längsseite ein kleiner Adventskranz, auf dem Fräulein Jensen gerade feierlich die dritte Kerze entzündete.

Ein schwacher Trost, war sie doch eigentlich für die heutige sogenannte Lichterfahrt über die Wismarbucht verabredet gewesen. Die gemeinsame Seemannsweihnacht der Wismarer und Poeler Fischer führte die mit Lichterketten geschmückten Schiffe traditionell vom Alten Hafen zur vorgelagerten Insel Walfisch und wieder zurück.

Wer ein Ticket auf einem der Boote ergattert hatte, konnte von Glück reden. Die mehrstündige Lichterfahrt war ein einmaliger Brauch an der gesamten Ostseeküste. Und leider hatte Inga Jensen den stimmungsvollen Ausflug bereits am letztjährigen dritten Advent verpasst.

Ohne seinen Blick von der Akte zu heben, meinte Olaf Hansen, dass es keinen freien Sonntag mehr geben könne, solange ein Mörder in Wismar frei herumlaufe.

Inga Jensen ließ sich ihre Enttäuschung nicht anmerken.

»Die Lösung unseres Falles hat oberste Priorität.«

»Klar, Chef.«

Ob es zwischen dem Mord an Schmatz und dem Ableben der Möller einen unmittelbaren Zusammenhang gab, war zumindest nach erstem Aktenstudium nicht festzustellen. Auffällig war allein eine vermutlich zufällige, dennoch sehr interessante Übereinstimmung, die sich aus dem Vergleich der Protokolllisten über die Habseligkeiten der beiden verstorbenen Damen ergab. Hier hatte man einen vergilbten Lottoschein registriert, dort einen augenscheinlich zerknüllten.

Das war es aber auch schon mit den Parallelen. Während man beim Möller'schen Spielschein vier Tippreihen gezählt hatte, hatte der Tippzettel der Schmatz sieben Zahlenkombinationen aufgewiesen. Wie die Kreuzchen mit Kugelschreiber angeordnet, geschweige denn, ob sie vielleicht sogar richtig platziert worden waren, diese Informationen gingen aus dem polizeilichen Protokoll nicht hervor. Auch Hansens beflissene Assistentin hatte diesbezüglich noch keine konkrete Auswertung vorgenommen.

»Wo ist der Lottoschein von der Frau Möller denn jetzt?«, fragte der Kommissar.

»Keine Ahnung, Chef. Vielleicht in der Asservatenkammer.«

»Und der Tippzettel der Schmatz?«

»Ich denke, bei ihren übrigen Utensilien.«

»Gut. Seien Sie so lieb und holen Sie uns den Plunder noch mal ins Büro«, befahl Olaf Hansen. »Und prüfen Sie bitte die Kontobewegungen der beiden. Sagen wir einmal ... der letzten sechs Monate. Vielleicht bietet das Lottospielen einen Anhaltspunkt, der die beiden Todesfälle miteinander in Verbindung bringen lässt.«

Die Schmatz-Tochter im fernen Südafrika habe sie leider immer noch nicht erreichen können, entschuldigte sich Hansens Assistentin, es nehme einfach niemand ab.

Schon gut, schon gut, sie solle es wieder versuchen, murmelte Hansen kurz angebunden.

Der Kommissar wirkte abgelenkt, er schien mit seinen Überlegungen woanders zu sein. An den Kauf von Weihnachtsgeschenken verschwendete er aber noch keinen Gedanken, das besorgte er stets kurz vor knapp. Konzentriert massierte er seine Nase, ein untrügliches Zeichen, dass er ins Grübeln geriet. Solcherart in Überlegungen vertieft, stellte er sich ans Fenster: Das Panorama von der Wasserkunst über den historischen Markt bis zum klassizistischen Rathaus inspirierte ihn immer wieder aufs Neue.

Inga Jensen beobachtete ihren Chef, zögerte kurz und machte

sich dann wortlos auf den Weg in die Asservatenkammer im Kellergewölbe der Kommandantur.

Der fast zehntausend Quadratmeter große Platz wirkte in der Adventszeit alles andere als beschaulich oder gar verschlafen. Der Weihnachtsmarkt mit seinen Glühwein- und Punschständen, bunten Fahrgeschäften, Kunsthandwerk und Buden mit gebrannten Mandeln und süßen Liebesäpfeln war seit einer halben Ewigkeit weit über Wismars Stadtgrenzen hinaus beliebt und bekannt – einer der schönsten Märkte der norddeutschen Küstenregion. Die gemütlichen Holzbuden, geschnitzten Krippen, echten Schafe und Esel in ihren Ställen zogen viele Einheimische genauso wie unzählige Touristen in den Wochen vor Weihnachten in ihren Bann.

Olaf Hansen ließ seinen Blick schweifen. Nicht selten hatte er seiner Mutter (daheim am abendlichen Küchentisch bei Schwarzbrot und Fischplatte) freimütig von diesen Momenten geschärften Spürsinns erzählt. Er lauschte dem Stimmengewirr, das vom Marktplatz und der angrenzenden Ladenpassage mit ihren vielen Geschäften und emsigen Kunden aufgrund des verkaufsoffenen Sonntags bis ins Polizeikommissariat heraufdrang.

Sein polizeilicher Instinkt war plötzlich knallwach. Ein Geistesblitz.

Entschlossen schritt Hansen durch sein Büro, zog eine Notiz aus einem der Schnellhefter, die auf einem Stapel für unerledigte Strafanzeigen lag, las und rekapitulierte noch einmal seine Intuition. Dann entnahm er der untersten Schublade seines Schreibtisches eine alte Dienstwaffe. Eine »Walther PPK«, klein, handlich, einfach, kaum gebraucht, leicht verstaubt.

Auf dem Korridor rief er einer überraschten Inga Jensen zu, dass er umgehend zum Zeitungsladen in die Lübsche Straße müsse. Bereits im Gehen zog er seine neue dunkelbraune Daunenjacke über den von seiner Mutter gestrickten Lieblingsnorweger.

»Zu Pfeiffer?«, fragte Inga, riss sich ihren blauen Parka vom Garderobenhaken und trabte hinterher.

»Richtig.«

»Ja, hat denn der sonntags geöffnet?«

»Ein Spätkaufkiosk hat jeden Tag auf, Fräulein Jensen. Und jetzt, so kurz vor Weihnachten, lässt sich niemals niemand das Geschäft entgehen.«

Bei Pfeiffer sei letzte Woche eingebrochen worden, ergänzte sie und lief schnellen Schrittes neben ihrem Vorgesetzten her.
»Exakt«, bestätigte Hansen.
»Hier ist übrigens der Lottoschein von Frau Schmatz.«
Sie eilten das Treppenhaus hinunter. Dabei hielt Inga Jensen ihrem Chef eine Klarsichtfolie mit entsprechendem Inhalt vor die Nase.
»Sehr gut, Fräulein Jensen. Mitnehmen.«
Im Nu fiel die schwere Haustür der Kommandantur ins Schloss. Rasch gingen sie durch die engen Gassen der vielen Verkaufsbuden. Ausgelassen drängten sich die Menschen über den fröhlichen Weihnachtsmarkt, der geschmückt mit Tannen und Lichterketten zum Verweilen einlud. Nur auf die Schnelle, wie er betonte, gönnte sich Olaf Hansen an einem Fischstand eine Pfeffermakrele im Brötchen. Seine absolute Lieblingsspeise, die er normalerweise nur bei seiner bevorzugten Fischverkäuferin Lotte Nannsen am Alten Hafen kaufte. Doch in solch besinnlichen Zeiten der Toleranz und Nächstenliebe konnte man mal eine Ausnahme von der Regel wagen.

Sie kreuzten die Hegede, die hoch frequentierte Einkaufszone der Altstadt, schritten über den Rudolph-Karstadt-Platz, vorbei am Karstadt-Stammhaus, liefen ein kleines Stück in die Lübsche Straße hinein und standen keine fünf Minuten später vor dem Zeitungs- und Spätkaufkiosk »Lottoannahme Pfeiffer«.

Mit einer zackigen Flugeinlage glänzten zwei Sturmmöwen über dem zweistöckigen Hanse-Haus. Möglicherweise hatten es die Gierhälse auf Hansens Fischbrötchen abgesehen. Die Mecklenburger Seemöwen waren an Dreistigkeit kaum zu überbieten. Der Kommissar peilte sie kurz an und kniff dann die Augen zusammen. Mit einem heiseren Meckern schossen die Biester über den Dachsims auf und davon.

»Die Einbrecher sind über das Hoffenster eingestiegen«, erklärte Inga Jensen, während Olaf Hansen etwas zu angestrengt kaute. »Herr Pfeiffer hat letzten Mittwochmorgen beim Öffnen seines Ladens und beim Saubermachen die Glassplitter und das kaputte Fenster entdeckt.«

»Und es wurde nichts gestohlen?«
»Nein. Nichts. Nicht mal 'ne Briefmarke.«
»Das ist doch komisch, nicht wahr ...?«
»Schon komisch, ja ...«, antwortete sie nachdenklich.

Jedes Verbrechen hatte seine ureigene Logik. Sogar die Taten völlig irrer Psychopathen, das hatte der Oberkommissar bereits in seinem ersten Jahr als Dienststellenleiter der Wismarer Kommandantur zur Genüge feststellen müssen. Im aktuellen Fall gab es zwei tote Seniorinnen, eine ertrunken, eine erdrosselt, beide besaßen einen Lottoschein. Und in einer Annahmestelle war eingebrochen worden. Das klang nach komplexen Zusammenhängen.

Der Kommissar dachte nach und kaute wie auf einem hohlen Zahn. Niemand brach in einen Kiosk ein, um nichts zu stehlen, das machte überhaupt keinen Sinn. Das passte einfach nicht, und was nicht in seine Vorstellung passte, das forderte Olaf Hansen heraus. Das durchleuchtete er mit Logik und Phantasie, bis er der Lösung näher kam oder ... auch manchmal nicht mehr weiterwusste.

Detlev Pfeiffer war ein reservierter, beizeiten grantig gewordener Mann, um die fünfzig, mit leerem Gesicht und Halbglatze. Er beugte sich über seinen Verkaufstresen, las die Sportseite im aktuellen OSTSEE-BLICK und beantwortete träge die Fragen zum Geschehen der letzten Woche.

»Reiner Versicherungsfall«, brummte er und zeigte deutlich, dass er sich in seiner persönlichen Analyse der Berichterstattung über die jüngsten Erfolge des SC Ankerwinde Wismar in der Oberliga Nordost immens gestört fühlte.

»Denken Sie bitte für mich noch einmal nach, Herr Pfeiffer.« Der Kommissar klappte sein halb gegessenes Fischbrötchen auf und blickte prüfend hinein. »Abgesehen von dem zerbrochenen Glas ist Ihnen nichts aufgefallen, abhandengekommen oder in Ihrem Kiosk seit Mittwoch verändert vorgekommen?«

Herr Pfeiffer nahm die Lesebrille von der Nase, legte sie zum Sportteil auf den Tresen, kratzte sich die hohe Stirn, schaute skeptisch auf Hansens Makrelenbrötchen und sagte mit Entschiedenheit nur ein einziges Wort: »Nichts!«

Dem Kommissar war dieser Menschenschlag bekannt: norddeutsche Dickschädel, die sich in ihrem über die Jahre antrainierten, ausgefeilten Tagesablauf durch den kleinsten Mucks persönlich angegriffen fühlten. Olaf Hansen durfte sich in seinem Beruf von solchen Lappalien nicht aus der Ruhe bringen lassen. Er nahm Inga die Klarsichtfolie aus der Hand und hielt sie dem Kioskpächter vor die Augen.

»Kennen Sie diesen Lottoschein?«, fragte er hartnäckig und biss noch einmal von seinem Brötchen ab.

Pfeiffers Augen waren von einem auffallend blassen Grau. Nach einer kurzen, scharfen Prüfung gestand er lapidar ein: »Kann sein, kann nicht sein.«

Wo ein Lottoschein aufgegeben und offiziell registriert worden sei, lasse sich heutzutage nicht mehr am Spielschein feststellen, erklärte er für seine Verhältnisse ausufernd.

»Ein Schein für Lotto am Samstag, bisschen abgegrabbelt. Vielleicht ein Abo für sechs Ziehungen. So wie der Lappen aussieht, womöglich mehrfach verlängert. Manche tippen monatelang, jahrelang, manch einer sogar das ganze Leben lang die immer gleichen Zahlen.«

»Könnten Sie für mich feststellen, ob die gemachten Kreuze in einer der letzten Ziehungen zu einem Gewinn geführt haben?«

»Mal schauen …« Pfeiffer prüfte die Kombinationen mit den beiden letzten Ziehungen und stellte prompt eine Übereinstimmung fest.

»Unten links. Ein Fünfer. Nicht schlecht, Herr Specht!« Anerkennend pfiff er durch die Zähne. »Fünfer sind selten und bedeuten in aller Regel mindestens fünftausend … Wenn denn der Schein gültig ist. Dazu bräuchte man jedoch die Quittung. Schau mal einer an: fünf Richtige. Das hatte ich hier noch nie. Da haben Sie aber ein glückliches Händchen bewiesen, Herr Kommissar.«

»Schön wär's«, war dessen lapidare Antwort.

Die Pfeffermakrele schien ihm gar nicht zu munden. Den Rest wickelte Hansen in die mitgelieferte Serviette und schaute sich im Lottoladen händeringend nach einem Mülleimer um.

»Können Sie feststellen, wer der Gewinner oder die Gewinnerin ist?«, fragte Inga Jensen mit Nachdruck.

»Nö. Wie gesagt: Ist alles nicht so einfach.« Pfeiffer reichte ihr den Tippschein zurück. »Der Mensch, der den Schein in Händen hält, hat noch gar nix gewonnen. Allein die Quittung ist wichtig. Wer die Quittung mit der richtigen, das heißt registrierten Quittungsnummer vorlegen kann, der kriegt die Gewinnsumme ausgezahlt. Aber selbst wenn der Schein an meinem Terminal erfasst sein sollte, kriegt der Glückliche solch einen sogenannten Zentralgewinn nicht von mir in bar. Sie verstehen? Höhere Summen, das heißt schon ab fünfhundert Euro, gehen den offiziellen Weg über die Lottogesellschaft in Rostock.«

»Kennen Sie zufällig eine Frau Schmatz?«, fragte Hansen.

»Schmatz? Nö. Nie gehört. Namen sind Schall und Rauch, der Quittungsbeleg ist entscheidend.«

Interessant, dachte das Ermittlerduo gleichzeitig, während sich Pfeiffer endlich wieder genüsslich seinem Fußballartikel widmen wollte.

»Sind Sie in der Lage, uns die exakte Gewinnsumme mitzuteilen?«

Der Lottoladenpächter stöhnte auf und bemühte sich ein weiteres Mal.

»Samstag? Neunundvierzigste Ziehung? Mal gucken …«

Detlev Pfeiffer zeigte sich launisch, er schlurfte zu seinem Annahmegerät, blätterte in einem Büchlein, tippte auf der Tastatur seines Lotto- und Toto-Terminals herum und stellte dann fest: »Sechs, acht, zwölf, neunzehn, sechsundzwanzig. Stimmt, fünf Richtige … Hui! Nicht von Pappe … knapp dreißigtausend Euro!«

Hansen und Jensen schauten sich an, auch sie staunten beide nicht schlecht.

»Enorm viel für einen Fünfer«, meinte Pfeiffer fachmännisch. »Das muss am verfehlten Volltreffer und am regen Weihnachtsgeschäft gelegen haben. Der Jackpot wächst und wächst. Vielleicht Extraausschüttungen, wer weiß.«

»Wenn das kein Motiv ist«, flüsterte Inga Jensen.

»Sie müssen wissen, die Leute tippen ausgerechnet in der Adventszeit wie die Verrückten, der Umsatz wird verdoppelt, manche Woche verdreifacht. Liegt wohl am üppigen Weihnachtsgeld.«

»Vielen Dank für Ihre schnelle unbürokratische Hilfe und natürlich tatkräftige Unterstützung«, spottete Olaf Hansen, drehte sich um und warf im Hinausgehen die Serviette mit dem Makrelenrest in einen Papierkorb rechts von der Ladentür.

»Nix für ungut«, rief Pfeiffer hinterher, »und bestellen Sie dem Glücklichen, wenn Sie ihn denn finden, einen schönen Gruß und dass er insgesamt dreizehn Wochen Zeit hat, den Gewinnschein einzulösen. Danach fließt die Summe automatisch Sonderauslosungen zu oder einfach zurück in den Jackpot. Wäre doch schade, nicht wahr?«

Zu schade, ja, dachte der Kommissar.

4

Montag, den 14. Dezember

Das Feierabendheim »Clara Zetkin« war wenige Jahre nach der Gründung der DDR eröffnet worden. Achtundzwanzig ältere, hilfsbedürftige Menschen fanden in Wismars Altstadt ein neues, oft letztes Zuhause. Außenklo, kein Fahrstuhl, dafür betrugen die Heimkosten im Arbeiter- und Bauernstaat (unmittelbar vor seinem Zusammenbruch) als Eigenanteil des Bewohners maximal hundertzwanzig Mark im Monat.

Nach der politischen Wende im November 1989 wurde aus dem maroden DDR-Feierabendheim ein privates modernes Dienstleistungszentrum für Senioren – »Clara Zetkin« hieß von nun an »Glatter Aal«. Und mit ein paar lumpigen Millionen aus Bonn und Brüssel und den entsprechenden Umbauten wurden aus achtundzwanzig Schlafstätten in null Komma nichts sechsundsechzig Luxusbetten mit Eins-a-Versorgung.

Die Umbenennung beziehungsweise Namensfindung im Jahre 1990 zog manchen Spott nach sich, war aber allein auf die gleichnamige Gasse zurückzuführen, die sich als kurzer verkehrsfreier Durchgang zwischen der Bau- und Bliedenstraße schlängelte und bis vor Kurzem keinerlei Hausnummerierung kannte. Das war auch nie nötig gewesen, seit Menschengedenken befand sich dort immer nur dieses einzelne frei stehende Gebäude. Seit dem Mittelalter bis in die Nachwendezeit soll der Fußweg in einem äußerst miserablen Zustand gewesen sein, oftmals glitschig und glatt – fast wie ein Aal. Auch deshalb dieser etwas ausgefallene Name.

Heute lag das Seniorenstift im Glatter Aal 1 und war ein streng wirtschaftlich geführtes Unternehmen, rein rechtlich gesehen eine GmbH. Das bedeutete, dass allein das eingebrachte Kapitalvermögen haftete, nicht das private Einkommen der Gesellschafter, von denen es nur einen einzigen gab. Gesellschafterin, Geschäftsführerin und Leiterin der Einrichtung in Personalunion war Marie-Luise Krabbe. Ihre Steckenpferde waren Rentabilität, Personalaufwandsquote und Cashflow.

Der Kostendruck, hieß es im Abschlussbericht des vergangenen Geschäftsjahres, den ich gerade in Händen hielt, müsse zukünftig konsequenter an die Marktteilnehmer weitergegeben werden. Das bedeutete wohl, interpretierte ich, dass der Eigenanteil der Bewohner an der Finanzierung ihrer Heimplätze in nächster Zeit wieder einmal aufgestockt werden sollte.

In der Perspektive, stand dort weiter geschrieben, strebe der »Glatte Aal« einen effizienteren Einsatz der Ärzte und vor allem der Pflegekräfte im Rahmen von Prozessoptimierungen an. Zudem müsse das Personal in den kommenden drei Jahren auf Lohn- und Gehaltssteigerungen verzichten. (In Klammern hatte die Krabbe handschriftlich an den Rand des Absatzes gekritzelt: »Wer nicht spurt, fliegt.«)

Eine verstärkte Akquirierung von Spendengeldern bei potenziell betroffenen Wismarer Bürgern und wirtschaftsnahen Unternehmen (Reinigungsfachbetrieben, Arztpraxen, Bestattungsinstituten) sei unabdingbar.

Ich überblätterte die nächsten Seiten und interessierte mich mehr für die nackten Zahlen, und die hatten es wirklich in sich: Auf der Kostenseite standen Personalaufwendungen von fast einer halben Million Euro zu Buche, wobei allein die Hälfte auf die Geschäftsleitung entfiel. Ruck, zuck überschlug ich Marie-Luise Krabbes monatliche Zuwendungen. Alte Schule – Kopfrechnen war meine Stärke. Fünfstellig, hatte Elfi von Meuselwitz behauptet und damit die tatsächliche Dimension ziemlich genau erahnt.

Die betriebliche Altersversorgung machte dagegen ganze zweieinhalb Prozent der Grundgehälter aus, das lag meines Erachtens an der untersten Grenze der gesetzlichen Regelung. Der Materialaufwand war so gering, dass er bei den Summen, um die es hier ging, weitestgehend vernachlässigt werden konnte. Das Haus war durch den Träger 1990 von der Stadt gepachtet worden, der jährliche Mietzins von knapp zwanzigtausend Euro als mehr als fair zu bezeichnen. Inklusive der Gebäudeneben- und Energiekosten kam die Krabbe für das Objekt auf nicht mehr als dreißigtausend Euro per anno. Ein Superschnäppchen für die heutige Zeit und die präferierte Lage mitten in der beliebten Altstadt Wismars.

Auf der Einnahmeseite prangten Umsatzerlöse von zweieinhalb Millionen! Mein lieber Herr Gesangsverein! Nach Lieschen Müller machte das bei einer (normalerweise dauerhaften) Vollbelegung der Anstalt ... vier Stationen, exakt sechsundsechzig Bewohner ... zwölf Monate ... durchschnittlich ... dreitausendeinhundert und ein paar zerquetschte Euro pro Nase. Das war kein Pappenstiel, klang aber auch nicht übertrieben. Das waren die üblichen Sätze innerhalb unseres aktuellen Gesundheitssystems. Zumeist speisten sich die Pflegesätze anteilsmäßig aus der staatlichen Pflegeversicherung, der Rente beziehungsweise Pension und dem Privatvermögen des Pflegebedürftigen.

Wer behauptete, die Ansprüche der Menschen im zunehmenden Alter und die entsprechend finanziell benötigten Mittel würden sukzessive abnehmen, der sah sich getäuscht. Der Bedarf stieg und damit die Rentabilität eines Geschäfts mit der Krankheit vor dem Tod.

Berücksichtigte man die geltenden Steuersätze und herkömmlichen Abschreibungsmöglichkeiten, blieb unterm Strich ein hübsches Sümmchen übrig. Mit dem Zahlenwerk hätte die Krabbe ihren »Glatten Aal« glatt zur Aktiengesellschaft umstrukturieren und gewinnträchtig an der Börse platzieren können.

In einem Unterpunkt der Unternehmenssatzung stand jedoch geschrieben: »... an sozialen Zielen ausgerichtet.« Das hieß nichts anderes, als dass ein »individuell festzulegender prozentualer Anteil am versteuerten Gewinn« in den Sozialetat der Hansestadt Wismar floss. Über Höhe, Zweck und Verwendung fand ich zwar in keinem Ordner Informationen, aber die Unterschriften unter einem Anhang der Satzung ließen nichts zu wünschen übrig: Neben dem Namenszug von Marie-Luise Krabbe prangte das Kürzel von Ilse Hannemann, unserer blitzgescheiten Bürgermeisterin.

Ein Deal zwischen Seniorenstift und dem ehrenwerten Rathaus. Faszinierend, dachte ich, da müsste Ole doch außerordentlich erpicht drauf sein, der Bürgermeisterin in ihrer guten Stube mal wieder einen Besuch abzustatten.

Beeindruckt klappte ich den Aktenordner zu und stellte ihn fein säuberlich zurück in die Schrankwand der Geschäftsleitung.

Bevor ich in den Genuss des Aktenstudiums gekommen war, hatte ich mehrere höhere Hürden zu meistern. Ausgerechnet Pfleger Max Friesen hatte Nachtdienst. Von Schwester Irmi wusste man, dass sie gern rasch auf dem Sofa im Schwesternzimmer einnickte. Friesen hockte dagegen eine halbe Ewigkeit vor der Glotze im Aufenthaltsraum und ließ sich vom Ruhigstellungsaggregat der Bewohner bis tief in die Nacht berieseln.

Gekleidet in mein dunkelblaues Nachthemd und auf besonders leisen Spezialpantoffeln, schlich ich mich um Viertel nach eins aus meinem Zimmer davon.

Auf dem Korridor war alles ruhig, die Senioren schlummerten anscheinend tief und fest, nur der Fernseher stieß in einer unablässigen Kanonade Stöhnen und Grunzen aus. Das sah Friesen ähnlich, der schaute stumpf und stundenlang Nachtprogramm im Sportkanal – Sexfilmchen im stetigen Wechsel mit Werbespots für Nummern aus Übersee. Pfui Teufel!

Das größere Hindernis hieß elektronische Eingangstür, fest verschlossen und mit einer Alarmanlage gekoppelt, die bei ungeschickter Berührung der Innentür einen Lärm auslösen konnte, der sogar die spitzen Schreie aus der bumsfidelen Flimmerkiste locker übertönen dürfte.

Bei seiner Polizeiarbeit war mein Sohn bekennender Fan der klassischen Ermittlungsmethoden, weniger der technischen Neuerungen. Ich sah das mehr pragmatisch, so wie sein fortschrittlicher Kollege Steffen Stieber oder seine aufgeschlossene Assistentin Inga Jensen.

Es gab zwar einige innovative Finessen, die wenig praktikabel erschienen, wie zum Beispiel der kurzzeitige Einsatz von sogenannten *Segways* in Wismars Altstadt. Das waren Elektroroller für Patrouillenfahrten, auf deren kleiner Plattform jeweils ein Polizist stand, sich dazu an einer Lenkstange festhielt und per Elektromotor auf zwei wackeligen Rädern aufrecht durch die Straßen kurvte. In Anbetracht des Kopfsteinpflasters in den engen Wismarer Altstadtgassen wären grobstollige Mountainbikes bei der Jagd nach Gesetzesbrechern effektiver und gesünder – und vor allen Dingen billiger. Nachdem sich ein Beamter letzten April beim Versuch, die Grützmacherstraße zügig auf einem *Segway* zu durchqueren, etliche Gräten gebrochen hatte, standen die jeweils siebentausend Euro teuren Roller ungenutzt im engen Keller der Kommandantur und somit nur noch im Weg herum.

Die Anschaffung elektronischer Dietriche gestaltete sich als zielführender. Knapp eintausend Euro pro professionelles E-Pick-Set hatte der Steuerzahler berappen müssen. Der Elektropick funktionierte wie geschmiert. Es handelte sich dabei um eine griffige elektrische Sperrpistole, die einer Mini-Stichsäge ähnlich mit hoher Frequenz einen Schlagimpuls auf die Kernstifte des Zylinderschlosses ausübte. Dieser Impuls wurde an die Gehäusestifte weitergegeben, wodurch sich für einen winzigen Moment die Sperrstifte in einem freien Schwebezustand befanden, den der Spanner nutzte, um das Schloss zu entsperren. Mit diesem Profi-Dietrich konnte jeder noch so anspruchsvolle, als absolut sicher geltende Schließzylinder zerstörungsfrei, das hieß ohne jede Beschädigung, Kraftaufwendung und in weniger als einer Minute, geöffnet werden.

Die blöde Alarmanlage der Außentür unserer Station war somit rasch überwunden.

Elektrodietrich und Nachtsichtgerät hatten ganz oben auf meiner Wunschliste gestanden, die ich Inga Jensen letzten Samstag zur vertraulichen Besorgung mit auf den Weg gegeben hatte. Sie hatte meine Aufstellung akkurat abgearbeitet und Jockels prall gefüllten Seesack in mein Zimmer gebracht, ohne es an die große Glocke zu hängen, sprich die Details meinem Sohn zu verklickern. Ganz leewe Deern, unsere Inga.

Doch gerade als die Stationstür überwunden schien, signalisierte das Rotlicht über Zimmer 10, dass dessen Bewohnerin dringend nach Hilfe verlangte.

Auf leisen Sohlen schlüpfte ich in den Raum und stellte erst einmal das Warnlicht aus. Glücklicherweise Einzelbelegung, eine zweite Person hätte mich ein bisschen nervös gemacht. Im Bett lag Frau Zamzow, die mal wieder ängstlich wehklagte. Der Grund für ihre Nörgelei war schnell gefunden, sie benötigte dringend eine neue Windel.

Bevor mir der Friesen in die Suppe spucken konnte, kümmerte ich mich lieber persönlich um die einst gefürchtete Deutschlehrerin, die ganze Generationen von Schülern aus der humanistischen Stadtschule zwischen Krönkenhagen und Bademutterstraße mit ihrer Vorliebe für die Interpunktion gezwiebelt hatte.

Bettdecke hoch, Windel geöffnet, Menschenskinners! Erika Zamzow auf die Seite gerollt, Feuchttücher, wisch und weg, alles halb so wild, dachte ich gerade. Doch dann sah ich das ganze Ausmaß der Bescherung: Dekubitus direkt über dem Po.

Tolle Versorgung im »Glatten Aal«! Wundliegegeschwüre – *der* Gradmesser für fehlende Pflegequalität, hieß es.

Das suppte und eiterte, grässlich und handflächengroß. Mir wurde schummrig vor Augen. Ich riss mir das Nachtsichtgerät vom Kopf. Mehrfach tief und kräftig durchpusten.

Notdürftig reinigte ich die Ränder des Geschwürs vom Restkot, dann ein bisschen Salbe und eine Kompresse drauf. Oder gehörte Luft an solch eine Wunde? Ich war Laie auf diesem Gebiet, was hätte ich machen sollen? Neue Pampers drunter, »Rolle rückwärts, Frau Zamzow!«, Nachthemd drüber. Fertig war die Laube.

Frau Zamzow wunderte sich anscheinend über gar nichts mehr und knurrte als Retourkutsche: »Korrekt. Sie dürfen sich setzen.«

»Keine Zeit, meine Liebe.«

Sie hustete abscheulich und schloss danach die Augen wie befohlen. Zum Abschied hauchte ich ihr einen Knutscher auf die knöcherne Wange. Dann machte ich, dass ich schleunigst davonkam.

Das olivgrüne Nachtsichtgerät, das Inga Jensen mir aus der Kommandantur mitgebracht hatte, verbesserte die Wahrnehmung um ein Vielfaches. Es sah aus wie eine Kreuzung aus Taucherbrille und Fernglas, verstärkte das vorhandene Restlicht und sorgte dafür, dass ich selbst in absoluter Dunkelheit klitzekleine Einzelheiten erkennen und diese mit einem speziellen Zusatzmodul fotografisch ablichten konnte.

Auf diese Weise tipptopp gerüstet, war ich nach dem Besuch in Krabbes Büro im Dachgeschoss in den Trakt »Abendfrieden« zurückgekehrt und auf der Pirsch nach weiteren Informationen und Beweisen.

Abschließend wartete vor dem Personalbüro das nächste Problem: Elfi von Meuselwitz. Mit wallendem Haar, in Blümchenpyjama und dicken lila Stricksocken. Keine Ahnung, was die liebenswerte Elfi um halb drei Uhr nachts hier wollte. Ihrer Fahne nach zu urteilen, hätte sie längst tief und fest ihren Rausch auskurieren sollen.

»Du ermittelst auf eigene Faust«, lallte sie und guckte mich aus zusammengekniffenen Augen herausfordernd an.

»Pssst!«

»Das find ich nicht gut«, meckerte sie flüsternd, »ich denk, wir sind ein Team.«

»Schon gut, schon gut.«

Ich fingerte mit dem Elektrodietrich herum. Jeder weitere Disput im offenen Flur – unweit vom Gemeinschaftsraum und Pfleger Friesen – stellte eine potenzielle Gefährdung meiner Ermittlungen dar.

»Was hast du da eigentlich für eine schicke Maske?«, fragte Elfi von Meuselwitz kokett.

Das Schloss sprang auf, und ich drückte sie etwas unsanft ins Schwesternzimmer hinein.

»Pssst!«, wiederholte ich mit Nachdruck.

In einiger Entfernung quietschte der PVC-Boden. Offensichtlich hatte sich Max Friesen erhoben und war vom Fernseher in den Flur hinübergeschlurft.

Der Personalbereich hatte ein kleineres Kontrollfenster zur Diele hinaus und ein großes Außenfenster zum Hof. Wir krochen unter den Schreibtisch. Vorsichtshalber hielt ich Elfi den Mund zu. Die kicherte. Noch …

Die schweren Schritte kamen näher, blieben stehen. Sicher glotzte Friesen in diesem Augenblick durch die Scheibe ins stockfinstere Schwesternzimmer hinein. Ein Schlüsselbund rasselte, die Klinke der Personaltür drückte nach unten. Das Schloss war bereits durch meinen Elektropick-Einsatz geöffnet worden. Aufsperren ja – wieder abschließen nein. Das war der Nachteil eines jeden Dietrichs, auch des elektronischen.

Der Pfleger murmelte etwas Unverständliches vor sich hin, schob die Tür auf, schaltete das Neonlicht an, das mehrfach plinkerte und dann das Zimmer in ein grelles Licht tauchte.

Der frühe Vogel fängt den Wurm, in diesem Fall sollte er uns retten. Dumpf, aber mit Schmackes knallte es gegen das Glas vom Hoffenster, dabei kreischte es klagend wie eine Möwe, die ihren Fischfang aus dem Schnabel verlor und zurück ins Meer stürzen sah.

»Dumme Krähen«, brummte Max Friesen unwirsch, machte das Licht wieder aus, vergaß abzuschließen und schlurfte zurück.

Puh! Das war knapp.

Wir schauten uns um. Die Meuselwitz sah nicht viel, wusste aber anscheinend blindlings den Weg zu den eisernen Stationsreserven. Links unten in der Schreibtischschublade steckten drei Flaschen Spirituosen und ein vollständiges Paket französischer Likörfläschchen.

»Na, wer sagt's denn?«, frohlockte Elfi und griff beherzt zu. Während ich mich unverzüglich in diverse schriftliche Unterlagen vertiefte, zockte sie ein halbes Dutzend kleine Cointreau-Pullen und füllte mit einem Rostocker Kümmel flink und frisch ihren Flachmann nach.

»Fällt das nicht auf?«, fragte ich Frau Langfinger.

»Klar. Aber eine Krähe hackt der anderen kein Auge aus.«

Ich verstand Elfi und begriff ihren Kommentar somit einen Deut schneller als das, was ich gerade unter einem der Sofakissen hervorgefischt hatte.

Ein Heftchen, dessen Inhalt einem komplett unübersichtlichen Zahlenrätsel glich. Die karierten Seiten einer Kladde waren über und über mit einem Datensammelsurium vollgeschrieben: Zeichen, Zahlen, Kreuzchen, Häkchen. Hieroglyphen.

»Was ist das?«, schnüffelte Elfi über meine Schulter, schnappte sich die Kladde und hielt sie wie eine Kurzsichtige knapp vor ihre Augen. »Kauderwelsch? Zaubersprache? Indianerplatt?«

»Keinen blassen Schimmer. Fieberkurven sind es nicht.«

Elfi kicherte, schmiss ihren Haarschopf nach hinten und blätterte weiter. Ungefähr halb voll geschrieben, Sinn und Zweck auf den ersten Blick undefinierbar. Sie schlug das Heft zu. Auf der Deckseite standen fünf Buchstaben: *»ottol«*.

»Ottol? Was ist Ottol?«, fragte Elfi und glotzte mich leicht schielend an. »Du siehst verwegen aus mit deiner Maske.«

Sie drückte mir das Heft in die Hand und widmete sich genüsslich einem weiteren Franzosen-Fläschchen. »Und deinen Dutt finde ich auch sehr hübsch. Du musst mir unbedingt zeigen, wie man den so akkurat hinkriegt.«

»Otto L. ... vielleicht«, knobelte ich, öffnete das Notizbuch erneut, drehte es auf den Kopf, las die Daten von vorn, dann von hinten, nahm das Nachtsichtgerät ab und rieb mir die Augen. Mann, auf Dauer konnte man darunter ganz dösig werden.

»Otto L.? Unfug! Wer soll das sein? Es gibt hier weit und breit keinen Otto. Und soweit ich weiß, auch nicht unten auf der Männerstation.«

Wo sie recht hat, hat sie recht, dachte ich, da fiel es mir wie Schuppen vom Hering. Spiegelschrift! Von rechts nach links im Spiegelbild gelesen hieß *»o t t o l«* nichts anderes als Lotto!

Ratzefatze bekam das Zahlenwerk fast lyrischen Charakter. Das Ganze war trotzdem kaum zu entziffern, da es nicht nur in Spiegelschrift verfasst war, sondern zu allem Überfluss in Schreibspiegelschrift. Das entsprach beinahe einem Geheimcode.

»Wessen Handschrift ist das?«, erkundigte ich mich bei Elfi von Meuselwitz, die sich ins Sofa gefläzt und neben glasigen jetzt auch müde Augen bekommen hatte.

»Frag mich was Leichteres«, lallte sie, gähnte und meinte dann plötzlich ganz nüchtern: »Nimm die Kladde einfach mit und lass einen Zettel hier. Da schreibst du drauf, wer seine Zauberschrift vermisst, soll morgen zur Geisterstunde an den Teich im Hof kommen. Aber pünktlich, sonst setzt es was.«

Auf alle Fälle musste derjenige, der das Zahlenwerk verfasst hatte, sehr viel Wert darauf gelegt haben, dass der Inhalt nicht hopplahopp entziffert werden konnte. Ich schrieb wie empfohlen, klebte die Notiz mit Tesafilm an den Medizinschrank und steckte das Heft in den Gürtel meines Nachthemdes.

»Gut so«, urteilte Elfi.

»Und jetzt?«, fragte ich.

»Abmarsch!«, antwortete sie. »Ich bin knülle und muss in die Heia.«

»Jingle Bells«. Die Moderatorin lächelt charmant von der Mattscheibe. »Liebe Zuschauer! Wie kann man einen Lottojackpot knacken? Diese Antwort würde uns brennend interessieren. Denn einundzwanzig Millionen Euro warten bei der heutigen Ziehung auf ihren glücklichen Gewinner!« Schwarzbild. Die Musik läuft kurz weiter.

Tiefe Wolkenfetzen trieben am Himmel, als Olaf Hansen vor dem Fischkutter von Lotte Nannsen sein Frühstück bestellte. Seine neueste Gepflogenheit wollte er seiner Mutter besser nicht unter die Nase reiben. Olaf Hansen, seit knapp fünf Tagen allein zu Haus, tauchte jetzt jeden Morgen pünktlich gegen halb neun als Erster im Alten Hafen auf, um bei seiner liebsten Fischverkäuferin zwei Pfeffermakrelenbrötchen zu bestellen. Dagegen war prinzipiell nichts einzuwenden, auch der Grund war kein außergewöhnlicher.

»So allein am Küchentisch, das ist nicht schön«, erklärte er einer verständnisvollen Lotte Nannsen.

Die liebenswürdige über Siebzigjährige freute sich über die frühe angenehme Kundschaft und goss aus ihrer eigenen Thermoskanne dem Oberkommissar noch einen Gratiskaffee ein.

Ihr Kutter, wie auch die drei anderen nostalgischen Seelenverkäufer neben ihr am Pier des Alten Hafens, war mit einer langen lustigen Weihnachtsmann-Lichterkette festlich geschmückt, die in Wellen schwungvoll über dem duftenden Fischsortiment baumelte.

»Wie lang muss denn Hanna noch im ›Glatten Aal‹ bleiben?«

»Bis ihr Magen nicht mehr rebelliert.«

»Fisch-Kröger in Ehren, aber das nächste Mal kommt sie gefälligst wieder zu mir, ja?«

»Wird sie sicher, Lotte. Keine Frage.«

»Und wie lange muss sie wirklich bleiben?«

»Weiß nicht, mal schauen, vielleicht bis der Fall gelöst ist.«

»Nicht mal im Altersheim hat man mehr seine Ruhe«, streute Lotte Nannsen ein wenig Pfeffer in die Wunde. »Früher hat man Bonzen beraubt oder Flüchtlinge erschossen, heute werden alte Damen für drei Groschen um die Ecke gebracht.«

Die Fischverkäuferin war bekannt für ihre direkte, unverblümte Art – und ebenso für ihren trockenen Humor.

»Andere Zeiten, andere Sitten«, versuchte Hansen mit Ironie das Thema zu wechseln.

Von Lottes Kutter herab beobachteten ein paar Sturmmöwen den frühen Gast.

»Mensch, Olaf! Gleich zwei unnatürlich verstorbene Frauen im ›Aal‹, das stinkt zum Himmel wie 'ne offene Fischbüchse.«

Lotte Nannsen war die gute Seele des Wismarer Hafens, ihre Fischbrötchen waren begehrt weit über die engen Grenzen der Altstadt hinaus. Olaf Hansen wusste das schon längere Zeit zu schätzen. Nichts gegen die Mitbewerber links und rechts der Kaimauer, aber Lottes Fisch, ob roh, gebraten, geräuchert oder im Brötchen drapiert, hatte die allerbeste Qualität in ganz Mecklenburg.

»Was hältst du eigentlich«, fragte der Kommissar und blickte versonnen über den Kai, »von den dollen Veränderungen im Alten Hafen?«

»Meinst du etwa die Markthalle und das Schifferhus?«

»Hmm«, bestätigte er brummend und ließ sich den letzten Bissen seiner ersten Makrele munden.

»Mussten sich ja was einfallen lassen zum achthundertjährigen Bestehen des Hafens.«

»Und?«, fragte Hansen kauend. »Mal ehrlich.«

»Wenn du mich fragst«, antwortete die Fischverkäuferin, »nicht Fisch, nicht Fleisch.«

Lotte Nannsen und Olaf Hansen hatten mittlerweile ein sehr herzliches Verhältnis zueinander aufgebaut. Es kam sogar vor, dass sie über Dinge tratschten, die weit über Lottes Fisch und Olafs Fälle hinausgingen. Freundschaft konnte man das zwar noch nicht nennen, dennoch herrschte eine Art blindes Verständnis.

»Hatte gestern 'ne Makrele am Weihnachtsmarkt«, fachsimpelte er und beäugte schwärmerisch das zweite belegte Brötchen. »Ich weiß nicht, warum, aber die war fettig wie Aal.«

»Zu lang in der Sonne gedöst.«

Lottes treuer Möwenschwarm hüpfte zeternd auf dem Kajütendach auf und nieder. Der Kommissar dachte über ihre simple Erklärung nach. Doch schien sie ihm fadenscheinig. Seemannsgarn, dachte er, keine Möwe pickt der anderen ...

»Morgen, Chef. Moin, Lotte! Wie geit di dat? Wie loept de Laden?« Hansens ausgeschlafene Assistentin gesellte sich zu ihnen.

»Moin moin, mien Seute«, fiel die Fischverkäuferin ins breiteste Mecklenburger Platt. »Noch tiedig an'n Dag, woans geht't denn so?« Dazu machte sie eine einladende Geste, doch Inga winkte dankend ab.

»Lass mal, Lotte, hab schon gefrühstückt, will nur den Chef schnell abholen.«

Der zuckte einmal kraftlos die Schultern und gab sich geschlagen.

»Der Olaf hat ein Leben!«, lachte Lotte verschmitzt mit ihrer Zunge zwischen der klaffenden Zahnlücke hindurch. »Mord und Totschlag hin oder her, manchmal möcht man tauschen.«

Der Kommissar biss nochmals herzhaft in seine Pfeffermakrele. Lotte Nannsen widmete sich der letzten Fischkiste, deren gute Stücke ausgenommen, geschuppt, gewürzt und anschließend im Räucherofen geselcht werden sollten.

Sie habe neueste Neuigkeiten im Fall Schmatz und Möller, begann Inga Jensen, während sie sich zum Dienstwagen trollten, einem silbergrauen Audi Avant, der im absoluten Halteverbot an der Bushaltestelle zwischen Wismarer Wassertor und Lottes Fischkutter wartete.

»Um diese Uhrzeit?«, drosselte Hansen seine Erwartungen.

Inga pustete sich eine blonde Strähne aus der Stirn. »Die Tochter am Kap ist immer noch nicht erreichbar.«

»Das scheint nicht neu.«

»Aber der Lottoschein von Irene Möller ist wiederaufgetaucht.« Inga funkelte ihren Chef aus den allerschönsten grünen Augen an.

»Und? Wo war der?«

»Der Schein wurde zweifelsfrei in der Annahmestelle von Herrn Pfeiffer aufgegeben.« Sie war darauf erpicht, seine temperamentlose Frage zu übergehen. »Der Kiosk in der Lübsche Straße – einmal mehr im Fokus unserer Ermittlungen!«

»Das heißt nicht viel«, funkte Hansen dazwischen. »Dennoch: gute Arbeit.«

»Chef! Das Spannende kommt erst noch!«, sagte sie forsch. »Nach dem Tod der Möller im Tümpel vom ›Glatten Aal‹ hatte die Staatsanwältin eine Obduktion angeordnet, um jeden Verdacht auf Fremdverschulden auszuschließen.«

Am Zivilstreifenwagen angekommen, stand Hansen eine Weile unschlüssig an der Beifahrertür, seine Assistentin gespannt wie ein Flitzebogen auf der Fahrerseite. Über das Blechdach hinweg klimperten ihm aufreizend ihre langen Wimpern entgegen.

Der Kommissar verlor die Geduld und sagte eine Nuance zu barsch: »Nun machen Sie nicht so ein Brimborium.«

»Kein Anhaltspunkt für Fremdeinwirkung … aber in der Speiseröhre der toten Frau Möller hatte der Kollege Stieber einen Lottoschein gefunden!«

»*Den* Lottoschein!« Abrupt hörte Hansen auf, an seinem Brötchen zu kauen.

»Genau, den Möller'schen Lottoschein!«, bestätigte Inga Jensen. »Zerknüllt, zerkaut, runtergeschluckt.«

»Da bleibt einem der Bissen im Halse stecken …«

»Mit dem Schein auf halbem Wege durch die Speiseröhre ist sie dann ertrunken.«

Hansen schaute sie perplex an. »Nachgespült!«

»Wie man's nimmt …«

Kaum saßen sie im Wagen, kam hinter ihnen die Weidendammlinie auf ihrer morgendlichen Runde angehupt, um in die angestammte Bushaltebucht zu rollen.

»Kurz bevor sie stürzt, stopft sie sich den Spielschein in den Mund? Das könnte bedeuten, dass sie verfolgt wurde und sie den Tippzettel nicht jemand anderem freiwillig überlassen wollte.«

»Und bei der Verfolgung rutscht sie aus, schlägt mit dem Kopf auf den Grund des Teiches und ertrinkt unglücklicherweise.«

Hinter dem Bus stauten sich die ersten ungeduldigen Pkw-Fahrer.

»Oder auch nicht«, meinte der Kommissar. »Jedenfalls könnte es einen uns unbekannten Zeugen geben. Vielleicht steckt sogar doch mehr dahinter.«

Inga Jensen startete den Motor, während das Hupkonzert von der Wasserstraße in den Alten Hafen vielstimmiger wurde. Die verkehrsreichste Tageszeit: kurz vor neun – morgendliche Rushhour.

»Die Kontodaten der Damen sind leider nicht sehr aussagekräftig. Beide bezogen eine kleine Rente, die eins zu eins, stets zur Monatsmitte, von ihrer Sparkasse auf das entsprechende Konto des Seniorenheims bei Ackermanns Bank transferiert wurde. Ansonsten kaum Bewegungen. Ich glaube, denen blieb gerade mal ein Obolus als Taschengeld.«

Der Busfahrer war aus seinem Führerhaus gesprungen und ging wutschnaubend auf den Kombi los. Der Kommissar zog ein mobiles Blaulicht aus dem Fußraum hervor und setzte es aus dem Fenster heraus auf das Autodach. Ein unnachgiebiges »Tatütata, der Hansen, der ist da!« untermalte das wunderbar synchron kreisende Martinshorn.

Das Leben sei hart und ungerecht, vor allem am Ende, sinnierte der Kommissar und grüßte lässig den irritierten Fahrer des Stadtbusses.

»Eine Gewissheit bietet das leere Konto der Schmatz: Trotz der fünf Richtigen hatte sie den Gewinn entweder noch nicht abholen lassen, oder jemand anders hat die Spielquittung an sich genommen beziehungsweise derzeit dreißigtausend Euro zu viel im Portemonnaie.«

Inga Jensen hatte einen unverschämt eigenwilligen Fahrstil: Mit Brachialgewalt und durchdrehenden Rädern wirbelte der Dienstwagen eine Menge Staub und Kiesel auf.

Die Möwen über den Fischkuttern segelten eine zackige Extrarunde. Der künstliche Verkehrsstau gegenüber vom Alten Hafen sollte sich nur äußerst zögerlich auflösen.

»Jingle Bells«. Die blonde Lottofee tritt neben eine Acryltrommel. »Jetzt ist es so weit: Es geht an den höchsten Lottojackpot in diesem Jahr. Insgesamt werden rund zweiundfünfzig Millionen Euro ausgespielt. Der Aufsichtsbeamte hat sich vor der Ziehung vom ordnungsgemäßen Zustand des Ziehungsgerätes und der neunundvierzig Kugeln überzeugt. Ich wünsche Ihnen ganz viel Glück. Und Start frei für die Ziehung!« Es ertönt ein Funjingle. Die Lottokugeln fallen klackend ins Ziehungsgerät. Das Bild geht in die Unschärfe.

Aus dem Boden geschossen wie ein Haufen Korallenpilze stand die Familie Bommel plötzlich vollzählig versammelt im Zimmer Nummer 6. Genauso zerstreut und ungenießbar. Aber wer wollte es ihnen verdenken? Das gewaltsame Ableben der Mutter beziehungsweise von Oma Schmatz im bislang so fernen Europa überraschte natürlich, verwirrte sie und machte vor allem Monika Bommel-Schmatz, wie die Tochter seit ihrer Heirat vor drei Jahren in Plettenberg Bay hieß, ohnmächtig bis wütend.

Da fliege man um die halbe Welt, um der armen alten Mama zum Weihnachtsfest eine Freude zu machen, und dann finde man sie quasi stranguliert vor.

Die Tochter schluchzte bitterlich. Ihr Mann (Ruben) und ihre drei Kinder (die siebenjährige Grietje, der fünfjährige Jaap und die einjährige Antje) waren mucksmäuschenstill und suchten in stiller Anteilnahme beziehungsweise tiefer Kontemplation einen gemeinsamen Weg, mit dieser zutiefst tragischen Schreckensnachricht fertigzuwerden.

Wenn ich mich recht erinnerte, hatte Oma Helga in ihren endlosen Monologen nur von zwei Enkelkindern erzählt. Na ja, die lütte Antje war arg jung, möglicherweise hatte ihre Großmutter vom neuesten Nesthäkchen noch gar nichts gewusst.

Marie-Luise Krabbe fand das alles fürchterlich peinlich, sie bemühte sich erst gar nicht, die tränenreichen Wogen zu glätten. Sie versicherte, dass das ein einmaliger Vorfall in der Geschichte des »Glatten Aal« sei und nie und nimmer wieder vorkommen werde. Dafür würde sie höchstpersönlich sorgen, und wenn sie tief in die

Schatulle greifen und zukünftig Schwarze Sheriffs zum nächtlichen Schutz der Bewohner organisieren müsse.

Verständlicherweise war die Aussicht auf bezahlte Wachposten für Familie Bommel aus Südafrika kein Argument und schon gar kein adäquater Trost. Die blonde Monika Bommel-Schmatz keifte voller Bitternis: »Was reden Sie da, Sie unfähiges Individuum? Meine Mutter ist in Ihrer Obhut ermordet worden, und Sie faseln irgendetwas von Schwarzen Sheriffs?«

Das saß, die Anstaltsleiterin wurde knallrot und schwieg. Die Verpflichtung sogenannter Schwarzer Sheriffs fanden die Bommels aufgrund ihrer mehrheitlich überwiegend dunklen Hautfarbe gar nicht lustig und werteten dies als mündliche Entgleisung oder gar rassistisches Vokabular. Mit den Farben Schwarz und Weiß, das wusste jedes Kind, musste man seit dem Jahr 1990 und der Befreiung Südafrikas vom Apartheidsregime im täglichen Sprachgebrauch vorsichtig bis sensibel umgehen.

Für die empfindsamen Seelen im Osten der Republik, die zur selben Zeit ebenfalls eine Art Revolution und gesellschaftlichen Umsturz erlebten, eigentlich keine fremde Geisteshaltung. Taten sich doch trotz gemeinsamer deutscher Muttersprache mit dem Zusammenbruch der Mauer erst einmal tiefe sprachliche Gräben auf.

Genüsslich lehnte ich mich ins weiche Federkissen zurück und schaute, wie sich die Krabbe wand wie ein Aal. Doch wäre diese Frau nie in eine leitende Funktion geraten, wenn sie nicht ihre kleinen, aber scharfen Augen wie ein Manta-Rochen flink in alle Himmelsrichtungen justieren könnte.

»Frau Hansen! Seien Sie so nett und verlassen Sie doch für einen Augenblick das Zimmer!«, befahl sie leise, aber unnachgiebig.

Ich dachte nicht dran und stellte mich schlafend.

Vom Flur drang das bekannte Schreien aus Zimmer 10 herein.

Vor vier Tagen war Familie Bommel mit Township-Airways von Johannesburg über Amsterdam und mit einem touristischen Abstecher in die »*heel fascinerend* Hauptstadt Berlin«, wie Ruben Bommel schwärmte, in der Hansestadt Wismar eingetroffen. Sie hatten sich in der kleinen, aber feinen Pension »Pour La Mère« in der Bademutterstraße einquartiert und nach einem ausgiebigen Bummel durch die »*heel fascinerend* Altstadt Wismar«, wie noch einmal Ruben Bommel mit feinem Gespür lobend erwähnte, nichts Böses ahnend zum »Glatten Aal« begeben und erst vor einer Viertelstunde auf dem Flur, unmittelbar vor dem Schwesternzimmer, vom Mord an der Mama, Oma und Schwiegermutter erfahren. Das war natürlich ein Schock, der erst einmal verarbeitet werden wollte. Sie hatten Oma Helga überraschen wollen und sahen sich jetzt holterdiepolter selbst überrumpelt.

Der tiefdunkelhäutige Herr Bommel hatte eine blutrote Zipfelmütze mit weißem Wattepuschel auf dem krausen Haar. Die drei gemischtfarbigen Bommel-Butscher hielten sich an einer brennenden Adventskerze (Grietje), einer Weidenrute (Jaap) und einem Schnuller in Zapfenform (Antje) fest.

Ulkige Weihnachtsutensilien gab es zuhauf im Ein-Euro-Land in der Lübsche Straße. Der Shop war bekannt für seinen überbordenden saisonalen Krimskram. Nun gut, wenigstens die weiße Kerze erschien mir nicht gänzlich umsonst gekauft.

»Ihr Kinderlein kommet, o kommet doch all, zur Krippe her kommet in Bethlehems Stall«, dudelte es kreuz und quer durch die Station »Abendfrieden«. »Und seht, was in dieser hochheiligen Nacht der Vater im Himmel für Freude uns macht.«

Ausgerechnet Pfleger Friesen hatte die festliche Stimmung der Bommels im Turbotempo auf den Gefrierpunkt heruntergeschraubt. Die Reste der Besinnung musste die Krabbe jetzt zusammenfegen. Wie mehrfach bewiesen, schien sie nicht prädestiniert für emotional schwierige, weil menschlich-tragische Situationen.

Ihr unüberlegtes »Das wird schon wieder!« spitzte die Situation nochmals zu. Jetzt heulte auch der Ehemann wie ein Schlosshund, und die engelsgleichen Gören stimmten wie im Chor mit ein.

»In reinlichen Windeln das himmlische Kind, viel schöner und holder, als Engel es sind.«

Das Schluchzen der Bommels vermischte sich mit dem Schreien der Zamzow. Da half irgendwann auch keine Weihnachts-CD mehr.

Die Rettung nahte in Gestalt von Inga Jensen, im Schlepptau mein Sohn Ole. Die Zweiundzwanzigjährige hatte erst jüngst in ihrer eigenen Familie schwere Schicksalsschläge erlebt und wusste, was ein trauernder Mensch brauchte, um im tosenden Meer der Gefühle seine Mitte wiederzufinden. Eine Pfundsdeern und ein Glücksfall für die Kommandantur und ihre Leitung.

Kaum hatte sie den Raum betreten, beruhigte sich die Situation zusehends, die Schockstarre löste sich, das Ehepaar Bommel setzte sich, und die Kinder flitzten (Grietje und Jaap) beziehungsweise krabbelten (Antje) quer durch die Abteilung und sorgten zunehmend für Freude unter den aufgekratzten Patienten.

Drei Kinder auf einen Streich zu versorgen und vor allem zu bändigen, das war nicht von Pappe. Ich konnte mich noch sehr gut daran erinnern, dass man als junge Mutter schon mit einem Sprössling mehr als genug zu tun hatte.

Das war der Moment für den Elefanten im Porzellanladen: Ole Hansen fragte verständlicherweise neugierig, warum die Bommels den langen Weg nach Wismar angetreten hätten.

Monika Bommel-Schmatz antwortete: »Weil Weihnachten ist.«

Wie aus dem Nichts fragte dann der Kommissar, wo genau die Familie Bommel in Südafrika lebe.

Ruben Bommel radebrechte: »Am Rand von een Township zwischen Plettenberg Bay und Knysna. Dat ist char nicht weit wech von der beliebten Chardenroute.«

Interessant. Anscheinend hatte Oma Schmatz in ihren Erzählungen über das so schöne und fröhliche Knysna mit dem Hügel, dem Haus und dem wunderbaren Ambiente eine leicht euphemistische Wahrnehmung von den Lebensverhältnissen ihrer Familie in Südafrika an den Tag gelegt.

Township-Existenz und Linienflug nach Europa, das passte irgendwie schlecht zusammen. Danach konnte mein Sohn nicht mehr an sich halten, fragte frank und frei, wann die Bommels vom Lottogewinn ihrer verstorbenen Mutter gehört hätten.

Die Tochter von Helga Schmatz verzog erst das Gesicht zur Grimasse, um dann mit einem spitzen Schrei, gewissermaßen ähnlich dem letzten Schrei ihrer Mutter in deren Todesnacht, die hochschwangeren Tränendrüsen effektvoll platzen zu lassen.

»*Een schaamteloosheid!*«, schimpfte ihr Mann auf Afrikaans. »*De duitse ambtenaren zijn erger dan de Boeren ooit.*«

Womit er zweifelsfrei nicht nur die Kap-Holländer, also früheren Kolonialherren aus den Niederlanden, verunglimpfen wollte.

»*Ik praat ok een beetje Nederlands, maar niet erg veel*«, konterte Inga Jensen fast akzentfrei, »*maar dat war niet erg grappig.*«

Die Bommels staunten. Wir Hansens staunten. Die Krabbe wunderte sich über gar nichts mehr und verabschiedete sich kratzfüßig.

»Wir unterstellen Ihnen gar nichts«, versuchte es der Kommissar verspätet diplomatisch. »Fakt ist, dass Ihre Frau Mutter in der letzten Samstagsziehung des deutschen Lottoblocks eine nicht unbeträchtliche Summe gewonnen hat.«

»Summe was?«, fragte Ruben Bommel.

»Geld«, antwortete Hansen.

»Dreißigtausend Euro«, ergänzte Inga Jensen.

Wie schnell eine depressive Atmosphäre in eine ausgelassene Euphorie umschlagen konnte (und umgekehrt), dafür wurden die folgenden Sekunden zum Parade-Paradigma. Geld allein macht zwar nicht glücklich, das weiß fast jedes Kind, aber die Mundwinkel von Monika Bommel-Schmatz zeigten erstmals an diesem Nachmittag steil nach oben.

»Solch ein Glück!«, rief sie aus.

»Nur der Quittungsbeleg fehlt leider.«

»Und das Cheld?«, fragte ihr Ehemann voller Vorfreude.

»Ohne Quittung kein Geld.«

Im Hintergrund schrie die Deutschlehrerin Erika Zamzow herzzerreißend und erbärmlich auf.

Während Herrn Bommels breites Grinsen von einem Moment auf den anderen wie die Sonne hinter dem Kap der Guten Hoffnung versank, verzogen sich auch die Mundwinkel der Mutter seiner drei süßen Kinder abrupt und tief nach unten.

»Solch ein Pech!«, rief sie aus.

»Pechschwarz«, konstatierte mein Sohn völlig unpassend.

Worauf Herr Bommel schon wieder so komisch angriffslustig guckte.

Glücklicherweise kam Elfi von Meuselwitz mit der kastanienbraunen Antje auf dem Arm um die Ecke gehumpelt und trällerte selig und betrunken: »Was geben wir Kinder, was schenken wir dir, du bestes und liebstes der Kinder, dafür? Nichts willst du von Schätzen und Reichtum der Welt, ein Herz nur voll Demut allein dir gefällt.«

Trotz glänzender Augen allenthalben, das Lied passte in diesem Moment irgendwie gar nicht. Und als ob die arme Frau aus Zimmer 10 die Szenerie in Zimmer 6 lauthals kommentieren wollte, gab die leidende Sirene noch einmal richtig Vollgas.

5

Dienstag, den 15. Dezember

Nachts im Hofgarten suggerierte mir der handliche Elektroschocker eine gewisse Sicherheit. Auch dieses gute Stück stammte aus Jockels altem Seesack und hatte zuvor unbenutzt in Inga Jensens Spind in der Kommandantur herumgelegen. Die hochoffizielle Bezeichnung lautete Elektroimpulswaffe, ihr Einsatz sollte das motorische Nervensystem der Zielperson kurzzeitig lähmen und sie somit bewegungsunfähig machen. Satte zehntausend Volt verfehlten ihre Wirkung nicht. Häufige Nebeneffekte waren Kopfschmerzen und Herzflimmern, deshalb galt der Einsatz bundesweit als umstritten. Die Deutsche Presse-Agentur hatte jüngst von circa dreihundert Todesopfern allein in Amerika durch den gezielten Einsatz der Elektroschocker berichtet. Ein Pfefferabwehrspray hätte es vielleicht auch getan, aber sicher war sicher.

Mein Sohn wusste weder von der Bewaffnung noch von dieser Nacht-und-Nebel-Aktion. Besser so. Der Kommissar hätte den Einsatz vermutlich nicht gutgeheißen. Im Gegenteil. Bereits gestern hatte ich ihm von der ominösen Kladde erzählt, jedoch inständig darum gebeten, das Zahlenwerk noch ein Weilchen unter Verschluss halten zu können. Ole hatte erst mit sich gerungen, sich dann überwinden müssen und sich letztlich notgedrungen einverstanden erklärt.

Mir fiel auf, dass die Beete im Hof mittlerweile mit Tannenzweigen abgedeckt worden waren. So spät im Jahr nichts Ungewöhnliches – reine Schutzmaßnahme. Dennoch erinnerte die Vorgehensweise auch an Grabpflege auf einem Friedhof. Ziel solcher Maßnahme war hier wie dort, dass die Pflanzenwurzeln in der harten Erde unter dem Tannengrün selbst dem härtesten Winter trotzen konnten.

Um es kurz zu machen: Die Idee von Elfi von Meuselwitz mit der Notiz am Medikamentenschrank war ein herber Schlag ins Wasser. Drei Stunden harrten wir im Garten, versteckt hinter den vier Abfalltonnen, mit Blick auf den künstlichen Teich, um gegebenenfalls eiskalt zuzuschlagen.

Doch das Einzige, was sich um drei viertel vier an einem frühen winterlichen Morgen trotz Kümmelschnaps auf Frostniveau abgekühlt hatte, war unsere Stimmung. Elfis permanent qualmende Glimmstängel, gepaart mit dem scheppernden Versenken leerer Cointreau-Pullen in einem der Blechcontainer, verhagelten mir die Laune.

Bei dem Getöse in der dunklen Ecke zwischen Mückes Mülltonnen würde sich kein noch so mutiger Schreiber geheimnisvoller Spiegelschrift an die Eisfläche des Tümpels stellen. Egal, wie rattenscharf der Besitzer auf die Rückführung der Aufzeichnungen sein sollte.

Wenn der mysteriöse Kladdenführer auf meine Nachricht überhaupt reagiert hatte, dann würde er mit ziemlicher Sicherheit jetzt uns und nicht wir ihn beobachten. Der Jäger wurde zum Gejagten oder umgekehrt. Das gefiel mir ganz und gar nicht. Missgelaunt und verfroren gaben wir schlussendlich auf.

Dabei waren Zahlen und Daten zu Fakten geworden. Der Inhalt der Kladde schien entschlüsselt, und die Konsequenz durfte lauten: Ein Lottomörder ging um. Es handelte sich um die Dokumentation einer Tippgemeinschaft, die aus dem Dunstkreis des »Aal«-Personals geleitet oder von einem Schriftführer zumindest begleitet wurde.

Diese Erkenntnis führte zu einem ernsten Disput zwischen Elfi und mir. Denn die ach so ahnungslose Frau von Meuselwitz war höchstpersönlich Mitglied dieser undurchsichtigen Tipprunde. Das Material in dem Notizheft ließ gar keinen Zweifel zu.

»Warum hast du das verschwiegen?«, klagte ich sie an.

»Das ist ohne Belang.«

»Ich fragte dich, wessen Handschrift die Kladde ziert, und du weißt es, antwortest aber nicht. Das ist von Belang.«

»Du bist kleinlich und egoistisch. Wer wird denn das Risiko eingehen, sich freiwillig seinen Gewinn abspenstig machen zu lassen, nur indem er mit dir zu viel über die Lottorunde plaudert.«

Auch auf Drängen und Drohen hin wollte sie mir keine verbindliche Auskunft geben, wer das Gemeinschaftslotto ins Leben gerufen hatte und bis heute organisatorisch verwaltete.

Sie sei nur in überschaubarem Maß, das heiße unregelmäßig, beteiligt. Und eins wisse sie ganz genau, die Leiterin der Spielrunde könne keiner Fliege etwas zuleide tun. »Die neunmalkluge Hanna Hansen befindet sich mit ihrem sensiblen Spürnäschen auf dem absoluten Holzweg.«

»Eine Leiterin?«, hakte ich nach.

»Ich denke schon«, wich sie abermals aus.

»Du denkst schon? Na, was denn nun?«

Ich war verständlicherweise verärgert, fühlte mich von Elfi von Meuselwitz hintergangen oder mindestens verschaukelt.

»Warum sollen wir uns gemeinsam nachts im Park auf die Lauer legen«, wollte ich von ihr erfahren, »wenn wir kein Vertrauen zueinander haben? Das ist eine einzige Farce.«

»Bisschen Schisseinjagen tut der Chefin ganz gut«, meinte die Meuselwitz schnippisch, »dann zahlt sie hoffentlich auch die Gewinne wieder pünktlich aus.« Außerdem kenne sie die Schrift tatsächlich nicht, im Zweifelsfall könne das jemand ganz anderes aufgeschrieben und das Datenmaterial minutiös erarbeitet haben.

»Wie? Warum? Was denn nun?«

Sie antwortete nicht. Sie wusste keine Antwort. Oder doch?

Sollte ich mich in der netten Elfi von Meuselwitz derart getäuscht haben? Bekanntlich hatte sich der deutsche Adel längst von Tugenden wie Aufrichtigkeit oder Sinn für Gerechtigkeit anstandslos verabschiedet. Vielleicht war Elfi auch gar nicht mehr so fit im Kopf, wie ich anfänglich angenommen hatte. Ihr Schnapskonsum sprach Bände.

»Das ist doch nur Lotto!«, verteidigte sie ihr Verhalten. »Was haben die toten Frauen damit zu tun?«

»Das ist nun wirklich ein alter Hut: Allein die Aussicht auf Geld verändert die Menschen auf die schlimmste Art und Weise.«

»Gefällt mir nicht«, mäkelte sie herum. »Plötzlich wird wegen ein paar Euro fuffzig alles so unbeschreiblich ernst.«

»Paar Euro fuffzig? Die Schmatz hatte einen Fünfer!«

Kurzzeitig stockte ihr likörgeschwängerter Atem. Sie guckte mich aus glasigen Kulleraugen an. Ich wurde nicht schlau aus ihr. Wusste sie wirklich nichts von dem hohen Gewinn, oder tat sie nur so? Derweil konnte meine Schlussfolgerung nur lauten, zukünftige Ermittlungen im »Glatten Aal« allein voranzutreiben. Auf die Meuselwitz schien mir jedenfalls kein Verlass zu sein.

Gespiegelt und von Schreibschrift in Druckschrift übertragen, ergab sich nach fast zehnstündiger Decodierung und Zusammenfassung des immensen Zahlenmaterials folgende, nur auf das laufende Jahr bezogene und auf das absolut Notwendigste reduzierte Tabelle:

LOTTO – Glatter Aal – Station »Abendfrieden«

Nr.	Name	Tipps	Einsatz	Prov.	o.k.	Betrag	p.a.	Treffer	G.u.V.
I	Ferres	8	10	4	V	14	728	-	2061
II	Möller	3	3,75	1,5	?	5,25	273	1 x 4er	2516
III	Poltzin	2	2,5	1	V	3,5	182	2 x 3er	2607
IV	Ehlers	7	8,75	3,5	V	12,25	637	1 x 3er	2152
V	Meuselwitz	4	5	2	V	7	364	-	2425
VI	Schmatz	7	8,75	3,5	V	12,25	637	1 x 5er	2152
VII	Gumbinnen	10	12,5	5	?	17,5	910	1 x 3er +	1879
VIII	Goor	3	3,75	1,5	V	5,25	273	-	2516
IX	Pirschel	3	3,75	1,5	V	5,25	273	1 x 3er	2516
X	Zamzow	10	12,5	5	?	17,5	910	2 x 3er +	1879
XI	TOD	-	-	-	-	-	-	-	4271

»Mordmotive sehen anders aus.« Die Reaktion meines Sohnes Ole war verständlich, aber vorschnell. In seiner Mittagspause saßen wir auf meinem Zimmer über den Zahlen, und uns rauchten die Köpfe. Hin und wieder blätterte er gedankenverloren in der Kladde.
»Wo hast du die Aufzeichnungen überhaupt her?«
»Gefunden«, log ich.
»Soso ... gefunden ... so einfach.«
Folgende Fakten lagen klar auf der Hand:
Die Zimmernummern passten zu den Namen ihrer Bewohner. Mit einer Ausnahme: Eddi Goor und Piet Pirschel wohnten nicht getrennt in Nummer 8 und 9, sondern gemeinsam in der 8. Hingegen war die 9 von zwei Frauen bewohnt, die erst kürzlich in den »Glatten Aal« eingezogen waren, über die es in der Kladde keinerlei

Informationen gab und die rein gar nichts mit dem Fall zu tun haben sollten.

In der 11 wohnte kein Mensch, es war das Zimmer neben dem Eingang, dort lauerte allein der Tod. Die letzte Zeile in der zweiten Spalte exakt so zu benennen, war kein Verbrechen, eher geschmacklos oder makaber.

Alle Teilnehmer hatten Lotto gespielt, alle einen Einsatz zu tätigen, der mit einer fragwürdigen Provision verbunden war, einen zu zahlenden Gesamtbetrag ausmachte, der per anno ein erkleckliches Sümmchen für seinen Empfänger bedeutete. Die siebenhundertachtundzwanzig Euro, die beispielsweise die Schauspielerin Fifi Ferres aus Zimmer 1 zu berappen hatte, kratzten zumindest an der Schmerzgrenze der finanziellen Situation eines Heimbewohners.

Richtige Tipps waren selten, dafür schien die Ausbeute umso überzeugender. Dabei rissen die aktuellen fünf Richtigen der Frau Schmatz offensichtlich alles heraus. Eine Tipprunde, die mit einem Schlag (sprich einem hoch dotierten Fünfer) gemeinschaftlich im Plus stand. Die letzte Spalte drückte unter Berücksichtigung gleicher und korrekter Aufteilung und Ausschüttung den Jahresgewinn jedes einzelnen Spielteilnehmers aus. Das sah nicht nur überaus positiv aus, das stellte den Sinn einer gemeinschaftlichen Tipprunde ins strahlende Licht. Gemeinsam spielen – gemeinsam reich werden.

Somit müsste sich die Freude der Schmatz-Angehörigen im Hinblick auf ihr zu erwartendes Erbe relativieren. Unter der Voraussetzung, dass solch eine Spielgemeinschaft rechtens war, würden die Bommels nicht allein über die knapp dreißigtausend Euro verfügen können – wenn der Zaster denn jemals auftauchen sollte. In der peniblen Buchhaltung war der Gewinn jedenfalls schon mal gerecht auf alle Teilnehmer verteilt worden.

Einen echten Wermutstropfen symbolisierte einzig die letzte Zeile. Während zehn Tipper die annähernd gleiche Summe zwischen rund zwei- und zweieinhalbtausend Euro kassieren würden, saß in Zimmer 11 Gevatter Tod und kassierte kolossale viertausenddreihundert Euro.

»Wofür?«, fragte ich.

»Tja, wofür nur?«, wiederholte mein Sohn nachdenklich.

Es war anzunehmen, dass der Sensenmann nicht persönlich mittippte, geschweige denn, dass er einen Einsatz leistete oder gar Kreuzchen im richtigen Kästchen platzierte. Eine Tatsache, die sich aus dem Zahlenmaterial einwandfrei ableiten ließ.

»Das erinnert mich an Lotto-Faber«, murmelte mein Sohn. »Der hat mit seiner professionell organisierten Lottospielgemeinschaft Millionen, wenn nicht gar Milliarden verdient.«

Dem Kommissar knurrte der Magen, er packte seine Frischhaltedose aus, entnahm ihr ein Fischbrötchen, inspizierte es mit Kennerblick und biss genüsslich hinein. Mir war immer noch nicht danach. Ich öffnete meine Thermoskanne und trank Schlückchen für Schlückchen warmen Fencheltee.

»Ohne Wenn und Aber – Faber!«, bekräftigte er schmatzend. »Das war ein cleveres Bürschchen!«

Die Megastory von Norman Faber mit Firmensitz in Bochum war vor allem in den 1990er Jahren in der gesamten Republik bekannt geworden. Im Zuge seines Erfolges wetzten die Vertreter der staatlichen Lotteriezentralen ihre juristischen Messer und versuchten alles, und das vergeblich, um den hausgemachten Konkurrenten auf Eis zu legen.

»Der hatte sich die Gier der Leute zu eigen gemacht und de facto an den staatlichen Instituten vorbei sein eigenes Lottosüppchen gekocht.«

Lotto-Faber, wie er kurz und knackig genannt wurde, hatte ein nordkoreanisches Mathematikgenie beauftragt, Zahlenkombinationen zu errechnen, die in der Geschichte des deutschen Lottoblocks besonders selten beziehungsweise noch nie gezogen worden waren.

Auf diese Zahlenreihen tippten Fabers Mitspieler. Neben den üblichen Spieleinsätzen und staatlichen Lotteriegebühren hatten sie einen vierzigprozentigen Aufschlag an den Vermittler Norman Faber zu entrichten. Waren die entsprechenden Zahlen gezogen worden, freute sich die Spielgemeinschaft über exorbitante Gewinne, die jedoch durch die Anzahl der Mitspieler geteilt, letzten Endes für jeden in der Tipprunde eine relativ überschaubare Summe bedeuteten, nicht übertrieben und schon gar nicht zum Größenwahn verleitend.

»Das nannte der Multimillionär Faber seine soziale Ader«, spottete Ole Hanser.

»Schöne Ader ... Goldader!«

Denn letzten Endes war es egal, ob die Kreuze stimmten oder nicht, ein Gewinner stand Woche für Woche schon vor der Ziehung fest: Norman Faber. Als Vermittler von Zahlenreihen nahm er – streng juristisch gesehen – eine völlig legale Gebühr. Bei einer Mindestprovision von einem Euro zwanzig pro Tippschein und einer wöchentlichen Anzahl von circa einer Viertelmillion Tippern flossen summa summarum geschätzte zweieinhalb Millionen Euro in seine eigene Tasche – und das jede Woche.

»Das nennt man effektive Geschäftsidee«, staunte ich.

Wir schauten auf unsere Tabelle. Ole zeigte sich vorerst zufrieden. So wussten wir wenigstens, dass noch mehr Lottoscheine auf der Station »Abendfrieden« im Umlauf waren, und hatten auch die entsprechenden Namen dazu.

»Mama, du könntest dich unauffällig bei den Spielteilnehmern umhören. Vielleicht kriegst du was raus.«

Mein Sohn überflog nochmals das Zahlenregister, würgte seinen letzten Bissen hinunter und spekulierte: »Das Faber-Prinzip. Okay, zugegeben, ein paar Nummern kleiner. Aber das Zimmer 11 steht für den Spielleiter oder Vermittler, der im Hintergrund die Fäden in der Hand hält, die alten Leute zum Lottospiel animiert ... vielleicht sogar zwingt, mitzutippen.«

»Möglich ist alles.«

»Für seinen Aufwand kassiert er eine großzügige Entschädigung«, fuhr Ole fort. »Der beträchtliche Unterschied zu Lotto-Faber wäre, dass der Spielleiter auch an den Gewinnen beteiligt ist, obwohl er selbst gar nicht tippt.«

Der Betrag unten rechts setzte sich Pi mal Daumen aus den Provisionen und einem Elftel des erzielten Gesamtgewinns zusammen, deshalb die verhältnismäßig höhere Summe für Gevatter Tod.

»Ein Motiv ist das noch nicht«, stellte ich ernüchtert fest. »Im Gegenteil. Die Nummer 11 hätte Grund genug, so viele Tipper wie möglich und so lange wie nötig am Leben zu erhalten.«

»Stimmt. Es sei denn, einer tanzt aus der Reihe, will die Tippgemeinschaft verlassen, die Provision nicht zahlen oder den Gewinn nicht mehr teilen.«

»Könnte das schon ein Mordmotiv ergeben?«

»Wenn ein Quertreiber die Spielrunde und ihre zweifelhaften Rahmenbedingungen auffliegen lässt? Klar. Warum nicht?«

Über das eine oder andere dachten wir gemeinsam laut nach, verwarfen, diskutierten, interpretierten und blieben letztendlich in der sechsten Spalte an den drei Fragezeichen hängen.

»Die Reihe ist mit ›Okay‹ überschrieben«, deutete ich das Kürzel, »ein großes V ist in Schreibschrift vielleicht nur ein Häkchen. Bezahlungen abgehakt, könnte das bedeuten.«

»Und die Fragezeichen besagen dann das Gegenteil von einem Häkchen«, komplettierte Ole, »und das könnte dann wiederum heißen, Provisionen nicht bezahlt oder noch offen.«

Möller, Gumbinnen und Zamzow hatten in der sechsten Spalte ein Fragezeichen. Irene Möller war tot. Die beiden anderen lebten, wobei wir aus Frau Zamzow, aufgrund ihres schlechten gesundheitlichen Zustandes, womöglich nichts Erhellendes herausbekämen. Wir würden uns an Marita Gumbinnen halten müssen, um Näheres zu erfahren. Ich versprach, noch heute ein bisschen bei den Bewohnern, im Schwesternzimmer und auch in der Kantine herumzuhorchen und auch noch einmal in aller Ruhe und Eindringlichkeit mit Elfi von Meuselwitz zu sprechen.

Das sei unumgänglich, meinte mein Sohn.

Den Elektroschocker würde ich ab sofort griffbereit rund um die Uhr bei mir tragen – auch das erschien mir in Anbetracht der verzwickten Entwicklung mehr als erforderlich.

Der Kommissar blieb den Nachmittag über gleich im Hause. Die Staatsanwaltschaft hatte eine Ortsbesichtigung mit dem männlichen Teil der Belegschaft der Abteilung »Abendfrieden« anberaumt. Treffpunkt: halb vier, auf dem schmalen Weg Glatter Aal, direkt vor dem Seniorenstift.

Der Forensik- und Ballistik-Experte Steffen Stieber hatte für die Kommandantur die Indizien zusammengetragen und ausgewertet. Derzeit musste man davon ausgehen, dass es sich bei dem Täter um einen Mann handelte: Das Fenster war mit einem Brecheisen oder ähnlichem Werkzeug aufgestemmt worden. Als Mordwerkzeug hatte eine Angelsehne gedient – Tötung mittels starker Zugkraft. Mord durch Erwürgen war eine ganz und gar männliche Domäne – natürlich rein statistisch gesehen.

Die Männer kooperierten und waren vollzählig angetreten: Max Friesen, Hein Mück, Eddi Goor, Piet Pirschel und selbst der Südafrikaner Ruben Bommel waren Hansens telefonischer Einladung gefolgt.

Der fünfundvierzigjährige Hüne aus dem Armenviertel um Knysna beziehungsweise Plettenberg Bay hatte seine Frau und die drei Kinder für einen Ausflug in den Bus Richtung Insel Poel gesetzt. Er wusste zwar nicht sogleich, um was es sich bei einem Ortstermin handelte, wurde aber von Mücke in einem Vier-Augen-Gespräch unter Berufskollegen instruiert.

Denn Ruben Bommel arbeitete seit zehn Jahren auf dem Villenhügel Brenton-on-Sea (gleich hinter der berühmten Knysna-Lagune) als zuverlässiger Hauswart und ausgebildeter Gärtner in einer Person.

Mücke staunte nicht schlecht, Bommel nannte ein halbes Dutzend prächtiger Villen betuchter Familien in imposanter Lage mit freiem Blick auf den Indischen Ozean sein zu verantwortendes Ressort. Dagegen war ein Altersheim in der Nähe der Ostsee natürlich wenig spektakulär. Dennoch verstanden sich beide auf Anhieb – eben Leute vom gleichen Fach und selben Stern.

Im wärmenden Biberfellmantel hielt sich die Staatsanwältin dezent im Hintergrund auf.

Während ich es mir mit einem dampfenden Pott Holundertee, einem dicken Federkissen und einer wärmenden Tagesdecke am Fensterbrett meines Zimmers bequem machte und dem Spektakel direkt unter meinem Fenster mit wachsendem Interesse zuschaute, erklärte der Kommissar den geladenen Herren, aus welchem Grund die Staatsanwaltschaft sie hierhergebeten hatte.

»Der Mörder von Frau Helga Schmatz muss laut Aussage der einzigen Zeugin, Frau Hanna Hansen aus Zimmer 6, am Abend des elften Dezember an der Außenfassade des Seniorenstiftes in die erste Etage hinaufgeklettert sein. Der Täter hat sich am Fenster der Damen zu schaffen gemacht und ist dann dort gewaltsam eingestiegen.«

Ole Hansen zeigte die Hauswand empor. Ich winkte der Gruppe freundlich zu. Meinen Sohn schien das zu irritieren, es verschlug ihm vorübergehend die Sprache.

Nach einer kurzen Orientierungslosigkeit fuhr er dann aber fort: »Die Spuren am nächsten Morgen und unsere Ermittlungen zeigen, dass der Mörder ohne fremde Hilfe, das heißt ohne Leiter oder ähnliches Gerät, die Hauswand erklommen haben muss.«

Fast drei Meter vom Erdboden bis zur unteren Fensterbegrenzung – eine tolle Leistung, das war nicht von Pappe …

Ein Raunen ging von Mann zu Mann. Pirschel flüsterte Goor etwas ins Ohr, der griente zahnlos und tippte vor Entzücken dreimal kräftig mit seinem Gehstock auf das vereiste Kopfsteinpflaster.

»Was gibt's denn da zu lachen?«, fragte der Kommissar ernst. Eddi Goor verstummte sofort. »Ich bitte Sie jetzt einzeln vor das Gebäude zu treten und die Distanz zur Fensterbank im ersten Stock nach Ihren Möglichkeiten und Ihrem Geschick zu überwinden. Vorher müsste ich jedoch einen kurzen Blick auf Ihre Hände werfen, nur um zu sehen, dass Sie keine fremden Hilfsmittel … äh … à la Spiderman benutzen.«

Da lachte der Kommissar zum ersten Mal selbst und aus vollem Herzen; ausgerechnet über einen eigenen Witz – und dann noch einen äußerst schwachen.

Das alte Pärchen schaute sich nur perplex und fragend an, und Goor schüttelte sein dünnes Haupthaar. Dann traten die Männer vor und zeigten bereitwillig ihre Handinnenflächen.

Pirschel: Klavierspielerhände, lang, dünn, gichtig. Goor: klein, knubbelig, runzlige Kinderpatscher. Bommel: heller als erwartet, schwielig, riesig. Mück: kräftig, rissig, Arbeiterpranken. Friesen: grob, groß, knorpelig.

Der Pfleger jammerte, dass er schon in seinem verhältnismäßig jungen Alter unter ersten Anzeichen von Daumensattel-Gelenkarthrose leide. Das komme vom jahrelangen täglichen Anheben der alten Leute.

»Schauen Sie nur! Dort! Eine riesige Dupuytren'sche Kontraktur. Gar nicht schön. Geht nie wieder weg. Wissenschaftlich bewiesen.«

Typische Berufskrankheiten, bei Verschlimmerung oft sogar Grund für eine frühzeitige Arbeitsunfähigkeitsrente.

Da machte sich einer Hoffnungen, dachte ich gerade, während Piet Pirschel, immerhin siebzigjährig, beim ersten Versuch, mit der rechten Fußspitze in einer Backsteinritze Halt zu finden, regelrecht abschmierte (pardauz!) und nun auf seinem Allerwertesten saß.

Sein Partner, ebenfalls knapp über siebzig, stand konsterniert vor der hohen Fassade und klagte plötzlich über akute Harninkontinenz. Eddi Goor war das ein bisschen peinlich, musste es aber gar nicht sein.

Nach einer repräsentativen Umfrage aus dem Jahre 2005 litten allein in Deutschland über zehn Millionen Menschen an diesem Problem – sogar weit jüngere als Eddi Goor. Die Gründe waren mannigfaltig, hatte ich erst vor Kurzem in der Apotheken-Umschau gelesen. Das war ein höchst interessanter Artikel gewesen.

Bei Goor spielten sicherlich Alter, Psyche und die Belastung in diesem Augenblick ausschlaggebende Rollen.

Die Staatsanwältin machte ein besorgtes und dann recht verkniffenes Gesicht. Der Kommissar hatte ein schnelles Einsehen, machte auf seiner Liste hinter den beiden alten Knochen zwei Häkchen und schickte schleunigst Hein Mück auf die Reise.

Mücke zeigte sich mit seinen achtunddreißig Jahren mehr als wieselflink, kletterte nicht schnurgerade die Wand, sondern seitlich versetzt die Ranken neben dem Haupteingang empor. Über die fest verankerten Kletterpflanzen erreichte er in wenigen Sekunden die Höhe der ersten Etage. Von dort war die nächste Fensterbank nur mit äußerster Mühe und einem geübten Hechtsprung zu erreichen. Hein Mück traute sich nicht.

Unten flanierten gerade ein paar Passanten vorüber, blieben verdutzt stehen, beobachteten Mückes Bemühungen und grinsten ungläubig.

Selbst wenn er es gewagt hätte und der Riesensatz gelungen wäre, hätte der Hauswart erst auf dem Fensterbrett von Zimmer 5 gesessen. Von meinem Beobachtungsposten aus etwa zweieinhalb Meter weiter rechts. Unmöglich – die restliche Distanz war für einen normalen Menschen schier unüberbrückbar.

Kaum war Mück zurück, begann der Hausmeister mit seinem Kollegen Bommel zu tuscheln, was das Zeugs hielt. Die beiden fühlten sich auf irgendeine Art herausgefordert. Sie gestikulierten und palaverten mit Händen und Füßen und ohne Punkt und Komma.

Ruben Bommel wartete erst gar nicht Hansens Aufforderung ab, er kletterte mit Geschick dieselben Rankenpflanzen empor, machte jedoch nicht auf Fensterbretthöhe halt, sondern erst satte anderthalb Meter später. Von hier bewies er, dass mit ein wenig Mut und keinem Hecht-, aber so etwas wie einem Panthersprung fast alles gelingen konnte. Knapp unter der Dachrinne hing der sportliche Südafrikaner mit einer Hand am vorstehenden Stuck, der Begrenzung oberhalb des Fensters von Zimmer 5.

Plötzlich sah ich, wie sich an ebenjenem Fensterbrett Elfi von Meuselwitz herauslehnte, erst neugierig nach oben spiekte und dann kichernd zu mir herüberblinzelte.

An ihren oberen Rändern verfügten die Gebäudefenster allesamt über einen massiven Marmorstuck, das fiel bei der Verwitterung des Hauses im ersten Moment gar nicht auf. An einem schmalen horizontalen Mauereinlass zwischen den beiden Fenstern hangelte sich Ruben Bommel dank kräftiger Finger und trainierter Armmuskulatur Meter um Meter die Hausfassade entlang, ergriff dann den Fensterstuck schräg über meinem Haupt und saß keine halbe Minute später, mit seinen langen Beinen baumelnd, neben mir auf dem Fensterbrett von Zimmer 6 und entzündete sich lässig und ungeniert eine selbst gedrehte Zigarette.

Donnerlüttchen, dachte ich, starker Auftritt.

Auch Elfi reckte den Daumen nach oben und grinste sich eins.

»Und zurück?«, fragte ich.

»Cheht alles«, strahlte er mich an, »wenn man nur will und chut trainiert ist.«

Unten spendeten nicht nur Mücke, Pirschel und Goor spontanen Szenenapplaus, auch eine mittlerweile stolze Traube von Einheimischen und Urlaubern klatschte und jubelte, als hätte Ruben Bommel die Eigernordwand gemeistert. Verständlich, wenn man wusste, dass die Norddeutschen den Möwenhügel der Insel Poel mit seinen satten sechsundzwanzig Metern über dem Meeresspiegel als imposantes Gebirgsmassiv betrachteten.

Klettern war der Küstenmensch an sich überhaupt nicht gewohnt. Vielleicht auch der Grund, warum Max Friesen, der fiese Pfleger, keinerlei Anstalten machte, seinen beiden Vorgängern nachzueifern. Der Kommissar konnte ihn bitten noch und nöcher, Friesen wollte gar nicht klettern. Auch einen anderen Weg zu versuchen als den von Mücke oder Bommel favorisierten, verweigerte er hartnäckig.

Der eine oder andere aus der Gruppe der Schaulustigen buhte oder muhte, doch letztendlich hielt sich der Unmut in Grenzen.

Nicht, dass sich die Staatsanwältin wirklich erstaunt zeigte (die wunderte sich bei Hansens Ermittlungsmethoden mittlerweile über gar nichts mehr), aber alle hatten brav kooperiert oder zumindest gute Miene zum blöden Spiel gemacht – nur eben Pfleger Friesen nicht.

Als Ruben Bommel auch noch die knapp drei Meter von meinem Fensterbrett einfach so herabhüpfte und mit federndem Schritt auf die Männergruppe zuging, da schaute dann die Staatsanwältin zum ersten Mal überrascht und mit ungewohntem Augenaufschlag.

»Das ist doch alles dummes Zeugs«, ließ sie sich hinreißen. »Was soll uns ein Erklimmen der Hauswand denn beweisen, Herr Kriminaloberkommissar?«

Mein Sohn verriet mir später, dass er hernach von ihr gebeten wurde, die Herren Bommel und Friesen genauer im Auge zu behalten und regelmäßig Bericht zu erstatten.

»Wenn Sie das nächste Mal solch eine hanebüchene Ortsbegehung beantragen«, klagte sie den Kommissar verbiestert an, »dann möchte ich im Vorhinein en détail darüber informiert werden, welchen Aberwitz Sie sich wieder ausgeheckt haben. Und vor allen Dingen: Warum? Verstanden, Herr Hansen?«

Mein Sohn nickte nur kurz, aber wissend. Damit wandte sie sich ab, schlug ihren Biberkragen hoch und ging grußlos vom glatten Pflaster. Ihr Amtssitz im Fürstenhof war keine hundert Meter Fußweg entfernt, mit Sicherheit wartete in ihrem Büro ein frisch aufgebrühter Kaffee und ein Stück Sanddorntorte mit Sahne.

Während sich auch die zufälligen Passanten vom Ort des Geschehens langsam gelangweilt verkrümelten, trommelte Ole Hansen die Mannschaft zusammen, dankte im Namen der Kommandantur und stellte wie nebenher eine letzte bescheidene Frage.

»Wer von Ihnen verfügt eigentlich über Angelsehne?«

Der überwiegende Teil schwieg, nur die Hausmeister waren sich einig, dass Angelschnüre zu einer umfassenden Ausrüstung eines guten Hauswartes dazugehörten.

»Außerdem ist Angeln meine Leidenschaft«, posaunte Mücke nicht ohne Stolz heraus. »Jeden Freitagabend, wenn denn Zeit ist, setze ich mich ans Ende der langen Seebrücke im Stadtteil Wendorf. Nicht am Westhafen oder Holzhafen. Da angeln ja gut und gern drei Dutzend Mann jeden Abend. Das sind viel zu viele, da verheddern sich die Sehnen. Aber an der Wendorfer Seebrücke hat man seine Ruhe. Nur die Mücken ... na ja, das ist ein anderes Thema.«

»Sie angeln dort regelmäßig?« Der Kommissar hob die Augenbrauen.

»Wie mein Vater es jahrelang gemacht hat, Gott hab ihn selig«,

erinnerte sich der Hausmeister und knetete sein mächtiges Doppelkinn.
»Wie? Ihr Vater?«, fragte Ole.
»Jawohl. Mein Vater.«
»Fiete?«
»Fiete Mück, jawohl«, entgegnete Mücke. »Kannten Sie ihn?«
»Wer kennt nicht die tragische Geschichte von Fiete, dem Angler?«, antwortete Ole etwas bedröppelt.
Jahrelang hatte Fiete auf der Holzbrücke in Wendorf gesessen und geangelt. Bei jedem Schietwedder hatte er seine Angelruten ins Brackwasser der Ostsee gehalten und sich von innen mit seinem Spezialgetränk, seinem bernsteinfarbenen Rum, gewärmt; übrigens auch im Sommer, um sich gegen die vielen Mücken zu wappnen.
»Pyrat Pistol!«, ergänzte Hein Mück schwärmerisch. »Karibischer Import über Flensburg!«
»Nicht schlecht«, staunte Ruben Bommel. »Da beißen die Fische chleich chanz anders.«
»Wieso?«, fragte Eddi Goor. »Tränkt man die Würmer in dem Zeugs?«
»Dumm Tüch«, kicherte Piet Pirschel verschmitzt.
Friesen trampelte ungeduldig von einem Bein aufs andere, der wollte nur noch schleunigst zurück auf seine Station.
Eines Abends, an einem Sonntag im August, war Fiete kopfüber in die Ostsee gestürzt und auf Nimmerwiedersehen verschwunden. Strömungen seien schuld gewesen, hatten die eigens aus Rostock herbeizitierten Polizeitaucher vermutet. Aus dem Schlick der Wismarbucht, zu Füßen der Seebrücke, hatten sie nurmehr eine halb volle Flasche vom bernsteinfarbenen Rum herausgefischt. Mehr nicht.
»Echtes Familiendrama!« Hein Mück vom »Glatten Aal« war melancholisch geworden und verdrückte eine Träne.
»Angler sind feine Leute«, tröstete ihn der farbige Hausmeister, während sich die übrigen Konsorten langsam, aber fast unbemerkt zurück ins Pflegeheim trollten.
»Ich wusste nicht mal«, störte Ole den Trübsinn, »dass Fiete einen Sohn hatte.«
Die Herren Mück und Bommel blickten sich verschwörerisch an, seufzten, ließen eine Angelrute lang Zeit verstreichen und schauten dann vorwurfsvoll zum Kommissar hinüber.

Bekanntlich waren Angler etwas kauzige Sonderlinge, aber keine dumpfen Fischköppe. Der gewöhnliche Angler besaß ein Händchen für sensible Situationen, und er erkannte seinen Bruder im Geiste auf hundert Meter gegen den Seewind. Nicht selten sprachen sie sogar ihre ureigene Sprache: Anglerlatein.

Angelschnüre seien heutzutage eine Wissenschaft für sich, unterrichtete Hein Mück den Kommissar fachmännisch. »Da gibt es welche aus einem einzigen Nylonfaden, dann wieder welche, die aus mehreren Fäden unterschiedlicher Nylonsorten zusammengeflochten werden. Außerdem gibt es für jeden entsprechenden Anlass dünne oder dickere Schnüre.«

»Es chibt Sehnen, die für den Fang bestimmter Fischarten extra herchestellt werden«, ergänzte Ruben Bommel. »Und vor allem Schnur, die im Wasser praktisch unsichtbar ist, und wieder andere, die chut zu sehen ist.«

Der Kommissar war beeindruckt. »Hätte ich nicht für möglich gehalten.«

An der Steilküste von Brenton-on-Sea gebe es ein Revier speziell für Barrakudas und Thunfische – aber nur vom Feinsten, fachsimpelte der Afrikaner. Wenn Herr Mück denn im Urlaub einmal etwas Hochsee erleben möchte …?

Mücke staunte, drückte ihm tief verbunden die große Pranke und lud seinen Seelenverwandten im Gegenzug nächsten Samstag in sein persönliches Lieblingsrevier ein – zum Brandungsangeln auf Dorsch und Zander.

»Wenn die verdammte Ostsee bis dahin nicht zugefroren ist.«

Beide juchzten vor Glück. Vielleicht der Beginn einer wunderbaren Freundschaft.

6

Mittwoch, den 16. Dezember

Leise begann es aus einem schiefergrauen Himmel zu schneien. Das sah schön aus und wirkte friedlich.

Einmal mehr stand ich am Unglücksfenster, hielt es heute jedoch geschlossen. Die Luft hatte sich weiter um einige Grade abgekühlt. Mückes neues Scharnier, das fiel mir erst jetzt auf, war aus Messing und bislang unlackiert. Aber das würde er bald nachholen, so penibel, wie er seiner Arbeit nachkam.

Mit kleinen Schlucken leerte ich meine mittägliche Mineralwasserflasche. Mir ging es den Umständen entsprechend gut, der Appetit kam langsam zurück. Phasenweise musste ich noch in kürzeren Abständen auf die Toilette. Aber das war sicher der erhöhten Flüssigkeitsaufnahme zu verdanken. Glücklicherweise bewohnte ich das Zimmer 6 immer noch allein. Die Bewerber standen Schlange, aber Marie-Luise Krabbe wollte sich nicht drängeln lassen und verschob die Entscheidung bis nach Weihnachten.

Es war Viertel vor zwölf, als die Tür aufsprang und eine resolute Frau mittleren Alters, gekleidet im legeren weißen Dress, an mein Bett trat und tatendurstig die Ärmel ihrer Arbeitsjacke hochkrempelte.

»Tach, Fraa Hansen! Sigrid Kowalschki«, rief sie ein wenig zu angestrengt und lärmend. An den Ohren hatte ich es nun wirklich nicht. »Dr. Hannibal Jepschen schickt misch, manuelle Lymphdrüsendränaasch, e halbe Schdunn lang. Gelle?«

»Wie bitte?«

Sie wiederholte ihren Text, diesmal noch um einige Dezibel lauter. Überall das Gleiche, kaum trug jemand einen weißen Kittel, dachte er, Gott spielen zu können, und zwar am besten im bissigen Befehlston. Merkwürdige Person, diese mir unbekannte Frau Kowalschki.

»Das kann nicht sein, junge Frau. Ich hab's mit dem Magen.«

»Des dudd nix zur Sache, gelle. Verschribbe is verschribbe. Bidde hinleje!«, rief die Physiotherapeutin barsch. Sie war eine große

Frau mit tiefer, fast männlicher Stimme und athletischem Körperbau. »Rock bis zum Becke houchziehe. Kisse am beschden in de Nacke unn entspanne! Danke.«

Auffallend warme Hände hatte Sigrid Kowalschki, das musste man ihr lassen. Die völlig überraschende Massage ließ sich einigermaßen genießen, nur durchschauen konnte ich das Ganze nicht. Da musste ein Missverständnis vorliegen. Vielleicht hatte sich die Krankengymnastin in der Zimmernummer geirrt oder Dr. Jepsen die Patientennamen verwechselt.

»Sie sinn doch Fraa Hansen, rischdisch?«

»Richtig. Hanna Hansen.«

»Nu denn. Dann stimmt jo alles.«

»Hansen aus der Böttcherstraße.«

»Schönes Haus«, meinte die tüchtige Physiotherapeutin abschweifend.

Komischer Kommentar, dachte ich nur.

Sie knetete und schüttelte, klatschte und schob, und meine Beine wurden erst warm, dann kalt und dann wieder warm. Das Blut pulsierte und zirkulierte, und ein Gedanke kursierte im Kreis: die Tirade der alten Frau Schmatz. In ihrer letzten Nacht hatte sie umgehend ihre Gehtherapie verlangt und vergeblich darauf gewartet. Hier bekam jemand einen ähnlichen Service, obwohl er gar nicht angebracht war. Dort war die Behandlung sicherlich verschrieben gewesen, aber nicht oder nur unregelmäßig ausgeführt worden. Typische Fehlplanung innerhalb eines überfüllten und chaotisch geführten Hauses.

Als ich gerade versuchte, mir den endlosen Schmatz-Monolog vom letzten Freitag etwas detaillierter ins Gedächtnis zurückzurufen, da geschah es plötzlich und völlig unvermittelt. Mit einem Mal riss mir die blöde Kuh das rechte Bein in einem stumpfen Winkel von circa hundertzwanzig Grad nach oben, drückte mir dabei mein Knie in die Nase und verdrehte es bis zur Schmerzgrenze. Wie am Spieß schrie ich kurz und heftig auf, bevor mir die Luft wegblieb.

Das Aas giftete schroff: »Klaane Warnung vom Lottopapscht. Lasse Sie die Bewohner tippe, wie veel unn bei wem sie wolle. Ansunschde sinn Ihre Doach im ›Aal‹ gezählt. Häwwe mer unsch verschdande, Fraa Hansen?«

Himmel, Arsch und Zwirn – der Schmerz ging bis ins Hirn! Mir schoss der Schweiß aus allen Poren! Von Verstehen konnte keine Rede sein, die Marter war einfach zu groß, um Antworten geben zu können. Unverfrorene Drohung! Zustimmendes Stöhnen. Der Oberschenkel zog höllisch. Radikalste Grätsche. Jede junge Deern hätte Probleme gekriegt.

»Muskelfaserriss is schlimmer«, drohte Sigrid Kowalschki, »Bänderriss is noch schlimmer. Awwer was nedd is, koann jo noch werre. Gelle? Also: Höre Sie uff herumzuschnüffele und lasse Sie vor allem unser Patiente in Ruuh! Sunschd wünsche annere Ihne kein Hals- und Beinbruch mehr, sonnern setscht's en Oberschenkelhalsbruch.«

Schlechtes Wortspiel, vielleicht war diese Kowalschki kräftig, klug jedenfalls nicht. Egal, wie hessisch weh sie mir tat, im Eifer des Gefechtes hatte sie bereits einige Informationen zu viel preisgegeben: Kowalschki, Jepsen, Lymph*drüsen*dränage, schönes Haus, Lottopapst. »*Unsere* Patienten«, hatte sie wortwörtlich gesagt. Im Nachhinein betrachtet, hatte sie sich mit zu viel Geschwätz den eigenen Strick gedreht.

Just in dem Augenblick, als mir der kalte Schweiß seitlich die Stirn herablief und in die Ohrmuschel zu tropfen begann, da erwischte ich meine Peinigerin an ihrer ausladenden Hüfte. So überraschend sie mir das Bein unnatürlich nach oben gespreizt hatte, so blitzartig lag sie zitternd unten auf dem Boden, glotzte wirr und aus mächtig lodernden Augen gen Zimmerdecke. Zehntausend Volt hatten sich im Bruchteil einer Sekunde durch die Tasche meiner Strickjacke den direkten Weg in ihre Kapillargefäße gebahnt. Der Elektroschocker tat seinem Namen alle Ehre. Hopsasa und hollala! War das eine steife Dauerwelle! Starkstromfrisur im Stile Don Kings. Während Sigrid Kowalschki auf dem Linoleumbelag bibberte, signalisierte mein Bein irgendeinen undefinierbaren Schwebezustand zwischen stimuliert und amputiert.

Fast fünf Minuten benötigte ich, um selbstständig in die Pantinen zu kommen, und weitere fünf, um die erschlaffte Pseudo-Krankengymnastin mit dem Hartgummischlauch meiner gezogenen Magensonde zu fesseln, die unhygienischerweise immer noch im Papierkorb hinter meinem Nachttisch gelegen hatte.

Dann machte ich mich endlich auf die Socken. So konnte es einfach nicht weitergehen. Im Personalraum bestellte ich der diensthabenden Schwester Irmi einen schönen Gruß und per Stationstelefon die Kavallerie aus der Kommandantur.

»Jingle Bells«. Aus der Unschärfe ein langsamer Zoom in eine Nahaufnahme des Ziehungsgerätes. Geräuschvoll und gleichmäßig rotieren neunundvierzig Kugeln um die starre Achse in der Acryltrommel. Einmal, zweimal, dreimal. Schwarzbild.

»Marie-Luise Krabbe erwirtschaftet für die Stadt Wismar jährliche finanzielle Zuflüsse im sechsstelligen Bereich«, tönte Bürgermeisterin Ilse Hannemann, »und das regelmäßig und nach Steuerabzug! Wenn Sie verstehen, was ich meine?«

Hansen und Jensen saßen in diesem Moment in der sogenannten guten Stube des dienstältesten Stadtoberhauptes Wismars. Nach ihrer letztjährigen Wiederwahl könnte die grauhaarige Ilse Hannemann am Ende ihrer fünften Amtszeit quasi Silberhochzeit mit dem eigenen Rathausthron feiern. Ein einmaliger und selbst in ferner Zukunft nur schwer zu toppender Rekord in der langen und reichen Geschichte der Hansestadt.

»Haben Sie überhaupt eine Vorstellung, was das für eine chronisch klamme Stadtschatulle bedeutet? Schätzen Sie einmal, wie vielen Menschen in unserer Heimatstadt, die aus unverschuldeten Gründen in eine soziale Schieflage, in gesundheitliche Not oder eine andere unwiderrufliche Misere geraten sind, allein im laufenden Jahr durch materielle Zuwendungen, finanzielle Spenden, soziale Dienste unseres Gemeinwesens oder schlichte Sozialhilfe geholfen werden konnte! Na ... na ... Was meinen Sie, Herr Oberkommissar? ... Tun Sie sich keinen Zwang an. Raten Sie einfach!«

Olaf Hansen begab sich ungern auf unsicheres Terrain, er hatte nicht vor, sich weiter in die Nesseln zu setzen, und zuckte nur einmal kurz die Schultern. Ilse Hannemann lehnte sich aus ihrem Amtssessel demonstrativ nach vorn, stützte sich mit den Ellenbogen auf ihrer Schreibunterlage ab und knetete auffordernd die Hände.

Sie wusste, ihre Bilanz konnte sich sehen lassen. Beste Kontakte zu den wirtschaftlich relevanten Unternehmen, ein guter Draht zum Ministerpräsidenten Erwin in die Landeshauptstadt Schwerin und ausreichendes Grundwissen in Volks- und Betriebswirtschaftslehre hatten die sechzigjährige parteilose Regentin fast unanfechtbar werden lassen.

Missmutig drehte sie jetzt ihre kleine Sanduhr um, die direkt vor ihr auf dem massiven Schreibtisch stand und alle Gäste und Besucher an die vergehende Zeit erinnern sollte und die sie beim Eintritt von Kommissar Olaf Hansen und seiner attraktiven Assistentin kurzzeitig und ungewöhnlicherweise schlicht vergessen hatte.

»Nicht dass Sie mich falsch verstehen, mein lieber Herr Hansen«, versuchte sie ihrer Stimme die Schärfe zu nehmen. »Ein Mord ist ein Mord ist ein Mord. Sie müssen Fragen stellen, Sie müssen ermitteln, Sie müssen vor allem den Täter schleunigst dingsbums ... äh, dingfest machen. Aber was, bitte schön, hat Ihre Frau Mutter, die ich sehr schätze, wie Sie wohl wissen ... Was, bitte schön, hat Ihre Mutter in diesem Fall zu suchen? Wie kann es sein, dass sich Frau Krabbe bei mir beschwert, da angeblich eine ihrer Bewohnerinnen im Auftrag ihres Sohnes, der zufällig bei der Kriminalpolizei dieser Stadt und damit in gewisser Weise für mich arbeitet, wohlgemerkt in einem Seniorenheim, private Detektivarbeit leistet? Und das spätnachts. Und das bis an die Zähne bewaffnet. Fast wie das SEK aus Schwerin!«

»Meine Mutter ist krank. Kurzzeitpflege wegen Fischvergiftung. Was soll ich machen?«

Olaf Hansen hatte manchmal eine staubtrockene Art, die ihm insbesondere bei offiziellen oder unangenehmen Anlässen gelegen kam und die sogar eine mit allen Wassern gewaschene Bürgermeisterin irritieren dürfte.

Die anschließende Stille war jedenfalls so ungemütlich, dass Fräulein Jensen, die sich eh schon die ganze Zeit fragte, was sie ausgerechnet bei diesem Gespräch hier verloren hatte, unruhig auf dem lederbezogenen Stuhl hin und her rutschte.

Von diesen – normalerweise sehr einladenden – Sitzgelegenheiten gab es vier, die in einem Halbkreis vor dem großen Schreibtisch der Bürgermeisterin aufgestellt waren und nicht nur aufgrund ihrer edlen Polsterung dem Besucher das trügerische Gefühl gaben, stets willkommen zu sein. Der feine Sand aus der Eieruhr war bereits bis zur Hälfte in den unteren Bereich herabgerieselt.

»Ich wünsche Ihrer verehrten Frau Mama«, fand Ilse Hannemann diplomatische Sprache und Tonfall zurück, »wirklich alles erdenklich Gute. Sie ist, wenn ich mich recht erinnere, eine rüstige Dame, die noch viele gute Jahre vor sich haben wird und mit der ich mich gern demnächst auf ein Stück Torte und einen leckeren Tee zu einem Plausch im ›Alten Schweden‹ oder im Reuterhaus zusammensetzen möchte. Aber, Herr Oberkommissar! Ich bitte Sie inständig, Ihrer lieben Mama Hanna symbolisch die Handschellen oder Fußfesseln oder sonst was anzulegen. Wir haben es hier mit einem Gewaltverbrechen zu tun, das allerhöchstes Fingerspitzengefühl erfordert. Nicht nur der Ruf der besten Senioreneinrichtung des Landes Mecklenburg-Vorpommern steht auf dem Spiel, auch das ausgewogene soziale Miteinander in unserer geliebten Heimatstadt dürfen Sie bei Ihren Ermittlungen nicht aus den Augen verlieren.«

Handschellen und Fußfesseln, dachte der Kommissar, die Hannemann hat sie nicht mehr alle. Eine Standpauke – und das im Beisein meiner Assistentin … Gemeiner geht's kaum.

»Haben wir uns verstanden?«

»Ich werde die Angelegenheit zu Ihrer Zufriedenheit regeln, Frau Bürgermeisterin«, sagte Olaf Hansen bemüht gelassen.

Was sollte er machen? Ilse Hannemann hatte zwar keine direkte Weisungsbefugnis, schließlich war der Kommissar Landesbediensteter, andererseits war sie Trägerin des Bundesverdienstkreuzes Erster Klasse mit Eichenlaub, gekreuzten Schwertern und goldener Anstecknadel. Da konnte man als kleiner Beamter nicht viel gegen machen.

»Herr Hansen!«, versuchte es die Patronin zur Abwechslung auf die kollegiale Art. »Sie wissen es besser als ich: Das Ganze ist für Ihre Frau Mutter nicht ganz ungefährlich. Der Mörder von Frau Schmatz läuft immer noch frei herum. Stellen Sie sich nur einmal den Super-GAU vor, wenn Hanna bei ihren Sperenzien dem Mann in die Quere kommt! Das wäre ja alles gar nicht mehr zu kontrollieren. Schon gar nicht für eine ältere, durch Krankheit geschwächte Dame. Das schreit buchstäblich nach dem nächsten Unglück!«

»Es ist noch nicht abschließend geklärt, ob der Mörder ein Mann ist«, widersprach der Kommissar zaghaft.

»Papperlapapp«, wischte die Hannemann die Bemerkung vom Tisch und richtete sich abschließend inständig an die junge Kriminalassistentin. »Fräulein Jensen! Von Frau zu Frau – tun Sie mir den Gefallen: Halten Sie ein wachsames Auge auf Frau Hansen und sorgen Sie für Ausgewogenheit in der Strategie der polizeilichen Ermittlungen! Sie sind eine Frau mit Instinkt und eine sehr patente junge Polizistin, wie mir aus zuverlässiger Quelle mehrfach zugetragen wurde. Sie haben eine Zukunft bei der Wismarer Kripo. Ich zähle auf Sie.«

Mit Schwung drehte sie ihre abgelaufene Sanduhr um und gab dem Ermittlerduo aus der Kommandantur mit einer jovialen Geste zu verstehen, dass die gewährte Audienz definitiv vorüber war.

Kommissar Hansen wusste nur eines: Seine Mutter Hanna hatte unbestritten ein Anrecht auf Kurzzeitpflege. Dennoch würde man die nächsten Schritte gemeinsam und weit vorsichtiger planen müssen. Nach diesem Donnerwetter in der guten Stube von Ilse Hannemann konnte sich niemand mehr Fisimatenten erlauben. Ermittlungsergebnisse mussten her, und zwar dalli, dalli.

Ein möglicherweise unguter Einfluss auf die eigene Laufbahn hatte für Olaf Hansen keine Relevanz – seine Beamtenkarriere war ihm schnurzpiepegal.

»Jingle Bells«. Auf dem Bildschirm gleitet eine Lottokugel durch eine kurze Acrylröhre und fällt von dort in einen Auffangbehälter. »Meine Damen und Herren! Die erste Zahl lautet: Neunzehn!« Shotgun.

»De Mord könne Sie mer awwer nedd anlaschte!«, rief die zerzauste Sigrid Kowalski bleich und spröde. Zappelig saß sie in meinem Zimmer auf einem Besucherstuhl. »Da häbb isch nix mit zu kriege. Des e hot mit dem anneren überhaupt gar nix rischdisch zu du, gelle.«

»Die Schlussfolgerungen sollten Sie mir überlassen, Frau Kowalski!«, forderte Ole Hansen angefressen. »Beantworten Sie einfach nur meine Fragen und kommentieren Sie sie nicht immerzu.«

Die Vernehmung durch den Kommissar zog sich jetzt schon eine Viertelstunde wie ein Kaugummi in die Länge, ohne dass wir das Gefühl, geschweige denn die Gewissheit erlangten, dem wahren Grund für den therapeutisch getarnten Überfall nur einen Millimeter näher gekommen zu sein.

Die Kowalski war vielleicht nicht klug, aber kaltschnäuzig. Der Elektroschock hatte auch ihrem Dialekt nichts anhaben können, im Gegenteil.

»Isch will darüber nedd schwätze.«

»Sie werden reden müssen!«

»Dabbische Sach.«

»Von wem wurden Sie beauftragt, Frau Hansen hier im ›Glatten Aal‹ aufzusuchen und auf diese abscheuliche Art zu bedrohen?«

»Abscheulisch würde isch des nedd nenne …«

»Frau Kowalski!« Mein Sohn fuhr das erste Mal aus der Haut.

»Ein Wink mit dem Zaunpfahl – mai nedd«, hielt sie den Ball flach. »Klaaner Einschüschterungsversuch, gelle.«

»Warum?«, fragte Inga Jensen, während sie das Kauderwelsch in einem kleinen Notizbuch zu protokollieren versuchte.

»Isch bin handwerklisch geschickt unn kräftisch. Unn isch häbb mer da so einische Ferdischkeite angeeignet.«

Seit über fünf Jahren war sie in ihrem richtigen Berufsleben als freiberufliche Reinemachekraft im »Glatten Aal« und fast genauso lange in der Praxis von Dr. Jepsen tätig. Hier wie dort hatte sie sich die eine oder andere Geschicklichkeit im Metier der Physiotherapie abgeguckt beziehungsweise entsprechendes Vokabular abgehört.

»Mer sagte mir, dass Fraa Hansen unnötigerweise neugierisch herumschnüffele du, gelle. Dadenach soll sie die Buchführung der Spielgemeinschaft gemopscht häwwe. Des war nedd nedd, unn die will mer zurück. Unn schickte dazu misch, gelle.«

»Wer will die zurück?«

»Die Tipprunde is 'n ganz normaler Kumbelskreisch …«

»Mir platscht gleich der Kragen«, stieß Ole Hansen stöhnend ins gleiche sprachlich deformierte Horn. »Entweder Sie tun jetzt Butter bei die Fische, oder ich buchte Sie ein wegen schwerer Körperverletzung, übler Sprachverstümmlung und Verdacht auf Mord an Frau Schmatz!«

»Des war isch nedd!«, schrie sie einen Deut nervöser.

»Wer dann?«, keifte ich zurück in der Gewissheit, dass ein Einbruch bei Nacht über die Außenfassade des Gebäudes ein vollkommen anderes Kaliber war als ein mittäglicher Besuch durch die ganz normalen Eingangs- und Zimmertüren des Altenpflegeheims.

»Isch weiß's nedd, ehrlisch.«

»Abführen!«, befahl Ole seiner Inga.

»Die Lottotrupp is blouß ein nedder Zeitvertreib für die oalde Leit, gelle«, trat Sigrid Kowalski die Flucht nach vorn an, »da häwwe se was zu babbele unn könne sich uff de Samstag fraie. Unn nun gab's en Fünfer! Unn all häwwe mitgewonne. Is doch rischdisch subber, moante aach Schweschder Irmi.«

Es war raus: Schwester Irmi!

Sieh mal einer an, dachte ich.

»Schwester Irmi?«, fragte der Kommissar.

»Irmgard Schröder«, erläuterte seine Assistentin. »Seit bald einem Jahrzehnt auf der Station ›Abendfrieden‹. Sie haben sie hier bestimmt schon gesehen, Chef. Neben Pfleger Friesen die dienstälteste Person der Abteilung.«

Während man Sigrid Kowalski unter Aufsicht eines Beamten sicherheitshalber zur gesundheitlichen Untersuchung ins Hanse-Klinikum Friedenshof brachte, wollte Irmgard Schröder das Schwesternzimmer gar nicht mehr öffnen. Sicherheitshalber, wie sie betonte, habe sie sich einge- und das Fenster zum Flur verschlossen, dagegen das Fenster zum Hof sperrangelweit geöffnet. Dort – genauer auf der Fensterbank – stand sie nun und drohte zu springen, abzustürzen oder zu fliehen. Alles eine Frage der Perspektive des Betrachters.

Elfi von Meuselwitz, Fifi Ferres, Elli Schwertfeger, Gerlinde Poltzin sowie die Herren Goor und Pirschel drückten sich am Flurfenster die Nasen platt. Offene Nervosität oder heimliche Vorfreude allenthalben.

Der Kommissar hatte, ebenfalls sicherheitshalber, die freiwillige Feuerwehr aus der Wache an der Frischen Grube, Ecke Scheuerstraße, angefordert, um auf dem Hof des »Glatten Aal«, unter dem Fensterbrett, auf dem Schwester Irmi jetzt balancierte, ein Sprungtuch spannen zu lassen.

Hausmeister Hein Mück war mehr als besorgt wegen seiner Beete und Büsche und hatte dankenswerterweise die Koordination des Einsatzes im Hof übernommen. Sicherheitshalber, wie er mehrfach bekräftigt hatte, aber das war selbstredend.

»Jede Wette, sie springt«, flüsterte Elfi schräg vor mir. Und Fifi hielt ihr die offene Hand hin und antwortete: »Schachtel Zigaretten.« Elfi schlug ein.

»Und? Bist du jetzt zufrieden?«, fragte ich und erinnerte sie an ihr unkollegiales Verhalten. »So etwas passiert nur, wenn man zur falschen Zeit schweigt.«

Elfi zuckte mit den Achseln, süffelte an einem Fläschchen Cointreau und warf das leere Glas zielsicher über die Schulter in einen leeren Blechbehälter an der gegenüberliegenden Dielenwand. Es scheppterte wie eine Rohrzange in der Wäschetrommel.

»Die kann keiner Fliege was zuleide tun«, wiederholte Elfi ihre Einschätzung der Schwester der Station »Abendfrieden«. »Labil ist sie, geldgierig ist sie, auch hintenherum. Aber zu mehr fehlt ihr der Arsch in der Hose.«

»Die Frau Leidenberger ist 'ne nette Frau«, meinte Elli Schwertfeger völlig aus dem Zusammenhang gerissen und schaute mich liebevoll lächelnd an, »da brauchen Sie sich gar keine Gedanken zu machen. Wenn sie sagt, sie regelt die Dinge, dann regelt sie sie. Verstehen Sie?«

Ich guckte sie groß an, sie schaute mich mitfühlend an. Dann drehte sie sich um und spazierte auf wackeligen Beinchen den Flur entlang und verschwand, ohne ein weiteres Wort zu verlieren, in ihrem Zimmer mit der Nummer 12. Da sollte sich einer einen Reim drauf machen.

Kein Tag für schwache Nerven. Erst die Attacke der langjährigen Freundin (wie sich herausgestellt hatte) von Schwester Irmi auf mich, nun die Attacke von Schwester Irmi auf sich selbst. Bislang hatte niemand an Schwester Irmi gedacht oder gar an ihrer Integrität gezweifelt. Doch nun war der Schlummer-Hummer geschlüpft und klapperte wie wild mit den Scheren.

Ole Hansen versuchte sich drei, vier Sätze lang als Psychologe, überließ dann aber seiner Assistentin die Ansprache und widmete sich kurzzeitig meiner Wenigkeit.

»Mama! Du hast dich strafbar gemacht. So ein Elektroschocker ist kein Kinderspielzeug. Wo hast du den denn eigentlich her?«

Ich zuckte teilnahmslos die Schultern.

»Wenn du noch mal solche illegalen Aktivitäten planst, sprich das bitte mit mir ab, ja?«

»Jaja«, antwortete ich gänzlich wertfrei.

»Nix jaja«, zischte mein Sohn, »weitere Eigenmächtigkeiten kommen nicht in Frage. Basta!«

»Frau Schröder«, flötete Fräulein Jensen im allermenschlichsten Ton, »machen Sie bitte keine törichten Sachen. Wir möchten uns doch nur für ein Momentchen mit Ihnen ungestört unterhalten können ...«

»Da gibt es nichts zu reden!«, schrie es aus dem Schwesternzimmer dazwischen. »Ich wollte unseren Senioren nur eine Freude machen. Und nun verdächtigen Sie mich des Mordes. Da gibt es nur eine Lösung ...«

»Sie springt«, brummte Elfi von Meuselwitz.

»Die springt nicht«, retournierte Fifi Ferres.

Ich dachte an den trainierten Herrn Bommel und hatte plötzlich wenig Furcht vor möglichen Folgen. Der Vergleich hinkte vielleicht ein wenig. Irmgard Schröder war etwa Mitte vierzig; legte man ihren Body-Mass-Index zugrunde, war sie sicherlich nicht drahtig, geschweige denn als Sportkanone zu charakterisieren.

Die langen Zwillinge kamen vorübergestelzt, schauten uns ein Weilchen über die Schulter und verschwanden tuschelnd im Aufenthaltsraum. Während Inga Jensen wie ein Vöglein zwitscherte und die lebensmüde Schwester zu bezirzen suchte, hatte sich Ole mit vorwurfsvollem Blick seinen Elektrodietrich von mir zurückgeborgt und vergeudete sage und schreibe zwei volle Minuten, um das Schloss zum Schwesternzimmer zu knacken. Die Aufgabe hätte ich schneller erledigt.

Kaum sprang die Tür leicht quietschend auf, hopste Irmgard Schröder mit einem Juchzen von der Fensterbank in die Tiefe des Hofes.

»Allez hopp!«, kommentierte Elfi von Meuselwitz.

»Päckchen Cabinet oder f6?«, fragte Fifi Ferres.

Das Duo Goor und Pirschel wandte sich ab, die Chose war gelaufen, es gab Wichtigeres in den letzten Lebensjahren.

Beim unnötig harten Aufprall auf das etwas zu straff gespannte Sprungtuch kam Schwester Irmi buchstäblich mit einem blauen Auge und einem verknacksten Knöchel glimpflich davon.

Mücke berichtete später, dass die Schwester wie auf einem Trampolin beim Rücksturz einen unkoordinierten Salto mortale fabriziert hatte, der sie aufgrund des ungünstigen Fall- und Neigungswinkels bei ihrem zweiten Aufschlag auf den äußeren Rand des Sprungtuches geschleudert hatte.

Das tat natürlich weh, keine Frage, war aber kein Beinbruch, höchstens ein Genickschlag für Schwester Irmi und ihr Doppelleben, das in der Untersuchungshaft in einer Einzelzelle im Fürstenhof sein vorläufiges Ende fand.

7

»Jingle Bells«. Die Trommel dreht sich. Eine Kugel mit einem Durchmesser von genau vier Zentimetern und einem Gewicht von exakt drei Komma neun Gramm bahnt sich ihren Weg und plumpst hinab in den für sie vorgesehenen Auffangbehälter. »Die Sechsundzwanzig!« Funjingle.

Donnerstag, den 17. Dezember

Möller war zurück. Die Nachricht verbreitete sich wie ein Lauffeuer, erst durch die Kommandantur, dann durch die Altstadt Wismars. Natürlich nicht Irene Möller, die war im letzten September unwiderruflich verstorben. Nein. Ihr einziger Sohn S. K. Möller, Doktor der Psychologie, anerkannter Dozent an der Uni in Freiburg im Breisgau.

Bevor Dr. S. K. Möller dem Ruf der Lehre und Forschung in den Schwarzwald folgte, lebte er mit Frau und Kind im kleinen Seebad Am Schwarzen Busch auf der Insel Poel. Knappe fünf Jahre fungierte er in der Hansestadt Wismar als Polizeipsychologe – hauptsächlich in Diensten der Kripo. Nach Aufklärung einer spektakulären Mordserie im Frühjahr 2009, an der Möller maßgeblichen Anteil hatte, musste er zu seinem Leidwesen feststellen, dass seine Frau damals mit dem psychopathischen Triebtäter ein Verhältnis gehabt hatte. Samt Kleinfamilie trieben ihn Scham und Schande und vor allem das Gerede der Leute (das hieß eigentlich nichts anderes als sein eigenes persönliches Trauma) in die von Mecklenburg am weitesten entfernt liegende deutsche Region.

»Wo sind Sie untergekommen, Sönke Knut?«, fragte ihn der Kommissar.

»Gegenüber im ›Steigenberger‹.«

»Das war doch nicht nötig, Sie hätten bei mir anklopfen sollen. Meine Mutter ist übergangsweise nicht zu Hause. Ich hab in der Böttcherstraße derzeit Platz noch und nöcher.«

»Vielen Dank, Olaf. Aber Sie wissen doch, ich brauche Ruhe und das Gefühl eigener vier Wände. Das ›Steigenberger‹ ist eine angenehme Adresse, da kann man sich nicht beklagen.«

Möller kam nur zu Besuch. Seit er rein zufällig vom Tod der Frau Schmatz im »Glatten Aal« aus der Schwarzwälder Tagespresse erfahren hatte, verfolgten ihn verstärkt Zweifel am unglücklichen Unfalltod der eigenen Mutter Irene.

»Da stimmt was nicht, Olaf«, verlieh der Doktor der Psychologie der ausschweifenden Begrüßungsarie im ersten Stock der Kommandantur Nachdruck.

»Das ist nicht von der Hand zu weisen«, stimmte Hansen freundlich zu.

»Lass die Alten ihr Lottospiel spielen. Mag sein, dass die Schröder sich ihr mageres Gehalt mit Provisionen und unrechtmäßigem Abzweigen von Gewinnanteilen aufbessert. Aber die toten Frauen? Das stinkt zehn Meilen gegen den Ostseewind nach einer Mordserie, die mit meiner Mutter ihren Anfang nahm, mit der Frau Schmatz ihre Fortsetzung fand und schon bald ihr nächstes Opfer beklagen wird. Mit oder ohne Frau Schröder im Fürstenhof. Wollen Sie es so weit kommen lassen, Olaf?«

Olaf Hansen und S. K. Möller kannten sich gut. Einst hatte der eine den anderen regelmäßig zur heimischen Nordischen Fischplatte geladen. In so manch feuchtfröhlicher Runde hatte sich der Doktor als trinkfest und vor allem analytisch fundiert gezeigt. Trotz privater Bekanntschaft blieb die Gepflogenheit, sich zwar beim Vornamen zu rufen, darüber hinaus jedoch förmlich zu siezen. Diese Angewohnheit würde bei anderen innerhalb kürzester Zeit in Kuddelmuddel ausarten, nicht zwischen Möller und Hansen.

»Sönke Knut, Sie sind persönlich betroffen. Das kann ich verstehen, dafür haben Sie meine aufrichtige Anteilnahme. Aber Sie wissen besser als ich, was das für die objektive Beurteilung eines solchen Schicksalsschlages bedeutet. Mensch, Sönke Knut, wir müssen uns im Klaren sein, wie das läuft. Ich bin über Ihr Angebot, der Kripo zu helfen, äußerst dankbar, wir waren immer ein gutes Team. Aber da darf sich nichts vermischen, sonst steigt mir die Staatsanwältin aufs Dach und die Hannemann gleich hinterher.«

Klar wie Kloßbrühe, dachte Hansens Assistentin und schaltete sich voller Eifer ins Männergespräch mit ein.

»Irene Möller war verwirrt«, begann sie. »Mehrfach hatte sie sich schon verlaufen, wäre auf ihrem letzten, tagelangen Streifzug über die Insel Poel fast verhungert und verdurstet ...«

»Sie sprechen von meiner Mutter«, unterbrach sie Möller leicht verstimmt.

Inga Jensen stutzte kurz und setzte ihre Ausführungen dann selbstbewusst fort: »Warum soll sie das Bewusstsein in dieser schrecklichen Nacht nicht nochmals im Stich gelassen haben? Es gab keinerlei Anzeichen von Fremdeinwirkung. Sie ist gestolpert, gefallen, unglücklich auf den Betonboden des künstlichen Teiches aufgeschlagen und dort ertrunken.«

»Das kann auch schon mal in ganz flachem Wasser passieren«, ergänzte Olaf Hansen sichtlich bemüht, etwaige Wogen zu glätten.

Trotz der einen oder anderen grauen Strähne war S. K. Möller ein jung gebliebener Mittfünfziger mit enormer Energie und physischer Präsenz.

»Bei der gerichtsmedizinischen Untersuchung fand man in ihrem Hals einen zerkauten Lottoschein!«, sagte er möglichst gefasst. »Ist das normal? Ist das ein Zufall! Olaf! Seit wann glauben Sie an Zufälle?«

»Das braucht natürlich kein Zufall gewesen zu sein«, bestätigte Hansen. »Wir haben über diese Möglichkeit auch schon nachgedacht. Es kann sein, dass sich Ihre Mutter in dieser Nacht im Hof des Heims verfolgt oder bedroht gefühlt hat und deshalb den Schein lieber hinunterschlucken wollte, als ihn freiwillig einem Fremden zu überlassen.«

»Dennoch gab es rund um den Teich keine Kampfspuren oder anderen Indizien für einen Mord«, vervollständigte Inga Jensen den Bericht. Sie schaute zum Kommissar hinüber. Mit einem unscheinbaren Nicken pflichtete der ihr bei.

»Es tut mir leid, Sönke Knut, aber wir müssen die Fakten anerkennen und nüchtern beurteilen. Der Tod Ihrer Frau Mutter kann ein verhängnisvoller Unfall gewesen sein.«

»Was gedenkt die Wismarer Polizei zu unternehmen?«, fragte Dr. Möller so besonnen wie möglich.

»Wir bleiben am Ball und ermitteln weiter«, erwiderte die Kriminalassistentin. »In alle Richtungen.«

»Wir haben die Person, die die Spielgemeinschaft organisiert hat, vorläufig aus dem Verkehr gezogen. Wir werden prüfen, inwiefern Irmgard Schröder in die Todesfälle verstrickt ist. Wir haben ihre Komplizin, die Reinmachefrau Kowalski, unter Kontrolle und werden sie entsprechend in die Mangel nehmen. Mehr können wir derzeit nicht tun, Sönke Knut. Alles andere wäre blanker Aktionismus.«

»Gut. Prüfen Sie, Olaf, prüfen Sie. Ich sage Ihnen hier und heute voraus, dass Sie keine Verbindung zur Schröder finden werden, die Rückschlüsse darauf zulässt, dass sie oder diese Kowalski die Mörderinnen der beiden alten Damen sind.«

»Warum nicht?«, fragte die Kriminalassistentin unverblümt.

Möller blätterte durch die Schmatz-Akte und hielt ein paar Bilder der Spurensicherung vom Leichnam der Helga Schmatz in die Höhe.

»Das hier, Fräulein Jensen, das ist nicht die Handschrift einer Frau, die sich bereichern will. Das ist die Handschrift einer Person, die Rache übt. Rache für ein Leben in ständiger Erniedrigung, Rache für ein Leben in erzwungener Demut oder Rache für ein Leben in einem falschen Körper oder einer kranken Seele ... Wenn Sie verstehen, was ich meine?«

Hansen und Jensen starrten auf die schrecklichen Fotomotive und schwiegen.

»Die Lottomillionen vernebeln uns den Blick aufs Wesentliche. Die Lottoscheine bei den toten Damen können ein willkommenes Mittel zur Ablenkung von der ursprünglichen Triebfeder sein.«

»Die da wäre?«

»Zu früh für Spekulationen, Fräulein Jensen. Aber eines ist sicher ...«

»... man bringt nicht mir nichts, dir nichts jemanden um«, ergänzte der Kommissar wie aus der Pistole geschossen.

»Ihre Mama Hanna ist derzeit im ›Glatten Aal‹?«, wechselte Möller das Thema.

»Zur Kurzzeitpflege. Offiziell. Die Einrichtung hat einen tadellosen Ruf.«

Möller lächelte bitter. Der Kommissar guckte ein wenig bedröppelt.

»Was macht Ihre Mutter denn gerade?«

»Sie ist auf der Pirsch, fragt die Bewohnerinnen aus.«

»Hoffentlich weiß sie, wie weit sie dabei gehen kann.«

Kaum auf Betriebstemperatur, überflog S. K. Möller die bisherigen Ermittlungsprotokolle.

»Keine Sorge.« Der Kommissar hüstelte. »Ich habe keine Angst um sie und bin ständig in Kontakt mit ihr.«

»Wie können Sie sich so sicher sein?«

»Weil niemand vor *ihr* Angst hat. Sie ist für den Mörder harmlos, ein unbeschriebenes Blatt.«

»Vielleicht ein Vorteil«, grunzte Möller vertieft in die Akte. Dann hielt er kurz inne und staunte. »Hui! Das hat die Staatsanwältin genehmigt?«

Der Fachmann klopfte mit einem Finger auf das Protokoll und zeigte sich überrascht von der ungewöhnlichen Ortsbegehung vor dem »Glatten Aal«.

»Nicht nur genehmigt, sondern mitgemacht«, druckste Hansen ein wenig herum.

»Meinen Respekt, Olaf. Sie haben einen Kniff aus meiner Trickkiste verwendet – den Fisch-Biss.«

»Der berühmte Fisch-Biss – genau.«

»Sie haben sich erinnert!«, rief Möller begeistert aus.

»Wie könnte ich den vergessen?«

Inga Jensen guckte perplex zwischen beiden hin und her.

»Erstmals erwähnt im Jahre 1999 im Prozess gegen den ›Langen Lulatsch‹ von Heringsdorf.«

»Seitdem ein bewährtes Manöver in der Beweisführung bei polizeilicher Ermittlungsarbeit.«

Der »Lange Lulatsch« hieß mit bürgerlichem Namen Hans Albert Fisch, geboren 1970 in Greifswald, aufgewachsen in einem sozialistischen Kinderheim in der Nähe von Stralsund. Seine Geschichte hatte es wahrlich in sich.

Er war ein schwieriges und nervöses Kind, das von den Erziehern für seine Streiche und Frechheiten auch schon mal durch Hiebe mit dem Rohrstock auf den nackten Hintern bestraft wurde. Das gefiel dem kleinen Hans Albert so sehr, dass er sich bemühte, so häufig wie möglich erwischt zu werden, um seinen geliebten Lohn zu erhalten.

Wenige Jahre später machten sich die übrigen Waisenkinder über ihn lustig, da jede Art von Prügelei bei ihm eine Erektion hervorrief, die sich gewaschen hatte. Daraufhin tränkte er eines Tages auf einem nahen Ponyhof das Gemächt eines Deckhengstes in einen

Benzinkanister und zündete es an. Der Grundstein für die perverse Zukunft eines Sadomasochisten war gelegt.

Als Erwachsener vergriff er sich an allem, was einen missbrauchbaren Allerwertesten trug. Seine Spezialität waren lange Segelnadeln, die Fisch nahezu in alle Körperteile hineinzustecken pflegte, die sich im Umfeld der Geschlechtsorgane befanden.

Als Zwanzigjähriger biss er erstmals einem Geliebten ein Stück von dessen Penis ab und verspeiste es genüsslich. Seine Leidenschaft für Kannibalismus war geweckt. In den Folgejahren vergriff er sich an unzähligen Frauen, Männern und Tieren in Mecklenburg-Vorpommern, indem er sie zu sexuellen Perversionen zwang, teilweise kastrierte und sie abschließend – wie eine Art Brandzeichen – signierte, indem er stets ein Stück aus dem Gesäß des Opfers herausbiss und es ebenfalls aufaß.

Wie viele Lebewesen dem Zwei-Meter-Hünen zum Opfer fielen, konnte nie wirklich geklärt werden.

Im Jahre 1998 kam es zu einem Präzedenzfall in der deutschen Kriminalgeschichte. Eine Bauersfrau aus der Nähe von Bansin auf der Insel Usedom klagte über einen gescheiterten Vergewaltigungsversuch, bei dem der unerkannte Täter zwei kuhfladengroße Löcher in ihr – zugegebenermaßen – üppiges Hinterteil gebissen hatte. Für diese krankhafte Tat konnte in ganz Vorpommern aufgrund seiner Vorgeschichte nur einer in Frage kommen: Die Akte des Gehilfen vom Strandwächter aus Heringsdorf, der aufgrund seiner Größe von allen nur »Langer Lulatsch« genannt wurde, war der Usedomer Polizeiwache hinlänglich bekannt.

Gemeinsam mit fünf anderen jüngeren, einschlägig vorbestraften Männern wurde Hans Albert Fisch zur Ortsbesichtigung auf den Bauernhof nahe Bansin gefahren. Die verletzte und gekränkte Bauersfrau ließ sich nicht bitten. Daraufhin hatte der ermittelnde Polizeimeister eine Idee. Er beschrieb den potenziell Verdächtigen den kannibalischen Vorfall, stellte die Kuh Mareike an den Tatort und bat jeden einzelnen, die Bissattacke nach seinen Vorstellungen zu wiederholen.

Mareike war nur ein müdes Muhen zu entlocken, doch darauf kam es gar nicht an. Die Reaktionen der Testpersonen waren entscheidend. Frei von jedem schlechten Gewissen fühlten sich die jungen Männer herausgefordert und verleiteten ihrer blühenden Phantasie Ausdruck in Form von überwiegend kümmerlichen Zahnreihenabdrücken auf Mareikes schwarzbuntem Popofell.

Nur einer weigerte sich hartnäckig, das viehische Experiment mitzumachen: Hans Albert Fisch.

Für den Polizeimeister war die Sache geritzt. Abschließend nahm er mit verschiedenen Wattestäbchen von allen eine Speichelprobe und schickte allein die DNA vom »Langen Lulatsch« aus Heringsdorf ins Rostocker Labor, so sicher war sich der Dorfpolizist mit seinem albernen Bisstest gewesen.

Volltreffer! Der achtundzwanzigjährige Fisch aus Greifswald wurde wenige Monate später zu drei Jahren Gefängnis (JVA Fuchsbau in Dummerstorf) mit anschließender Sicherheitsverwahrung verurteilt.

2008 hatte man ihn am Weihnachtsmorgen in seiner Gummizelle aufgefunden, die eigenen Pulsadern zerbissen. Mit seinem Blut hatte er in der Nacht als letztes Lebenszeichen einen recht merkwürdigen Text über die komplette, vormals schneeweiße Zimmerwand geschmiert:

Das Loch, unter dem ich leide, ist das schwarze Loch in meinem Kopf. Eine hormonelle Exklave vernichtender Wut und zarter Zerbrechlichkeit, die auf einer Sandbank der Ohnmacht ihr eigenes lausiges Löchlein zu graben begonnen hat. Dort hinunterzufallen, ist kein sinnliches Ertrinken, sondern dürstender Wahnsinn. Es rieselt bereits. Ein letztes Mal stehe ich auf dem Rand meiner Gehirnrinde und schaue hinab in die Unendlichkeit der Fut. Ich habe sie gehasst, doch noch mehr geliebt und entehrt. Ich blicke hinab, während die Gewitterfliege ums Überleben kämpft, der armen Frau die Menstruation zwischen den Schenkeln hinunterrinnt, während ich an Erdbeeren mit Schlagsahne denke. Nur noch ein Weilchen, dann hat das Insekt ausgehaucht, die Alte ausgeblutet, und ich werde verwehen wie eine Pflaume im Wind.

Ganz unglaublich ... Pflaume im Wind ...

Der OSTSEE-BLICK hatte damals ausführlich berichtet und die blutverschmierten Zeilen von der Zellenwand eins zu eins auf Seite eins abgedruckt.

Als man die Zellentür geöffnet hatte, war Fisch bereits tot gewesen. Er hatte in einer riesigen Blutlache auf dem Gummiboden gelegen. Freiwillig hatte er den Abgang gesucht und gefunden. Niemand wollte ihm nachweinen.

»Die Methode Fisch-Biss!«, erklärte der Oberkommissar.

»Genau«, bestätigte Dr. Möller. »Stell einem Kreis von Betroffenen eine törichte Aufgabe, die im engsten Zusammenhang mit einem Kapitalverbrechen steht, und alle werden versuchen, sie so gut wie möglich zu meistern. Nur eben der Täter nicht.«

Man sollte annehmen, dass es im Zweifelsfall genau andersherum funktionierte, tat es aber nicht. Ein winziger psychologischer Kniff, der erstaunlicherweise und nachweislich in fünfundneunzig Prozent aller Testversuche unterm Strich das korrekte Ergebnis aufwies.

»Friesen ist unser Mann!«, behauptete der Psychologe steif und fest und blätterte weiter durch die Schmatz-Protokolle. »Friesen wollte sich an der Hauswand des ›Glatten Aal‹ nicht unnötig selbst belasten. Er wollte die Versuche der anderen Kandidaten nicht in Zweifel ziehen, sie jedoch auch nicht als korrekte Lösung bestätigen. Friesen befand sich in einem psychologischen Dilemma. Und bevor er das Risiko einging, einen Fehler zu begehen, verweigerte er sich dem Experiment.«

»Wie so viele vor ihm«, sinnierte Hansen.

»Möglicherweise«, grübelte Inga Jensen.

»Er weiß, wie man spurlos über die Außenfassade ins Zimmer kommt.« Olaf Hansen klatschte mit der Faust in die offene Handfläche. »Und was tut er? Fisch erstarrt … Äh, Friesen natürlich … Friesen erstarrt zur Salzsäule.«

»Hier steht weiter«, ergänzte Möller in der Akte blätternd, »dass Sie die Handinnenflächen der Herrschaften auf Spuren des Angelsehnenmordes an Frau Schmatz untersucht haben.«

»Das ist korrekt«, antwortete der Kommissar.

»Und?«

»Nichts. Leider. Keine Auffälligkeiten.«

»Zu dumm.«

»Der Täter muss Handschuhe getragen haben.«

»Ich werde mir den Pfleger mal zur Brust nehmen. Wenn Sie mich machen lassen, Olaf? Max Friesen könnte unser Mann sein.«

»Max Friesen ist unser Mann«, wiederholte der Kommissar überzeugt.

»Was ist mit Frau Schröder?«, warf Inga Jensen zweifelnd ein. Sie schien ein wenig genervt von dieser schnellen Wendung durch den sogenannten Fisch-Biss-Test.

»Tja, was machen wir mit Schwester Irmi?«, fragte Hansen irritiert. »Die hatte ich glatt vergessen ...«

Mit einem Veilchen und einer Plastikschiene zur Stabilisierung des rechten Sprunggelenks hockte Irmgard Schröder im U-Haft-Trakt des Fürstenhofs und kaute vor lauter Nervosität abgeschmackt an ihren Fingernägeln.

Unter einem gemeinsamen Dach beherbergte der Wismarer Fürstenhof das Amtsgericht und das städtische Gefängnis. Das hatte den praktischen Vorteil, dass der Weg eines frisch verurteilten Straftäters von der Anklagebank in seine neue zeitweilige Behausung der allerkürzeste war. Dreiundzwanzig Personen erhielten im Fürstenhof bei freier Kost und Logis Raum und Muße, über ihr bisheriges Leben nachzudenken und sich im Zweifelsfall zu besseren Menschen zu wandeln.

Für Gäste in vorübergehender Untersuchungshaft versuchte die JVA-Leitung stets, zwei bis drei Pritschen frei zu halten. Bei dem hiesigen Run auf den durchaus beliebten Fürstenhof kein einfaches logistisches Unterfangen.

Denn der sogenannte Fuchsbau in Dummerstorf, hieß es unter den Knackis übereinstimmend, war die Hölle, der Fürstenhof dagegen eine Residenz. Eine Einschätzung, mit der man in Anbetracht der bewegten Geschichte dieses beeindruckenden Gebäudeensembles nicht gänzlich falschlag.

Möller, Hansen und Jensen saßen beziehungsweise standen der kauernden Schröder im fensterlosen Verhörraum im Keller des Fürstenhofs gegenüber und lauschten dem offenen und profunden Geständnis einer komplett zermürbten Angeklagten.

Sie sei von Neid zerfressen gewesen, habe die Krabbe fast täglich die Geldbündel zählen sehen und gleichzeitig beim Toilettengang der alten Leute penibel darauf achten müssen, beim Verbrauch des Klopapiers eisern zu sparen.

»Wie kann es sein, dass die Leiterin eines Altenheims fürstlich entlohnt wird und die Pflegekräfte mit *Peanuts* nach Hause gehen?«

Peanuts! Das berühmteste Mecklenburger Unwort des Jahres, kreiert vom Exchef der Ackermann-Bank am Markt, hatte mittlerweile wie selbstverständlich in den Sprachgebrauch breiter Bevölkerungsschichten Einzug gehalten. Peanuts waren zum Synonym für eine Verrohung der Sitten und der Legitimierung von Lug und Betrug geworden.

Frau Schröder schwadronierte weiter: Das gemeinsame Lottospielen habe neben den lukrativsten Gewinnmöglichkeiten eine nicht zu verachtende soziale Komponente.

»Es schweißt zusammen und stärkt das Gemeinschaftsgefühl. Bei Lotto sitzen wir alle im selben Boot, rudern zusammen, verlieren, gewinnen ... alle und alles gemeinsam!«

Dennoch müsse einer die Richtung vorgeben, Boot und Ausrüstung organisieren und vorstrecken, das Logbuch führen et cetera pp. Da gehe es nicht nur um bloße Abrechnungen, da übernehme man große Verantwortung für die Menschen, die vertrauensvoll mitspielten.

»Aber ich habe das immer gern gemacht. Mit Herz und Verstand. Eine angemessene Provision scheint zwar moralisch auf den ersten Blick fragwürdig, doch analysiert man das differenzierter, entspricht es dem Gerechtigkeitsgrundsatz aller Spielgemeinschaften. Gemeinsam spielen ...«

»... gemeinsam reich werden!«, ergänzte der Kommissar schroff. Hansen schweifte in Gedanken für wenige Sekunden zu seiner Mutter ins Altenheim ab. »Alter Hut. Ohne Wenn und Aber – Faber.«

»Und das Zimmer mit der Nummer 11?«, fragte seine Assistentin.

»Das ist das Sterbezimmer«, entgegnete Frau Schröder ohne das geringste Zögern, plinkerte aber einmal nervös mit ihrem Veilchenauge.

»Merkwürdigerweise ist ausgerechnet im Sterbezimmer der verbuchte Gewinn der allergrößte«, gab Inga Jensen zu bedenken.

Darauf erwiderte Irmgard Schröder erst einmal nichts.

»Sie haben nicht nur rechtlich fragwürdige Provisionen kassiert, Sie haben auch im Gewinnfall den größten Reibach gemacht«, setzte Hansen hinzu. »Allein im laufenden Jahr geht es nach Ihren eigenen Aufzeichnungen um über viertausend Euro. Sie sollten einwandfrei belegen, dass die Regelung mit den alten Leuten im gegenseitigen Einvernehmen getroffen wurde. Am besten schriftlich und in Vertragsform. Ansonsten haben Sie ein ausgewachsenes strafrechtliches Problem, Frau Schröder.«

Unterschlagung, Erpressung, Bedrohung, drohte der Kommissar, da komme einiges an schweren Delikten und damit schätzungsweise mindestens ein Jahr Fürstenhof zusammen.

Er guckte zu Möller, der nickte zustimmend.

Noch einmal verloren sich Hansens Gedanken: Er vergegenwärtigte sich den Zwischenfall mit seiner Mama Hanna.

»Anstiftung zur Körperverletzung kommt auch noch hinzu«, warf er ein und somit ein verschärftes Licht auf Schwester Irmi.

»Was kann ich tun?«, fragte sie kalkulierend.

»Wahrscheinlich nicht viel«, schätzte Hansen. »Ein Anfang wäre, deutlicher zu kooperieren.«

»Ich habe niemanden erpresst oder bedroht«, stammelte sie. »Der Rest stimmt leider.«

»Wie lange und wie viel?«

»Knapp sieben Jahre lang.«

Der Kommissar beugte sich ein wenig nach vorn.

»Keine zwanzigtausend«, murmelte sie.

»Zwanzigtausend Euro?« Hansen wiederholte den Betrag laut und deutlich.

»Zweiundzwanzig, um genau zu sein …«

»Wie ist das abgelaufen?«

»Alle Gewinne fließen auf ein Gemeinschaftskonto, das ich gewissenhaft verwalte. Nach einem geregelten Schlüssel verteile ich die Anteile. Provisionen und Einsätze gehen auf ein Unterkonto.«

»Ein Unterkonto?«, fragte Hansen zweifelnd.

»Ein Sonderkonto.«

»Ein Sonderkonto?«, fragte Jensen hellhörig.

»Eine Sonderkasse«, bekräftigte sie.

»Eine Kasse?«, fragten Hansen und Jensen gleichzeitig.

»Eine Barkasse.«

»Okay, das war ein Anfang!«, gab Hansen listig zu. »Sie klammern aber immer noch das brutale Ende der zwei Spielteilnehmerinnen aus.«

»Ein Zufall!«, protestierte Schwester Irmi. »Ich schwöre es beim Leben meines alten Vaters, ich habe nichts mit dem Tod der beiden Damen zu tun. Und ich lege meine Hand dafür ins Feuer, dass ihr unglückliches Ableben auch nichts mit der Tipprunde zu tun hat.«

Möller schien zufrieden, er fühlte sich bestätigt und sagte das ganze Verhör über kein Sterbenswörtchen.

»Vielleicht der afrikanische Schwiegersohn!«, blökte Schröder plötzlich gerissen. »Frau Schmatz hat mit ihren Zahlen erstmals in der Runde einen bedeutenden Gewinn erwirtschaftet. Wahrscheinlich hat sie ihren Angehörigen in Südafrika von der unerwartet hohen Summe erzählt. Warum steht die Familie Hals über Kopf unangekündigt vor unserer Tür? Die haben sich doch auch sonst nie blicken lassen … Ein Gewinn, der ihnen nicht allein zusteht. Den müssen sie schön mit uns teilen. Wenn denn die blöde Quittung wiederauftaucht …«

»Wir dachten«, schoss Inga Jensen jäh dazwischen, »den fehlenden Quittungsbeleg finden wir bei Ihnen?«

»Um was soll ich mich denn noch alles kümmern?«, quäkte Irmgard Schröder gereizt. »Die Quittungen bleiben sicherheitshalber in der Annahmestelle, damit im Tohuwabohu des Heims nichts verloren geht. Die im Prinzip wertlosen Tippzettel behalten die alten Damen, damit sie am Samstagabend was zu gucken und zu kontrollieren haben. Ich führe penibel die Kladde, in der alle Zahlenkombinationen, Einsätze, Gewinne und Verluste akribisch notiert und verbucht werden. Frecherweise ist mir das Heft aus dem Schwesternzimmer gemopst worden. Aber das wissen Sie ja besser als ich …«

In ihrem Blick schwang eine Mischung aus Scham, Kränkung und Anklage.

Hansen: »Kein Grund, unnötig abzuschweifen.«

Jensen: »Pfeiffer!«

Hansen: »Detlev Pfeiffer!«

Möller guckte verdutzt.

Schröder: »Detlev Pfeiffer. Genau. In der Lübsche Straße. Der hat sich immer ganz lieb und ehrenhalber um die Registrierung der Tippscheine und eventuelle Sonderwünsche der alten Damen gekümmert.«

Im Grunde seien die Spielregeln simpel: Man kreuze wenigstens zwei Tippreihen an und lasse diese als Abonnement mindestens zehn Wochen unverändert. Das Tippen, und da mache Lotto keine Ausnahme, sei jedoch ab einem bestimmten Punkt Leiden- und in gewisser Weise auch Wissenschaft. Manchmal wollten die Senioren außer der Reihe kleine Veränderungen, auf ihre Glückssträhne aktiv

Einfluss nehmen. Detlev Pfeiffer habe dafür immer ein offenes Ohr gehabt und sich vor allen Dingen Zeit genommen.

»Dauerabonnenten sind ihm die liebsten Kunden, erklärte er mir sein persönliches Engagement. Abgesehen davon, dass er für jeden Tipp und jede Veränderung des Tippscheins eine gesetzlich geregelte Konzessionsabgabe kassiert. Aber der Mann muss mit seinem kleinen Laden ja auch von irgendetwas leben.«

Hansen, Jensen und vor allem Möller hatten vorerst genug gehört. Der Justizvollzugsbeamte Werner stützte die humpelnde Frau Schröder und begleitete sie durch den Kellerflur zurück in den Gefängnistrakt.

Eine volle Minute lang herrschte betretenes Schweigen, dann stand Olaf Hansen auf und durchschritt launisch den kleinen Verhörraum.

»Schwester Irmi hat überhaupt kein Motiv«, überlegte er laut. »Die streicht satte Provisionen und Gewinnanteile ein. Die bringt keine Kuh um, die sie melken will.«

Inga Jensens Blick sprach Bände.

Irmgard Schröder war ledig, beruflich allseits anerkannt, bei nicht wenigen Bewohnern im »Glatten Aal« richtig beliebt. Hanna Hansen hatte das akribisch recherchiert: Mit Nachdruck machte Frau Schröder sich für die Lottogemeinschaft stark, zeigte sich penibel bei der Bezahlung der Einsätze und Provisionen. Drohungen oder weitere Attacken im Stile ihrer Freundin, der hessischen Putzfrau Kowalski, waren nicht bekannt. Abgesehen vom klammheimlichen Lottogeschäft und dem Einschüchterungsversuch gegenüber Mama Hanna schien sie ansonsten redlich zu sein.

»Pfeiffer hat uns angelogen«, analysierte Hansen. »Er kennt Irmgard Schröder und die Spielgemeinschaft. Dann kannte er wahrscheinlich auch Frau Schmatz, ihren Spielschein, die Quittung und die Tatsache, dass die Gruppe einen hohen Gewinn erwartete.«

»Wir sollten uns Pfeiffer noch mal vorknöpfen, Chef.«

»Seien Sie so gut, Fräulein Jensen, besorgen Sie uns von der Staatsanwältin einen Durchsuchungsbefehl für die Lottoannahme und auch gleich für Pfeiffers Wohnung.«

»Schön und gut, aber wer hätte noch ein Motiv?«, mischte sich S. K. Möller ein.

»Die Bommels leben in einfachen Verhältnissen, sie kommen für viel Geld nach Deutschland, um ihre alte Mutter zu besuchen«, begann der Kommissar. »Und Helga Schmatz gewinnt unmittelbar vor deren Eintreffen dreißigtausend Euro.«

»Ein Vermögen für Familie Bommel aus Südafrika!«, ergänzte seine Assistentin und setzte sich auf den Stuhl, auf dem gerade noch Schwester Irmi gesessen hatte. »Das definitive Ende ihres Township-Daseins.«

Die Familie Bommel verfügte über den Luxus dreier Staatsangehörigkeiten: die südafrikanische, die niederländische durch Generationen Bommel'scher Vorfahren und die deutsche durch Monika Bommel-Schmatz. Das war im multikulturellen Eldorado am Kap der Guten Hoffnung keine Seltenheit. Die finanzielle Situation der Bommels, eine beschwerliche, vor allem aber teure interkontinentale Anreise, die Aussicht auf ein Vermögen stellten ein Motiv dar. Selbstverständlich hätten sie auch das natürliche Lebensende von Oma Schmatz abwarten können, doch verfügt nicht jedermann über das notwendige Maß an Geduld, schon gar nicht, wenn es um größere Summen geht.

»Wir müssen noch klären«, meinte Olaf Hansen, »ob Frau Schmatz irgendwo schriftlich ihren Letzten Willen hinterlassen hat und wer darin testamentarisch begünstigt würde.«

Inga Jensen versprach, die Aufgabe unverzüglich zu erledigen.

»Der Beruf des Krankenpflegers in der Geriatrie ist äußerst belastend«, ergriff nun ungeduldig der Doktor der Psychologie das Wort. »Das schafft Animositäten gegenüber den Patienten, aufgestaute Emotionen, unterdrückte Aggressionen. An Max Friesen führt kein Weg vorbei.«

Pfleger Friesen war dreiunddreißig Jahre alt, stammte aus Fischkaten, dem kleinen Vorort von Wismar, an der Landstraße Richtung Poel. Beruflich hatte Max Friesen schon einiges auf dem Kerbholz: fast drei Jahre Müllabfuhr, dann Krach mit dem Chef, fristlos entlassen; zwei Jahre Taxifahrer in Wismar, wegen Trunkenheit am Steuer Lizenz und Führerschein verloren. Vor knapp sieben Jahren begann er als ungelernter Pflegehelfer im »Glatten Aal«. Fortbildungsmaßnahmen, gezielte Förderung, Friesen stieg zum staatlich anerkannten Altenpfleger auf. In seiner Personalakte fanden sich eine Ermahnung wegen Beleidigung eines Bewohners und jüngst eine Rüge wegen unterlassener Hilfeleistung.

»Marie-Luise Krabbe?«, warf Inga Jensen dazwischen.

Olaf Hansen hielt inne, setzte dann seinen Rundgang durch das kleine Verhörzimmer fort. Ihm schien das mehr als abwegig. Die Krabbe sei zwar kräftig, aber alles andere als sportlich. Und sie könne sich in ihrem florierenden Unternehmen als allerletztes Unruhe oder gar eine schlechte Publicity leisten.

»Ein Geschäft, das flutscht wie 'ne Eins, torpediert sich niemand selbst«, analysierte der Psychologe, und der Kommissar pflichtete ihm bei.

»Manche kriegen den Hals nie voll«, gab Inga Jensen zu bedenken.

Schon weit vor der Wende war Frau Krabbe als Pflegekraft im Feierabendheim »Clara Zetkin« beschäftigt gewesen. Im Zuge der Umstrukturierungsmaßnahmen in den frühen 1990er Jahren hatte die ehemalige Schulfreundin der damals frisch gewählten Bürgermeisterin Ilse Hannemann gemeinsam mit einem altgedienten Zetkin-Zentrum-Stationsvorsteher den Zuschlag für die Leitung des neu geschaffenen Seniorenstifts »Glatter Aal« erhalten. Der Mitgesellschafter wurde ein Jahr später aufgrund von Altersdemenz selbst Bewohner seines eigenen Altenheims und entschlief ein Jahr später friedlich. Seitdem schwang Frau Krabbe allein das Zepter.

»Hein Mück?«, fragte die junge Assistentin.

»Wer?«, fragte Sönke Knut zurück.

»Der Hausmeister«, fügte sie erklärend hinzu.

»Ein Pedant, der nach Aussage meiner Mutter den alten Leuten hinterherläuft und sie permanent zur Ordnung ruft«, erläuterte der Kommissar. »Kontrolle der Haustechnik, Pflege des Gartens, Überwachung des Gebäudes. Gestresster Mensch, aber kein Unmensch, möchte man meinen.«

Hein Mück liebte seinen Job, da gab es gar keine zwei Meinungen. Er hatte eine Frau und zwei kleine Kinder und ging in seiner knappen Freizeit gern angeln. Das ergab noch kein Motiv. Obwohl Mücke – genau wie Ruben Bommel – über Angelsehnen verfügten. Oberflächlich betrachtet sprach das gegen ihn und ein bisschen auch gegen seinen südafrikanischen Berufskollegen.

Brainstorming in allen Ehren, aber nach Methodik klinge das nicht, allenfalls nach diffusem Kopfsalat, meinte Möller schnippisch.

Seine Bemerkung beendete die Gesprächsrunde. Er drang darauf, direkt in die Kommandantur zurückzukehren, um das virtuelle Polizeiarchiv nach Mordfällen in bundesdeutschen Senioreneinrichtungen zu durchforsten.

»Vielleicht lassen sich irgendwo Parallelen finden ... oder wenigstens Denkanstöße.«

»Jingle Bells«. Der Großteil der Bildschirmfläche wird von der nächsten bedruckten Kugel eingenommen. Die Moderatorin aus dem Off: »Die Acht!« Shotgun.

Mir reichte das nicht. Bei allem Vertrauen in die Arbeit meines Sohnes: Mir kamen die Bewohner des Seniorenstiftes zu kurz. Meuselwitz, Ferres, Ehlers, alle verhielten sich irgendwie komisch bis auffällig. Was sprach eigentlich gegen Elfriede von Meuselwitz als Mörderin? Sie war zwar nicht mehr die Jüngste, sie humpelte leicht, aber genügend blaublütige Lebenskraft floss schon noch in ihren Adern. Elfi hatte Power und auch genügend kriminelle Energie, vor allem wenn sie auf dem Trockenen saß und das ändern wollte oder musste.

Im Dachgeschoss der Kommandantur gab es, wie mein Sohn herausgefunden hatte, eine dünne Akte über die Neunundsechzigjährige. Zwei Anzeigen in den Neunzigern wegen Ladendiebstahls bei »Schlecker« an der Schweinsbrücke, beide Male hatte sie Lippenstifte und Shampoo mitgehen lassen wollen. Beim zweiten Mal hatte sie bei der Festnahme dem Hausdetektiv eine solche Ohrfeige verpasst, dass dem das Trommelfell geplatzt war. Das verordnete Schmerzensgeld hatte sie über einen Zeitraum von fast fünf Jahren abstottern dürfen.

Mord war ein anderes Kaliber, aber verdächtig gemacht hatte sie sich trotzdem. Elfi von Meuselwitz hatte über ihre Mitgliedschaft in der Lottorunde nicht die Wahrheit gesagt. Sie hatte zumindest geahnt, wem die umfangreiche Kladde gehörte, und es hartnäckig bestritten. Trampliger als an den Mülltonnen in der Nacht, als wir die Kladdenführerin am Hofteich auffliegen lassen wollten, hätte man sich nicht verhalten können.

Auch Fifi Ferres war mir nicht geheuer, trotz ihrer mageren Künstlerrente pflegte sie einen üppigen Lebenswandel. Schicke Garderobe, feinstes Make-up, einmal im Jahr machte sie einen einwöchigen Ausflug in die Hauptstadt – zur Berlinale. Zimmer 1 war tapeziert mit Autogrammkarten internationaler Filmstars, die Fifi Jahr für Jahr am roten Teppich abgefangen hatte. Fürstlich, hatte sie einmal bereitwillig erzählt, logiere sie stets in einem First-Class-Hotel unmittelbar am Marlene-Dietrich-Platz in Berlin-Mitte.

Auf die tuschelnden Zwillingsschwestern hatte ich die längste Zeit keinen Gedanken verschwenden wollen. Gertrud und Gudrun Ehlers – beide so bescheiden und zurückhaltend, wortkarg, aber immer gut gelaunt lächelnd. Das machte sie langsam, aber sicher schon prinzipiell verdächtig.

Eine Frage brannte mir unter den Nägeln, und die Kommandantur samt Ole Hansen hatte sie bislang komplett außer Acht gelassen: Was war der Sinn der drei Fragezeichen hinter den Namen Möller, Gumbinnen und Zamzow in der sechsten Spalte meiner Lottoliste?

Noch am selben Tag sollte sich dieses Versäumnis bitter rächen.

Am späten Abend traf es im Hofgarten des Altenheims die Bewohnerin Marita Gumbinnen. Unvermittelt. Deshalb war ihr Tod nicht weniger unschön: Ein kleines verkrustetes Loch in ihrer linken Schläfe bedeutete, dass irgendwo dahinter ein Neun-Millimeter-Geschoss steckte – abgefeuert aus allernächster Nähe.

Dankenswerterweise hatte der Hausmeister einen LED-Flutlichtstrahler aus seiner Werkstatt zur Verfügung gestellt. Der Scheinwerfer tauchte die Szenerie in einem Radius von etwa fünf Metern in gleißendes Licht.

Diesmal hatte sogar die Reportermeute rasch Wind von der unschönen Sache bekommen. Die Handvoll Journalisten, die eingetroffen waren, gehörten zur lokalen Presse. Die Tode von ein paar älteren Damen in einem Seniorenheim schienen für die überregionalen Medien immer noch keine besondere Nachricht wert zu sein.

Der Kameramann vom Regionalsender »Wismar TV« sprang im Hof herum und versuchte, exklusiv Bilder für die Nachwelt einzufangen. Chefreporter Raimund Tomsen vom hiesigen OSTSEEBLICK quetschte die schaulustigen Heimbewohner aus, und Fotograf Franz Pickrot (dem man beste Kontakte in die Kommandantur nachsagte) schoss mit einem Blitzlichtgewitter das Opfer ab.

Unwirklich leuchteten im lila Haar von Frau Gumbinnen ein paar scharlachrote Blutstropfen. Korrespondierend mit dem grasgrünen Hausmantel und den ockergelben Plüschpantoffeln hätte ein neutraler Beobachter den Schauplatz am Vorabend von Allerheiligen auch für eine entgleiste Halloweenparty halten können. Doch in dieser lausekalten Nacht kurz vor Weihnachten zwischen den Mülltonnen am Rande des Hofgeländes des Seniorenstifts »Glatter Aal« war die Ursache für den mausetoten Zustand von Marita Gumbinnen eindeutig.

Der Tatort war kleinräumig abgeriegelt worden, mehr war im beschaulichen Garten des »Glatten Aal« nicht möglich. Die Beamten der Spurensicherung durchkämmten das Terrain im Innenbereich des Lichtkegels, um jedes Fitzelchen in der unmittelbaren Nähe des Fundortes der Leiche zu sammeln und auszuwerten. Kleine, am Boden drapierte Markierungsfähnchen zeigten an, wo potenzielle Beweisstücke gefunden worden waren. Eine Menge Patronenhülsen, das war offensichtlich.

Die Extremitäten von Marita Gumbinnen hatten die Farbe ihrer Haare angenommen: lila. Ihre Physiognomie oder besser der Teil, der der Polizei bei der verdrehten Kopf- und Körperhaltung der Toten sichtbar war, zeigte sich blutleer, die Züge ihrer linken Gesichtshälfte vor Entsetzen entstellt. Vielleicht hatte sie ihren Mörder auf sich zukommen sehen. Der letzte Schrecken und die Ahnung vom Ende alles Irdischen stand womöglich in ihrer Pupille gezeichnet.

Lautlos glitt eine Raubmöwe durch den Abendhimmel über den früheren Pastorenhof. Das sah friedlich aus, täuschte aber nicht über das Grauen zu ebener Erde hinweg.

Ole Hansen raunzte Franz Pickrot an: »Verdammt! Ihr zertrampelt uns den ganzen Tatort. Wie kommt ihr hier eigentlich rein? Abstand – aber zackig!«

Seine Geste war unzweideutig. Der Fotograf zog sich dem Anschein nach ein paar Schritte zurück – reine Alibifunktion. Auch Raimund Tomsen lauerte weiter mit gezücktem Stift und wie immer sprungbereit.

Mein Sohn erblickte mich innerhalb der neugierigen Schar von Heimbewohnern, die den Tatort umlagerten. Er wirkte leicht gestresst, schaute schnell wieder weg und tat so, als hätte er mich gar nicht gesehen.

Während Inga Jensen die anderen Schaulustigen befragte, kniete

Steffen Stieber über dem Leichnam und versuchte mit seinen behandschuhten Händen, ihren Kopf von der einen auf die andere Seite zu drehen. Kein einfaches Unterfangen, denn Frau Gumbinnen lag mehr oder weniger auf dem Bauch.

Glücklicherweise war noch keine Totenstarre eingetreten, sodass der junge Gerichtsmediziner den Schädel ohne garstigen Widerstand im Nackenbereich bewegen konnte. Auch die lila Löckchen ihrer Dauerwelle hatten ihre innere Spannkraft verloren und hingen traurig wie abgestorbene Algen zu allen Seiten herab.

Der Anblick der rechten Gesichtshälfte war dann wirklich nichts mehr für schwache Nerven. Wo links noch ein feines Loch klaffte, war rechts gar keine Schläfe mehr auszumachen. Eine ganze Revolvertrommel, sauber gezielt und darauf angelegt, hätte keinen solch großflächigen Durchbruch hinterlassen. Gehirnmasse, geronnenes Blut, Knochensplitter und diese verdammt unschönen lila Haarbüschel hatten sich zu einer blassbunten Pampe vermengt.

»Da ist einer komplett durchgeknallt«, meinte Steffen Stieber.

»Die Grausamkeit des Todes hat eine eigene Ästhetik«, kommentierte der Kommissar kühl bis in die Zehenspitzen.

Ich wusste nicht, wo mein Sohn das dicke Fell hernahm. Doch lieferte er für Pfleger Friesen das Stichwort, der mit zwei, drei flinken Sätzen im angrenzenden Gebüsch verschwunden war und eimerweise unterschlagene Nahrungsmittel aus der Kantine vom »Glatten Aal« erbrach.

S. K. Möller beobachtete ihn argwöhnisch, fühlte sich bestätigt und meinte an die Adresse des Kommissars gerichtet:

»Ich wollte nicht unken, Olaf. Aber wer hat's gesagt? Wer hat es vorher gewusst, dass die Schmatz nicht das letzte Opfer sein wird?«

»Jaja, schon gut«, winkte Hansen ab. Er machte sich Notizen, flüsterte hier und da mit seiner Assistentin und fiel einmal mehr in ein Denkloch.

Samt Equipment robbte sich gerade der Kameramann von »Wismar TV« auf allen vieren an die Leiche heran. Ein Streifenpolizist packte ihn entschlossen am Kragen und verwies ihn des Hofes. Sein Gezeter begleitete den unfreiwilligen Abgang, bis die schwere Außentür des Gebäudes ins Schloss fiel.

Abgesehen vom extravaganten Outfit trug Marita Gumbinnen nichts bei sich.

»Kein Geld, kein Schmuck, keine Papiere«, stellte Inga Jensen nachdrücklich fest. »Und natürlich will keiner der älteren Herrschaften irgendetwas gesehen oder gehört haben.«

»Ich weiß nicht«, meinte Ole Hansen nachdenklich und kniete sich zu Steffen Stieber hinab.

Aus dem nahen Gebüsch kam ein Würgen und Kleckern und Husten. Dann herrschte von einem Moment auf den anderen feierliche Totenstille.

Die Zwillingsschwestern Ehlers saßen auf ihrer angestammten Parkbank und flüsterten tonlos. Das runzlige Männerehepaar, beide in grau-weiß gestreiften Frotteemänteln und rosa Filzpantoffeln, starrte nur ungläubig auf den freigelegten Kopfmansch. Elli Schwertfeger plapperte in einem fort irgendetwas von ihrer Begegnung mit einem Elch in Ostpreußen und davon, dass das Memelland auch nicht mehr das sei, was es einmal war.

Es war kurz vor halb zwölf, für die meisten Bewohner eigentlich schon nachtschlafende Zeit. Die Leiche hatte Hausmeister Hein Mück gegen elf gefunden, als er im Hof seinen Geräteschuppen verschließen wollte.

»Der Tod muss zwischen zehn und halb elf eingetreten sein«, schätzte Stieber. Er war Forensiker und Ballistiker in einer Person, das war bei vielen gewaltsamen Todesfällen in seinem riesigen Wirkungsgebiet (den Teilländern Holstein und Mecklenburg) von enormem Vorteil. Nicht selten sparte es Zeit, noch häufiger ergaben beide Berufsfelder Schnittmengen, die zur Klärung eines Verbrechens beitragen konnten.

»Sie haben den Mörder nur knapp verpasst«, rief Ole Hansen Hein Mück zu. Der guckte etwas verängstigt und dann beleidigt.

»Eine Menge Pistolenschüsse«, stellte Inga Jensen fest, »aber niemand will etwas gehört haben.«

»Schalldämpfer«, meinte Steffen Stieber.

»Ploppt wie ein Sektkorken«, sagte Ole Hansen.

Das hätte zumindest Elfi von Meuselwitz anlocken müssen, die merkwürdigerweise hier und jetzt gar nicht zugegen war. Vielleicht schlief sie ausnahmsweise mal zeitig ihren Rausch aus.

Ein paar Aaskrähen hüpften in dem Gebüsch herum, in dem sich Pfleger Friesen erleichtert hatte. Leises Krächzen wechselte mit heftigem Flügelschlag.

Ole Hansen deutete auf die geschlossene rechte Hand des Todesopfers. Finger um Finger öffnete Stieber äußerst vorsichtig die verkrampfte Faust. Ein zerknülltes Stück Papier kam zum Vorschein. Der Kommissar bückte sich und entzog der steifen Hand langsam einen bedruckten Zettel. Es bestand kein Zweifel: Es handelte sich um Oma Gumbinnens Tippschein für die Spielgemeinschaft der Station »Abendfrieden«.

»Sieh mal einer an.« Der Kommissar schürzte die Lippen.

Die Stielaugen von Reporter Tomsen wurden schnell länger und länger, auch Pickrot pirschte sich wieder heran.

»Ein Lottoschein?«, gierte Raimund Tomsen. »Vielleicht geht es gar nicht nur um Mord, sondern um Millionen!«

Hansen blaffte ihn an und wies ihm ebenfalls den Weg zur Haustür.

»Den kann ich Ihnen leider nicht hierlassen«, meinte Steffen Stieber. »Der muss mit ins Labor. Sie kriegen den Bericht morgen früh. Ist das okay?«

Ole Hansen nickte.

Wie aus heiterem Himmel schlichen sich zwei graue Kollegen vom Institut »Gebein & Eichenlaub« fast unbemerkt in den Park. Mein schauriger Geselle, der merkwürdige Möwenkopf-Mann, war gottlob nicht dabei. Der hätte in der unheimlichen Kulisse noch gefehlt …

»Ihr seid zu früh, Jungs«, sagte Ole Hansen trocken, »der Leichnam muss gerichtsmedizinisch untersucht werden. Das heißt für Wismar: Abtransport nach Lübeck. Die Mühlen der Bürokratie! Da lässt sich nichts machen.« Dann wandte er sich nochmals an die Leute vom OSTSEE-BLICK. »Und auch für euch ist jetzt Zapfenstreich.«

Die Aaskrähen stoben aus dem Gebüsch hervor und auf und davon. Die Graukittel gingen, die Reporter auch, Marie-Luise Krabbe kam.

Aschfahl versuchte sie, Souveränität zu mimen. Mücke sollte dieses tun, Mücke sollte jenes tun. Der kalkweiße Friesen musste sich den ekligen Sabber vom Gesicht wischen und dann unverzüglich die Bewohner einsammeln und in ihre Zimmer beziehungsweise Betten bringen.

»Oben herrscht das blanke Chaos«, schimpfte sie. »Die Zamzow keift die Station zusammen, die Meuselwitz tanzt angetütert über die

Diele, und die Poltzin hat den Adventskranz zerrupft und verspeist gerade mit Heißhunger die Kerzenreste. Mannomann, Herr Friesen! Wenn ich einmal nicht achtgebe und mich außer Haus um die Belange unserer Senioren kümmern muss, bricht die pure Anarchie aus. So geht das nicht, Herr Friesen! So nicht!«

Eddi Goor und Piet Pirschel grinsten und schlurften in ihren Filzpantoffeln gen Hintereingang, den Spaß auf der Station »Abendfrieden« wollten sie sich nicht entgehen lassen. Elli Schwertfeger spazierte eilig hinterher.

Max Friesen schnappte sich die Zwillingsschwestern, die sich bereitwillig bei ihm einhakten, und schlich, sich wegen des andauernden Brechreizes ständig räuspernd, ebenfalls rasch vom Gelände.

S. K. Möller wollte ihm sogleich folgen, Ole Hansen hielt seinen Kollegen am Ärmel fest. »Nicht jetzt. Der läuft uns nicht weg.«

Ich hatte keinen blassen Schimmer, was ich glauben sollte oder wem ich trauen konnte. Innerhalb einer Woche war eine ganze Menge passiert, und dennoch hatte ich das untrügliche Gefühl, dass wir auf der Stelle traten – die Kommandantur, mein Ole und ich.

Die Bilanz: Eine auf fragwürdige Weise im Hofteich ertrunkene Irene Möller. Eine mit scharfer Angelsehne in ihrem Bett kaltblütig erdrosselte Helga Schmatz. Und nun eine Marita Gumbinnen mit blutigen Haaralgen und den Kopf voller Blei. Bei allen drei Toten fand sich ein Lottoschein. Die Spielleiterin saß zur Tatzeit des Mordes an Marita Gumbinnen bereits im Kittchen. Ein fieser Friesen, der grandios durch den Fisch-Test gefallen war, fing an zu kotzen und zeigte erstmals so etwas wie ein Herz für seine anvertrauten Pflegebedürftigen. Urplötzlich war eine fünfköpfige südafrikanische Township-Familie an der Ostsee aufgetaucht. Ein Lottoladenpächter log, dass sich die Balken bogen. Eine Putzfrau, getarnt als Physiotherapeutin, stand unter Starkstrom und Beobachtung im Hanse-Klinikum Friedenshof. Und ein Hausmeister holte in Seelenruhe seine Angelruten aus dem Geräteschuppen und wollte um Mitternacht zur Wendorfer Seebrücke.

»Dorsch beißt derzeit außergewöhnlich gut. Nach der Aufregung kann ich eh nicht schlafen.«

»Wo kommen Sie eigentlich her, Herr Mück?«, fragte Ole gedankenverloren.

»Ursprünglich?«, fragte der betreten zurück.

Ole Hansen nickte.

»Fragen Sie bitte nicht, Herr Kommissar, fragen Sie besser nicht.«

Der Oberkommissar kratzte sich am Kopf, er schien die Antwort zu kennen. Der neue Mord mochte ihn in erster Linie frustrieren. Mich machten die Ereignisse dagegen zunehmend fuchsig.

8

Freitag, den 18. Dezember

Man tat so, als sei nicht viel geschehen. Für das Seniorenheim, wie für den Großteil der Altstadt von Wismar, begann ein Tag wie jeder andere. Sicherlich sprach sich der neue Todesfall herum, verursachte hier oder dort ein wenig Rast- oder Ratlosigkeit. Aber im Grunde schien das Sterben einer alten, kranken Person – und war der Tod noch so unnatürlich eingetreten – für die meisten Mitmenschen keine Tragödie im tieferen Sinne zu sein. So hart es klingen mag: Marita Gumbinnen wurde kaum vermisst.

Nicht nur Polizeibeamte, die in ihrer Ausbildung entsprechend qualifiziert werden sollten, wir alle fühlen uns ein Leben lang schlecht vorbereitet auf den Tod. Dabei lauert er immerzu und überall, quasi an der nächsten Ecke. Nicht unbedingt der eigene – das ist ja das Fatale –, sondern der Tod im Allgemeinen und dann urplötzlich im Speziellen.

Saß man am Bett eines Sterbenden, gab es für uns kein Rezept. Für alles gab es Rezepte: bei Husten, Schnupfen, Heiserkeit, gegen Diabetes oder Depressionen und natürlich für das Gelingen kulinarischer Genüsse wie das einer Nordischen Fischplatte. Ein spezielles Rezept für oder gegen das Sterben war noch nicht erfunden, zumindest nicht in unseren Breitengraden.

Pastor Adalbert Petersen von der Sankt-Nikolai-Kirche bemühte sich zwar, hatte sogar den einen oder anderen gut gemeinten Tipp parat, doch der Appell zur reinen Nächstenliebe oder das mannigfaltige Rezitieren von Vater-unser-der-du-bist-im-Himmel half nur bedingt, wenn es tatsächlich einmal ernst wurde.

Gestern Gumbinnen, heute Zamzow, dachte ich möglichst emotionslos und törichterweise. Denn ein plötzlicher Tod ließ sich mit dem langsamen Sterben nicht wirklich vergleichen.

In der Haut der ehemaligen Deutschlehrerin wollte ich jedenfalls nicht stecken. Der Pfleger hatte sie aus ihrem angestammten Zimmer in den Raum rechts neben der Eingangstür der Station »Abendfrieden« geschoben. Max Friesen war nervös, nicht allein des Zamzow'schen Zustandes wegen, Überstunden ohne Ende, und Schwester Irmi fehlte an allen Ecken und Enden.

Für Erika Zamzow gehe es langsam zur Neige, raunte mir Elfi von Meuselwitz ausnahmsweise mitleidvoll zu. Sie lauerte vor Zimmer 5, hatte ihren Zopf zu einem monströsen Turban hochgesteckt und schaute aus überraschend klaren Augen den langen Korridor hinab, nur um jedem Bewohner, der ihr über den Weg lief, die neueste Neuigkeit hinterherzuposaunen.

Niemand wollte sich etwas anmerken lassen, dabei saß der Schreck über den brutalen Mord an Marita Gumbinnen jedem gehörig in den Knochen. Da schien die negative Entwicklung des Gesundheitszustandes von Erika Zamzow für den einen oder anderen eine willkommene Ablenkung. So makaber es klang: Durch die Verlegung von Frau Zamzow ins Sterbezimmer kehrte ein Teil Normalität in den »Abendfrieden« zurück.

Dr. Hannibal Jepsen trat gerade aus Zimmer 11 hinaus auf den Flur. Er hatte der übelst röchelnden Gymnasiallehrerin a.D. eine hohe Dosis Cortison verabreicht. Selbst für einen erfahrenen Mediziner war es schwer, exakt vorherzusagen, wie viel Lebenszeit Frau Zamzow noch blieb.

Das Wundgeschwür hatte sich ausgebreitet und war mittlerweile unheilbar. Erschwerend trat eine aggressive doppelseitige Lungenentzündung hinzu, die mit dem Auswurf großer Mengen Sekrets bei gleichzeitig hohem Fieber einherging.

Sie sei nicht mehr ansprechbar und bekomme kein Wort mehr über die Lippen, erklärte Dr. Jepsen.

Nicht jetzt noch sonst irgendwann wollte ich mit dem Schicksal der Zamzow tauschen. Mein eigenes Ende wünschte ich mir gänzlich anders. Aber das Sterben ist kein Wunschkonzert. Hatte man da überhaupt irgendeinen Einfluss drauf? Ich wusste keine Antwort. Doch egal, was du im Leben tust, am Ende steht immer dein eigener Tod. Da führt kein Weg drum herum. Das ist so klar wie das Amen in der Nikolaikirche.

Erst Mitte November war Erika Zamzow wegen akuter Pneumonie ins Hanse-Klinikum eingewiesen und nach einem dreiwöchigen Krankenhausaufenthalt vorzeitig als geheilt entlassen worden. Ein fataler Trugschluss, wie sich bereits am Tag ihrer Rückkehr ins Altenheim herausgestellt hatte. Die Lungenentzündung schien einigermaßen abgeklungen, aber mit vierzig Grad Fieber war sie weder gesund noch auf dem Weg sichtbarer oder gar anhaltender Besserung.

Der feine Glockenschlag von Sankt Georgen schlug leise zur zehnten Stunde.

Dr. Jepsen hatte Morphium verschrieben, intravenös verabreicht. Keine weitere Quälerei, so seine unmissverständliche Anweisung, wenn es zu Ende gehe, gehe es zu Ende.

Morphin zählte zu den Opiaten und in der Medizin zu den stärksten bekannten Schmerzmitteln. Zudem linderte es vorübergehend den unheilvollen Hustenreiz. Fraglos kam das Mittel Frau Zamzow zugute.

Trotzdem musste Pfleger Friesen alle Stunde mit einem Plastikschlauch und einem Pumpgerät Unmengen gräulich-grünlichen Sputums aus ihrem Rachen heraussaugen. Das war für die Patientin zutiefst unangenehm. Und auf den neutralen Betrachter wirkte es unansehnlich bis abstoßend. Immerhin schien die Maßnahme kurzzeitig wirksam. Sie bekam jetzt endlich besser Luft und röchelte dann nicht mehr ganz so herzzerreißend.

Keine zehn Tage im Seniorenstift »Glatter Aal«, und ich hatte das dritte Mal unmittelbaren Kontakt mit dem Tod. Das machte mich ganz wattig im Kopf. Ich setzte mich zögerlich an ihr Bett, hielt Frau Zamzow die kalte Hand und streichelte sie dann zärtlich.

Sie hatte keine Familie, keine Angehörigen, nicht einmal eine frühere Freundin oder Nachbarin, die zu Besuch kommen konnte. Übrigens die gleiche einsame Situation, in der sich auch das Mordopfer Marita Gumbinnen befunden hatte. Während Frau Gumbinnen Spätaussiedlerin war und die wenigen noch lebenden Verwandten oder Bekannten im fernen Osten Europas gelassen hatte, hatte Frau Zamzow immer schon allein gelebt. In der Blüte ihres Lebens wäre das nicht nötig gewesen, als attraktive Frau mit einer geregelten Beamtenkarriere und solidem Einkommen hatte sie – mehr als genug, hieß es – eindeutige Angebote. Ihr Problem war gewesen: Sie hatte sich nie für einen Partner entscheiden können und wollen.

Die Bewohnerinnen im »Abendfrieden« machten einen großen Bogen um Zimmer 11. Aus Angst, diesen letzten aller Räume zu früh zu betreten und zu begutachten? Aus Scham vor der eigenen Ohnmacht? Aus persönlicher Betroffenheit oder unterdrücktem Realitätssinn? Ich wusste es nicht. Aber innerlich prangerte ich es an. Würde war wichtig! Würde ist Leben. Behandelt man dich würdevoll, merkst du, dass du noch lebst.

Wer einen wohl berührt, wenn man erst tot ist?, dachte ich schaudernd. Hoffentlich nicht solch ein Typ wie der fiese Friesen …

Der gute Wille, einfach dabeizusitzen, zuzuhören, dem sterbenden Menschen die Gelegenheit zu bieten, sich alles einmal von der Seele zu reden (Pastor Petersen hätte es vermutlich Beichte genannt), das allein reichte nicht aus. Schon gar nicht im Fall von Frau Zamzow, die in ihrem schlimmen Zustand alles andere als freimütig erzählen konnte.

Schon in der Schule müsste man anfangen, sinnierte ich. Wozu Religionsunterricht, wenn man kein Wort darüber erfuhr, dass das Leben nicht nur endlich, sondern das Ende die größte Herausforderung darstellte? Der Tod war ein Leben lang unser Begleiter und dennoch das größte Tabu.

Mit meinem Sohn hatte ich mich von Zeit zu Zeit über das Thema austauschen müssen. Der Polizist ist nach dem Pastor, dem Arzt und dem Altenpfleger wahrscheinlich derjenige, der beruflich am häufigsten mit dem Prozess des Sterbens zu tun hat. Sei es bei einem schweren Verkehrsunfall, seien es potenzielle Selbstmörder oder Opfer eines brutalen Kapitalverbrechens, für den Kripobeamten gehört der Tod zum Alltag fast wie der Fisch zur Ostsee.

»Liebe Frau Zamzow?«, versuchte ich es dennoch. »Wissen Sie noch, wo Sie Ihren Lottoschein aufbewahrt haben?«

Keine Antwort. Nicht mal ein Röcheln. Meinerseits betretenes Schweigen.

Ole Hansen war von klein auf kein Sensibelchen, und im Laufe seines beruflichen Lebens als Kriminalpolizist hatte er sich ein enorm dickes Fell angeeignet. Doch der Anblick einer Toten, zudem einer brutal erschossenen Seniorin wie Marita Gumbinnen, das warf den kühlsten Kommissar aus der Balance.

Noch spät am Abend, nachdem die ersten Ermittlungen um den Tatort herum abgeschlossen waren, hatte Ole an meinem Bett gesessen und geweint. Keine Sturzbäche, mehr still, frustriert, traurig natürlich.

»Eine Exekution!«, hatte er geschnieft. »Eine Hinrichtung! Das Schwein werden wir kriegen, Mama. Und wenn es meine letzte

Amtshandlung wird, dies üble Schwein wird büßen. Das verspreche ich – hoch und heilig.«

Mein Junge zeigte sich selten emotional, meist fraß er Gefühle in sich hinein. Seinen eigenen Vorschlag, mich als Undercover-Detektivin im »Glatten Aal« einzuschleusen, hatte er kurz vor Mitternacht erstmals ernsthaft bereut und als verdeckte Ermittlungsmethode sogleich für die Zukunft verworfen.

»Das wird hier zu gefährlich, Mama«, hatte er gefleht. »Das geht in die Binsen. Es handelt sich hier um einen eiskalten Killer, der vor gar nichts und niemandem zurückschreckt. Außerdem hab ich die Bürgermeisterin gegen mich. Die Hannemann hat mir unmissverständlich zu verstehen gegeben, dass sie deine Einmischung in diese Angelegenheit nicht gutheißt. Die will schon längst, dass du hier endlich das Feld räumst. Verstehst du?«

»Wie geht es meiner Kikki? Vermisst sie mich?«

»Deiner Katze geht's gut, Mama. Klar, vermisst sie dich. Und dir geht's auch schon wieder besser, oder?«

Keine Chance. Der Bauch pikse noch, dünner Stuhlgang, zwei, drei Tage seien schon noch vonnöten. Dann gehe es nach Hause, und Ole könne Kikki von Margarete Olg abholen, und dann feierten wir Weihnachten, so wie jedes Jahr – mit Fischplatte und Wismarer Pilsener.

Ob es meinen Sohn beruhigt hatte? Eher nein. Aber der Fall war jetzt so knifflig geworden, den wollte ich mir nicht mehr vom Teller nehmen lassen.

»Frau Zamzow?« Flüsternd sprach ich sie erneut an. »Erika! … Erika? Hörst du?«

Mitgefühl zu praktizieren, dachte ich, das könnte vielleicht ein bisschen hilfreich sein. Der Sterbenden nahe zu sein, die Hand zu halten, Wärme zu spenden. Leise mit ihr zu reden, vor allen Dingen ehrlich. Das hieß, nicht zwangsläufig schonungslos zu sein, aber die Situation beim Namen zu nennen. Kein Drum-Herum-Gerede, kein Ausweichen, zum Ende keine dreisten Lügen mehr. Bewusstes Abschiednehmen, dachte ich, das könnte eventuell beruhigen, das müsste helfen, irgendwann loszulassen, die Reise anzutreten.

Andererseits musste man sich bei der Dosis Morphium, die Dr. Jepsen verschrieben hatte, über kurz oder lang um einen bewussten Abschied keine Gedanken mehr machen. Die Nebenwirkungen waren nicht ohne: Apathie, Euphorie, Bewusstseinsstörungen, bis hin zum Koma. Kein Wunder, dass Frau Zamzow keinen Pieps mehr machte.

Erika Zamzow war einmal eine sehr hübsche Frau gewesen. Ich konnte mich noch gut erinnern, als sie Ende der siebziger Jahre von Schwerin nach Wismar ans Geschwister-Scholl-Gymnasium gewechselt war. Deutsch und Erdkunde waren ihre bevorzugten Fächer gewesen. Wie ein Lauffeuer hatte es sich durch die Altstadt verbreitet: Schüler, vor allem die jungen männlichen Teenager, sollen an ihren Lippen geklebt haben. Der eine oder andere hatte sich im Laufe der Jahre, trotz ihrer gnadenlosen Leidenschaft für Grammatik und Interpunktion, schwerstens verknallt. Sie war streng, kühl, fast unnahbar gewesen, hatte aber einen ganz besonderen Charme und vor allem einen Mund gehabt – wie ein frisch aufgeschütteltes Kopfkissen.

Ihre gute Zeit lag lange zurück, sie würde sterben müssen, vielleicht schon bald, womöglich besser so. Ich tätschelte noch einmal ihren knöchernen Handrücken, gab ihr einen letzten Kuss auf die Stirn und dachte laut:

»Du hast es bald geschafft, Erika. Du hattest ein erfülltes Leben, die Menschen haben dich geliebt und hatten Respekt vor dir. Du hast sicher das meiste in deinem Leben richtig gemacht, es gibt keinen Grund, sich zu grämen. Wer weiß, was kommt? Lass einfach los! Dein Körper ist Fleisch und Blut und Knochen und bedeutet nur noch Quälerei, aber dein Geist, Erika, dein Geist ist frei. Sei offen für das Neue ... Mach's gut, meine Liebe.«

Steffen Stiebers Bulletin war knapp und präzise: Marita Gumbinnen war zwischen zehn und halb elf Uhr abends am Fundort der Leiche gestorben. Während der erste Schuss über der linken Gesichtshälfte aus einer ungefähren Entfernung von drei Metern abgefeuert worden war, getroffen hatte, jedoch nicht tödlich, waren dreizehn weitere Bleikugeln aus allernächster Distanz in die rechte Gehirnhälfte eingedrungen. (Darüber hinaus hatten die Spurensucher zwei Querschläger aus der metallischen Außenhaut einer Mülltonne gepult.) Frappierend schien im ersten Moment, dass auf der gegenüberliegenden Kopfseite nicht eine einzige der dreizehn Patronen – wie man normalerweise hätte annehmen können – wieder ausgetreten war.

Frau Gumbinnen hatte aufgrund eines früheren Schädelbruches, herbeigeführt durch einen unglücklichen Treppensturz, eine Titanplatte in der linken Schädelhälfte eingesetzt bekommen. Eine bläuliche Narbe von etwa zwanzig Zentimetern Länge war bei der ersten Obduktion unter ihrem lila Haar zunächst nicht erkannt worden. Erst nachdem Steffen Stieber bei seinen Kollegen der Gerichtsmedizin im Lübecker Labor Bedenken angemeldet hatte, da hatte man bei einer zweiten Untersuchung die Edelmetallplatte endlich zur Kenntnis genommen und somit eine physikalische Erklärung für diesen Irrsinn gehabt.

Ob das jetzt Stiebers wortwörtliche Wortwahl war, wusste mein Sohn schon während unseres Telefonates nicht mehr. Aber das schien auch nebensächlich. Fakt war: Als der erste Schuss wider Erwarten kaum Wirkung gezeigt, stattdessen womöglich nur einen schallenden blechernen Ton erzeugt hatte, musste der Täter voller Panik oder Katzenjammer die Tatwaffe direkt angesetzt und fast das komplette Magazin geleert haben.

Die hohe Zahl der abgegebenen Schüsse und die Bleiprojektile mit einem Kaliber von neun Millimetern ließen kaum Zweifel zu: Benutzt wurde eine Pistole der Marke »Beretta M-92«, höchstwahrscheinlich mit einem auffällig aus dem Griff herausragenden Magazin für zwanzig Patronen. Einst legendäre italienische Militärpistole, war der Ballermann weltweit zum Dauerbrenner geworden. Das hieß, die Beretta M-92 war beliebt, und es gab sie an jeder gut sortierten Straßenecke.

Der Hausmeister hatte Frau Gumbinnen auf dem Bauch liegend mit der weniger versehrten linken Gesichtshälfte nach oben aufgefunden und die Leiche ausdrücklich nicht angerührt. Also musste der Mörder – vermutlich wegen der merkwürdigen Beschaffenheit der Schädeldecke – ihr Haupt am Boden noch einmal der Neugierde halber gewendet haben. Vielleicht hatte er sogar gegen die Titanplatte geklopft und dann verstanden.

Aber das war natürlich reine Spekulation.

»Jingle Bells«. In der Bildmitte eine weitere, erneut einstellig bedruckte Kugel. Neben der Zahl ein kleiner schwarzer Punkt. Aus dem Off: »Die nächste Kugel ist die Sechs!« Shotgun.

Wenn man nicht weiterwusste, ging man zu Willi vom Eis-Moor. Der Imbiss am Stahlhaus war seit über drei Jahrzehnten eine Institution und hatte alle gesellschaftlichen Umwälzungen oder Wirtschaftskrisen wider Erwarten überlebt. Willi stand Tag und Nacht hinter seinem weißen Sperrholztresen mitten in der teuren Geschäfts- und Fußgängerzone der Altstadt und versorgte Jung und Alt, Reich und Arm, Dumm und Klug unter freiem Himmel mit Eis, Wurst und Bier.

»Die Asiaten übernehmen so langsam, aber sicher alles in Wismar: Imbisslokale, Gaststätten, Wirtshäuser – alles in chinesischer oder vietnamesischer Hand!«

Willi klapperte mit seinem Pferdegebiss und wendete flink die letzten Bratwürste eines langen Tages auf dem mittlerweile durch Darmreste verklumpten Rost. In der Vorweihnachtszeit trug er zur Belustigung seiner Stammkundschaft eine rote Zipfelmütze, die er zuweilen wie einen Propeller über seinem Kopf schwungvoll kreisen ließ.

»Nicht, dass ich irgendwas gegen Chinesen, Vietnamesen oder Thailänder haben tu. Im Gegenteil«, fuhr er fort, »das sind alles freundliche Leute. Das Essen schmeckt, ist meist scharf, aber bekömmlich und oftmals sogar sehr preisgünstig.«

»Worauf willst du hinaus?«, fragte Olaf Hansen und schaute in Willis gutmütiges Gesicht.

Willi ließ sich Zeit und zerkleinerte mit seinem kurzen Schnippelmesser eine extralange Wurst, ertränkte sie nach Art des Hauses in einer scharfen Spezialsoße und stellte den Pappteller samt Brötchen dem Kommissar vor die Nase.

»Geht aufs Haus!«

Winterlicher Wochenausklang.

»Danke, Willi. Dennoch: Was soll der Tod im ›Glatten Aal‹ mit asiatischer Küche zu tun haben?«

Eine hungrige Sturmmöwe flog wenige Meter über ihren Köpfen eine Späherrunde.

Da sammelte sich Willi zu einem seiner gefürchteten, endlos ausgeschmückten Monologe.

»Weißt du das etwa nicht?«

Willis großer Moment schien gekommen. Darauf wartete nicht nur der vierzigjährige Imbissbetreiber mit dem altmodischen Prinz-

Eisenherz-Haarschnitt, sondern auch seine Stammkundschaft den lieben langen Tag. Wurst-Willi besaß phänomenale Fähigkeiten: Zum einen beschaffte er sich Unter-der-Hand-Informationen wie kaum ein Zweiter in der Altstadt. Zum anderen wusste er diese halbseidenen, jedoch stets gehaltvollen Mitteilungen in unnachahmlicher Art zu proklamieren.

»Die Kantine des Altenheims und selbst ›Essen auf Rädern‹, alles unter vietnamesischer Kontrolle!«

Mit einer geschickten Bewegung warf er den Zipfel der Nikolausmütze auf seinen Rücken. Hansen wischte mit einem Stückchen Wurst im dunkelroten Gewürzketchup herum und provozierte seinen Informanten mit lang gezogenem Stillschweigen.

»Das regt dich gar nicht auf? Du bist doch Polizist!«

Während sich die Sturmmöwe traute und auf dem Deckel des Abfalleimers links vom Eis-Moor-Tresen landete, murmelte der Kommissar: »Ich kann dabei keine Missstände erkennen.«

»Das sind mafiaähnliche Zustände, Olaf! Was denkst denn du? Die tun so, als würden sie Fischfrikadellen und Königsberger Klopse kochen, doch da ist nur der Name gleich. Und die alten Leute müssen das essen …«

»Und wem's nicht schmeckt, der wird abgemurkst?«

Die zu vorgerückter Stunde überschaubare Anzahl von Gästen am Eis-Moor-Imbiss rutschte etwas näher an Willis Sperrholztresen heran. Neuer Zündstoff lag in der Schneeluft, am Ende eines Tages wildester Spekulationen stand eine weitere, mehr als betuliche Bescherung in Aussicht.

Die Möwe schien das kaum zu stören, sie beschäftigte sich intensivst mit dem Klappmechanismus des Mülleimers. Mit ihrem harten Schnabel schlug sie ein-, zwei-, dreimal gegen den wippenden Plastikdeckel.

Wurst-Willi schaute in die Runde, zielte mit seinem Schnippelmesser auf den Kommissar und sagte dann: »Volltreffer.«

»Das kann nicht sein«, protestierte ein Stammkunde ungläubig. »Meine Schwiegermutter wohnt im ›Aal‹, die mag das Essen auch nicht. Lebt aber immer noch. Leider.« Ein blökendes Gelächter machte die Runde.

»Willi ist neidisch, weil die Asiaten schlau sind und Geschäftssinn zeigen«, spekulierte einer mit dicker, rot verfrorener Nase.

»Hanoi-Döntjes!«, brüllte unverfroren ein dritter von weiter hinten und lachte polternd.

»Ihr wisst gar nichts!«, rief Willi.

Zwei frische Fontänen aus seinem Pferdegebiss zischten bei den scharfen S-Lauten quer durchs Auditorium. Auch das gehörte zu seinen Fertigkeiten. Eine Angewohnheit, die seine Gäste kannten und fürchteten. Dann wandte er sich abrupt und vertrauensvoll Olaf Hansen zu.

»Kennst du den neuen China-Imbiss? Nicht weit vom Stift. Eingangs der Claus-Jesup-Straße.«

»Nö ... Was ist mit dem?«

»Der Betreiber ist kein Chinese, der ist in Wahrheit Vietnamese und nennt seinen Imbiss ›Zul flöhlichen Flühlingslolle‹.«

»Das klingt lustig«, meinte der Kommissar, »tut aber nichts zur Sache.«

»Momentchen, Momentchen«, bremste Wurst-Willi. »Bierchen gefällig?«

»Sag ich nicht Nein. Ist nach Dienstschluss.«

»Pils oder Export?«

»Pils.«

Willi griff in den Kühlschrank, öffnete den Kronkorken mit einem schmatzenden Geräusch und stellte Olaf Hansen eine Halbliterflasche Mecklenburger Pilsener auf den Tresen.

»Thien Chim Hung.«

»Heißt das ›Prost!‹ auf Chinesisch?« Hansen guckte ihn an. »Willi, ich bitte dich! Sprich nicht in Rätseln!«

»Das heißt ›sanfter Vogelheld‹. Die haben klangvolle Namen in Vietnam.« Breitbeinig baute er sich vor dem Kommissar auf. »Die tun aber meistens was ganz was anderes bedeuten. Thien Chim Hung ist der Betreiber der ›Flöhlichen Flühlingslolle‹ und beliefert seit zwei Jahren die Kantine vom ›Glatten Aal‹. Aggressivstes Preisdumping! So. Jetzt staunst du, wie?«

»Kein Verbrechen.« Hansen konterte kühl bis in die Zehenspitzen. Dabei trampelte er von einem Bein aufs andere, um den Frost aus den Gelenken zu schütteln. Dann nahm er einen herzhaften Zug aus der Bierflasche.

»Meiner Meinung nach haben die alten Leute zumindest zur Weihnachtszeit ein Anrecht auf original Mecklenburger Rehrücken mit Preiselbeeren oder wenigstens polnische Flugente mit Semmelknödeln!«, geiferte Willi. »Stattdessen werden die Patienten von der Anstaltsleitung aus Kostengründen massiv unter Druck gesetzt, Frühlingsrollen, Schwalbennester oder Chopsuey zu essen. Ich nenn das ein Verbrechen!«

Manche Möwen waren wirklich intelligent. Die hatten nicht nur Gespür, sondern auch das Wissen, wo sich ein leckerer Happen versteckte, und manche wussten sogar, wie sie mit ein wenig Akrobatik an diesen Happen gelangten.

»Abstruse Anklage«, fixierte der Kommissar den Imbissbetreiber. »Und wenn die Alten ihr Essen nicht aufessen, dann lässt die Anstaltsleitung die Miesepetrigen umbringen.«

»Von der Stäbchenmafia!«, erwiderte Wurst-Willi. »Die kennt da keine Gnade ...«

»Dumm Tüch!«

Nicht nur der Kommissar zeigte sich von Willis Theorien wenig überzeugt, auch die übrigen Echolote tauchten wieder murmelnd in der Masse unter.

Keine Minute lang zog sich Willi beleidigt an den Grill zurück, widmete sich übereifrig seinen letzten, leicht verkohlten Bratwürsten, machte dann auf dem Absatz kehrt und hauchte Hansen orakelhaft zu: »Wenn nicht die Asiaten, dann war's der Pfeiffer.«

»Lotto-Pfeiffer?«

»Wer sonst?«

»Was ist das für einer?«

»Pfeiffer?«

»Wer sonst!«

»Ein ganz ein Ausgefuchster«, holte Willi mächtig aus. »Der verdient nicht viel mit Zeitungen und Zeitschriften oder den paar Semmeln am Morgen und paar Flaschen pro Abend. Das Tabakgeschäft stagniert schon lange, entwickelt sich sogar rückläufig. Über kurz oder lang müsste das Rauchverbot in Kneipen Pfeiffer das Genick brechen. Und dennoch fährt er Mercedes.«

Hansen verschluckte sich am Bier und hustete leicht.

»Das Lottogeschäft brummt wie nie. Monatlich knapp fünfundzwanzigtausend, heißt es. Weit und breit keine Konkurrenz. Nächste Annahmestelle liegt am Bahnhof. Pfeiffer kriegt offiziell von der Lottozentrale Mecklenburg-Vorpommern in Rostock siebeneinhalb

Prozent. Macht nach Adam Riese ... schlappe zweitausend Euro für seine klamme Kasse.«

»Nicht schlecht«, kommentierte der Kommissar ein wenig überrascht und beobachtete mit Verblüffung die Möwe, die auf dem Deckel des Abfalleimers balancierte und nun wie ein Wellensittich auf einer Käfigschaukel akrobatisch hin und her schwang.

»Nun pass auf!«, forderte Willi. »Wenn man nur die groben Zahlen zugrunde legt, die durch Miete, Nebenkosten, Versicherungen, Rücklagen et cetera pp. entstehen, abzüglich der Märchensteuer, glaubst du dann immer noch, dass Pfeiffer nicht nur 'ne Familie, sondern auch noch den Mercedes davon ernähren tut? Ich weiß, wovon ich rede, mein Imbiss spricht Bände.«

»Was glaubst du?«

»Glauben darf der Ratzinger. Mich hält nur Wissen über Wasser.«

Nach seinem unglücklichen Asienausflug hatte Willi seine charakteristische Selbstsicherheit zurückgewonnen. Olaf Hansen nahm einen letzten Schluck aus seiner Bierpulle.

»Und was meinst du zu wissen?«

»Geht nicht ohne Nebeneinkünfte.«

»Welcher Art?«

»Welcher Art, welcher Art!«

»Mann, Willi! Lass dir nicht die Würmer einzeln aus der Nase pulen. Jetzt mal Butter bei die Fische!«

»Pass auf!« Willi schaute sich theatralisch nach allen Seiten um und bekam prompt erneut die Aufmerksamkeit, die ihm zustand. »Bevor er seine Lizenz bekam, musste Detlev Pfeiffer einen Lottolehrgang mitmachen. Das ist Pflicht. Denk nicht, dass die da lernen, korrekt Kreuzchen zu setzen. Das vielleicht auch. Aber darüber hinaus kriegen sie eine umfangreiche technische Einweisung in den Lottoterminal. Jede Annahmestelle ist über einen Terminal online mit der Lottozentrale verbunden. So weit, so gut.«

Er machte eine Kunstpause, um alles Weitere entsprechend wirken zu lassen. In diesem Moment rutschte die Sturmmöwe mit einem leisen Gekrächz von der Deckelschräge in den Abfallbehälter. Das leichte Wippen der Schließklappe wurde von drinnen durch verzweifeltes Flügelschlagen begleitet.

»Die Klagen über Lotto-Pfeiffer häufen sich. Immer öfter kommt es zu Ungereimtheiten bei Gewinnausschüttungen.«

»Jackpot?«, fragte der Kommissar.

»Nee, natürlich nicht. Mehr Kleinkram: mal vier Richtige, mal vier mit Zusatzzahl, auch mal fünf Richtige.«

»Pfeiffer meinte, 'nen Fünfer habe es bei ihm vordem noch nicht gegeben.«

»Siehste? Was hab ich gesagt? Der ist keine ehrliche Haut. Der olle Schmitjans vom Katersteig, das weiß ich genau, hatte letztes Jahr fünf Richtige.«

»Und dann?«

»Außer Spesen nichts gewesen. Der Pfeiffer-Terminal hat den Spielschein falsch gelesen. Die Zahlen werden modern eingescannt. Wenn die Technik das will, verrutscht der Kram, und der Computer registriert ganz andere Zahlen und leitet die falschen weiter nach Rostock.«

»Woher weißt du das, Willi?«

»Dem lütten Hüttner aus der Fischerreihe ist das auch passiert. Ebenfalls beim Pfeiffer. Seitdem latscht er jedes Mal zum Bahnhof, um zu tippen. Ist sicherer, sagt er. Ging für Hütte nur um drei mit Zusatzzahl, schlappe fünfzig Euro. Aber Kleinvieh macht auch Mist.«

»Willi! Sag mir bitte, woher du das alles weißt.«

»Weiß jeder. Kannst du jeden fragen. Alle werden dir das Gleiche sagen.«

Der Kommissar dachte nach und bestellte nebenher noch eine Flasche Mecklenburger außer Haus – für zu Haus.

»So was spricht sich schnell herum«, erläuterte Wurst-Willi. »Rostock hat dem Pfeiffer letzten Sommer wegen der vielen Reklamationen sogar den Computer ausgetauscht. Einige der betrogenen Gewinner hatten ihn verklagt. Keine Chance. Verlorene Liebesmüh.«

»Das nennt man wohl Lottopech«, stellte Hansen nüchtern fest und nahm die Bierflasche in einer weißen Plastiktüte entgegen.

»Pech? Zufall? Ich weiß nicht. Das kannst du nennen, wie du willst. Juristisch gibt's keine Handhabe. Jedenfalls gingen die verschaukelten Tipper leer aus. Und solange man Pfeiffer nichts nachweisen kann, macht der so weiter wie bisher.«

»Du meinst, der kassiert korrekte Gewinne ab, manipuliert nachträglich am Terminal herum, damit die eigentlichen Gewinner leer ausgehen?«

Der Imbissbetreiber überlegte nicht lange. Ohne auf die Frage einzugehen, fuhr er fort.

»Die Frage ist nicht ob, die Frage lautet, wie er das macht. Wie er den Zaster abzweigt? Dafür kenn ich mich zu wenig aus in Programmiergedöns. Aber gehen tut bekanntlich alles.«

Hansen nahm den leer gegessenen Pappteller mit der Plastikgabel und schmiss beides gedankenverloren in den Abfalleimer. Der Deckel schaukelte, während es von innen vehement dagegenklopfte.

»Kennst du zufällig jemanden, der jemanden kennt, der sich auskennt?«

»Nö, tut mir leid, Olaf. Ich würde den Laden einfach mal auseinandernehmen. Das find sich dann schon.«

»Ein letztes, Willi ...«

»Nur zu ...«

»Spielst du eigentlich selbst Lotto?«

»Niemals! Wo denkst du hin? Meine Mutter sagte immer: ›Ein Lottoschein ist eine Baugenehmigung für Luftschlösser. Mehr nicht.‹ Du kennst mich, Kommissar, ich bin durch und durch Realist.«

Im selben Moment fand die mit Ketchup und Senf verschmierte Sturmmöwe unter bösem Gezeter den Weg ins Freie und startete unter kräftigstem Flügelschlag durch. Der Kommissar guckte ihr hinterher. Die übrigen Gäste lachten und zeigten mit ausgestreckten Fingern auf das rot-gelb geschminkte Vogelgefieder.

Wurst-Willi winkte generös ab, für ihn schien das normal zu sein und dazuzugehören. Ein besinnlicher Vorweihnachtstag neigte sich am Eis-Moor-Imbiss langsam dem Ende entgegen.

9

Samstag, den 19. Dezember

»Achtundvierzig Stunden für einen Durchsuchungsbefehl«, nörgelte der Kommissar. »Was dauerte denn da so lange?«
»Keine Ahnung, Chef. Die zickige Sekretärin ausm Vorzimmer meinte nur, die Staatsanwältin habe dieser Tage alle Hände voll zu.«
»Warum denn das?«
»Weihnachtsgeschäft – da klauen die Leute wie die Raben.«
»Hmm«, brummte der Kommissar.
Das Ermittlerduo aus der Kommandantur traf zur Mittagszeit gerade im rechten Moment ein. Kaum hatten Hansen und Jensen die Weihnachtsglöckchen der Eingangstür von Pfeiffers Lottokiosk zum Klingen gebracht, da prallte Monika Bommel-Schmatz mit Schmackes gegen die Brust des Kommissars.
»Sie kommen wie gerufen. Der spinnt, der dreht durch, der ist gemeingefährlich …«, giftete sie. Töchterchen Antje auf ihrem Arm begann herzzerreißend zu weinen und zu kreischen.
Drinnen hörte man ein Toben und Fluchen. Feinstes Afrikaans vermischte sich mit gröbsten Mecklenburger Schimpftiraden.
»Je smeerlap!«
»Ausländerpack!«
»Leugenaar en bedrieger!«
»Dir knall ich die Rübe weg!«
»Ik will mijn geld!«
Die Gründe für die helle Aufregung waren offensichtlich: Der Kioskbesitzer, mit einer Faustfeuerwaffe hinter seinem Tresen kauernd, zielte mit ausgestrecktem Arm auf Ruben Bommel, der seinerseits eine Flasche Rotkäppchen-Sekt am Hals gepackt hielt und drohte, den süffigen Schaumwein auf der Halbglatze von Lotto-Pfeiffer zu köpfen.
Grietje und Jaap, die beiden älteren Bommel-Kinder, flitzten zu allem Überfluss zwischen den Drahtständern für Ansichtskarten und Tageszeitungen hindurch und rissen ungeschickt oder absichtlich einige der Gestelle um. Das spitzte die Situation nochmals zu.

Während Ruben Bommel die Kinder anschrie, den Laden auf der Stelle zu verlassen, fuchtelte Detlev Pfeiffer mit der Pistole herum und brüllte, dass man die kleinen Scheißer gleich miterledigen solle.

Inga Jensen zückte ihre Dienstwaffe, der Kommissar hielt sie am Arm fest und bedeutete ihr, die Pistole im Halfter zu belassen.

»Herr Pfeiffer! Machen Sie keinen Quatsch!«

»Der wollte mich bestehlen!«, rief Detlev Pfeiffer.

»Senken Sie die Waffe, legen Sie sie langsam auf den Tresen und beruhigen Sie sich vor allen Dingen.«

»*De schoft* hat uns beklaut!«, rief Ruben Bommel.

»Und Sie, Herr Bommel, stellen die Flasche Sekt augenblicklich wieder dorthin, wo Sie sie hergenommen haben. Das Ganze ebenfalls schön langsam! Wäre doch schade um das feine Tröpfchen.«

Zögerlich und widerwillig taten beide wie befohlen.

»Dat ist *schaamteloost* Diebstahl!«, echauffierte sich der Südafrikaner. »Die Spatzen *fluiten* von den Dächern, dat der Mann Lottoscheine … äh … *manipuleren* tut. Nichts leichter, als die *kwijting* der alten Damen aus dem ›Gladde Aal‹ zu verändern, die Chewinne mit der *kwijting* zu behalten. Schuld ist dann der Computer! Dat ist … Betrüch.«

»Betrug!«, stimmte seine Frau von hinten mit ein.

»Da ist kein Wort von wahr!«, schrie Detlev Pfeiffer und fuchtelte wieder mit der Pistole in der dünnen Luft herum.

»Waffe weg!«, zischte Inga Jensen und wollte nochmals die eigene entsichern. Hansen hielt sie ein zweites Mal zurück.

»Das ist eh nur Schreckschuss«, meinte ihr Halter kleinlaut.

»Dreißigtausend cheklaut, die mein Schwiechermutter chehören«, jammerte Ruben Bommel.

»Böse Verleumdung!«, rief Detlev Pfeiffer. »Ich zeig Sie an! Haben Sie das gehört, Herr Kommissar? Schreiben Sie das mit, Kollegin!«

Inga Jensen machte keine Anstalten, sie blickte stattdessen von einem Hansdampf zum anderen, während ihr Vorgesetzter abgeklärt meinte: »Sie, Herr Bommel, können nicht einfach solche Behauptungen in die Welt setzen, ohne Beweise zu haben. Haben Sie Beweise?«

Erst schnappte der Gefragte wie ein Karpfen nach Luft, dann schüttelte er sein mächtiges Haupt.

»Nicht? Dann müssen Sie mit Ihren Vermutungen hinterm Berg

halten oder zu uns, zur Polizei kommen, aber nicht hier im Lottoladen aufkreuzen, um Selbstjustiz zu üben.«

»Wir sind hier nämlich nicht in Afrika!«, pöbelte Pfeiffer und wähnte sich auf der Siegerstraße.

»Und Sie, Herr Pfeiffer, plustern Sie sich nicht unnötig auf, und geben Sie mir sofort den Revolver.«

»Dieser gemeingefährliche Mitbürger dunkler Hautfarbe wollte an den Lottoterminal und an meine Kasse«, formulierte er überlegt umständlich. »Ich musste mein Geld verteidigen.«

»Dein Cheld?«, brüllte Ruben Bommel. »*Dat ik* nicht lache. Das ist *wederrechtrlijk* Cheld. Das ist kriminelles Cheld! Wenn, dann ist das *mijn geld*!«

»Unser Geld«, warf Monika Bommel-Schmatz ins Gespräch.

»*Ons geld*«, wiederholte ihr Ehemann.

»Wir kommen doch nicht den weiten Weg von Südafrika her«, ergänzte seine Frau, »und gehen bei einem Lottogewinn von über dreißigtausend mit leeren Händen wieder nach Hause.«

»Präsentieren Sie mir die Quittung«, lenkte Pfeiffer schlagfertig ein, »dann kriegen Sie den Gewinn Ihrer verstorbenen Mutter.«

»Sehen Sie, Herr Pfeiffer. Und da schließt sich der Kreis. Genau das ist der Grund, weshalb auch wir hier sind. Die gesuchte Quittung haben Sie!«, behauptete Hansen und hielt ihm den Durchsuchungsbefehl vor die Nase.

Pfeiffer entglitten die Gesichtszüge.

»Die Quittung hat wer?«, fragte das Ehepaar verblüfft.

»Wer hat das behauptet?«, rief Pfeiffer.

Woraufhin Bommel einen katzenhaften Sprung wagte und den Lottoladenbesitzer über den Tresen hinweg an der Gurgel packte. Das ging entschieden zu weit, der Kommissar sprang hinzu, trennte die beiden durch einen beherzten Tritt gegen das Knie des Angreifers. Hansen packte dessen muskulösen rechten Arm, setzte einen gemeinen Ellenbogenhebel an, und schon ging Herr Bommel fast freiwillig in die Hocke. Die Schreckschusspistole war bei der Aktion in hohem Bogen vom Tresen geflogen und Inga Jensen unmittelbar vor die Füße gerutscht. Sie hob die Waffe auf und ließ die Platzpatronen aus der Trommel auf den Holzboden klackern.

»Herr Pfeiffer! Sie sind vorläufig festgenommen. Schließen Sie Ihr Geschäft. Packen Sie die nötigsten Sachen zusammen.«

Detlev Pfeiffer rieb sich den gequetschten Hals, wechselte die Gesichtsfarbe von Fuchsrot zu Kreidebleich und wurde fahrig.

»Ja, dürfen Sie das denn einfach?«

»Wir nehmen Sie in U-Haft«, erklärte Inga Jensen. »Sie kommen in den Fürstenhof und kriegen 'ne schöne Einzelzelle in vertrauter Nachbarschaft, gleich neben Irmgard Schröder.«

»Und Sie, Herr Bommel, kommen mit zur Vernehmung in die Kommandantur. Abmarsch.«

Ein paar kalte Eisen klickten sich um die sportlichen Handgelenke von Ruben Bommel. Seine Frau zeterte, die Kinder staunten. Pfeiffer kratzte sich am Kopf.

»Dafür haben Sie keine Handhabe. Sie zerstören meine Existenz. Das Weihnachtsgeschäft brummt, der Umsatz eines Vierteljahres. Den können Sie mir nicht nehmen. Das können Sie nicht machen.«

Mit einer gereizten Geste wehrte Hansen die Beschwerde ab.

»Dürfte ich um die Spielquittungen der Tipprunde vom ›Glatten Aal‹ bitten?«

Pfeiffer glotzte gequält. Plötzlich machte er gute Miene zum bösen Spiel und zog widerwillig einen dünnen Stapel Quittungsbelege unter seiner Registrierkasse hervor und händigte ihn dem Kommissar aus.

»Ihr Terminal wird auch beschlagnahmt«, rundete Olaf Hansen die Affäre ab.

»Damit können Sie doch gar nichts anfangen«, protestierte Pfeiffer besserwisserisch.

»Die installierten Programme werden von unserem IT-Spezialisten im Labor untersucht. Dann sehen wir weiter«, sagte der Kommissar und rief von seinem Handy einen Einsatzwagen von der Kommandantur in die Lübsche Straße.

Familie Bommel ging kurzzeitig getrennte Wege.

Monika kehrte mit Grietje, Jaap und Antje zurück zur Pension »Pour La Mère«, wo der Wirt sie mit einem delikaten Fischeintopf zu trösten versuchte. Zum Nachtisch gab es vier Portionen rote Grütze mit Vanillesoße.

Ruben verschlug es für die nächsten knapp vierundzwanzig Stunden in die Einzelzelle im ersten Stock der Kommandantur. Das Kabuff war ursprünglich nur für schnelle Fälle und zur kurzzeitigen

Ausnüchterung gedacht, doch in der JVA Fürstenhof war wieder einmal kein Zimmer frei.

Das letzte hatte Detlev Pfeiffer bezogen. Seine Lottoannahme wurde geschlossen, immerhin hatte der Besitzer das gute Adventsgeschäft bis mittags noch mitnehmen können – ein nicht unbedeutender Trost. Schnell hatte er sich im Fürstenhof eingelebt und noch rascher entschieden, eisern zu schweigen. Bei einem Rundgang durch die Haftanstalt traf er an der Seite von Wärter Werner am Nachmittag auf Schwester Irmi. Beide Inhaftierten würdigten sich keines Blickes.

Während der Vernehmung gab Ruben Bommel unumwunden zu, Herrn Pfeiffer genötigt zu haben, seinen Lottocomputer und die entsprechenden Unterlagen nach den fünf Richtigen seiner Schwiegermutter zu durchforsten. Als der sich weigern wollte, hatte er ihm zwei Klapse auf den Hinterkopf verpasst, worauf der Kioskbetreiber wutschnaubend seinen Revolver gezückt, der Südafrikaner das Gesicht seines Widersachers in die Registrierkasse gedrückt, dessen Pistolenlauf sich in Bommels Nasenloch geschoben und dieser die erstbeste Spirituosenflasche blindlings aus dem Regal gegriffen hatte. So etwas konnte man auch eine Verkettung unglücklicher Umstände nennen.

Unglücklich erschien Olaf Hansen auch der Gemütszustand von Detlev Pfeiffer. Dessen Verhör war zutiefst unbefriedigend verlaufen. Pfeiffer war nervös und wollte ohne Anwalt keinen Mucks mehr machen. Als Hansen ihn mit der Tatsache konfrontierte, dass es mindestens eine Zeugenaussage gebe, die ihn als untreuen Verwalter der Quittungsbelege der Lottoscheine der alten Leute aus der Station »Abendfrieden« entlarve, zuckte es bei Pfeiffer nur einmal im linken Augenlid.

Auf Fräulein Jensens Bemerkung hin, dass man den komischen Einbruch in seinen Kiosk von vorletzter Woche noch einmal genauestens unter die Lupe nehmen wolle, zog Pfeiffer allenfalls kurz die Stirn in Falten.

Während der Kommissar ihn endgültig aus der Reserve zu locken versuchte, indem er dem Kioskpächter brühwarm von Wurst-Willis Manipulationsvorwürfen erzählte, schossen Pfeiffer die Tränen in die Augen – aber nicht vor schlechtem Gewissen, vielmehr vor Wut.

Im selben Moment trat ein Rechtsanwalt in den Verhörraum und unterband jede weitere Befragung mit dem Verweis, dass er sich zuallererst mit seinem Mandanten besprechen und abstimmen wollte. Detlev Pfeiffer grinste zufrieden und schwieg weiter wie ein Grab.

»Jingle Bells«. Nahaufnahme der nächsten Kugel. Aus dem Off: »Die Zwölf.« Funjingle.

Am selben Tag geschah dann doch noch etwas Merkwürdiges. Zuerst beschwerte sich Hein Mück bei Marie-Luise Krabbe, dass in seinem Schuppen auf dem Hof des Altenheims anscheinend eingebrochen worden sei.

»Anscheinend? Was heißt denn anscheinend?«

Anfänglich verstand Frau Krabbe den aufgeregten Hausmeister gar nicht, da der völlig unlogische Satzkonstruktionen von sich gab.

»Das war nicht heute, das war vielleicht schon gestern. Aber das kann gar nicht sein, weil gestern noch nichts weg war. Vielleicht war aber auch jemand viel früher dran ... und drin. Und überhaupt: Ich verstehe gar nicht, was man vom ollen Werkzeug will oder in der ollen Werkstatt sucht ...«

Marie-Luise Krabbe war so verzweifelt gewesen, dass sie mich – quasi stellvertretend für den Kommissar und die Kommandantur – hinzugezogen hatte. Sie hatte keinerlei Interesse an einem erneuten Großaufgebot von der Wache am Marktplatz. Der Bedarf an polizeilicher Einmischung war für den Rest ihres mittleren Lebensabschnittes hinlänglich gedeckt.

»Nun mal ganz langsam, Herr Mück«, bremste ich seinen unkoordinierten Redefluss. »Wo ist eingebrochen worden?«

»Im Schuppen. In meiner Werkstatt. Unten im Hof.«

»Wann ist eingebrochen worden?«

»Das ist ja das Problem, Frau Hansen, dass ich das nicht wissen kann. Zumindest nicht exakt. Denn vor ein paar Tagen stand in der Nacht die Tür offen. Das hatte ich, das muss ich zu meiner Schande eingestehen, vergessen.«

»Es zu melden?«

»Ja, auch das. Aber eben auch vergessen, die Tür korrekt zu verschließen.«

Wann das gewesen sei, fragte die Krabbe in scharfem Ton.

Grob acht bis zehn Tage her, antwortete Mücke befangen, es sei ihm peinlich gewesen – hinterher und nun auch.

»Was ist weggekommen?«, fragte ich ihn gelassen und fürchtete die Antwort.

»Egal, was es ist«, entfuhr es der Anstaltsleiterin, »Sie werden dafür geradestehen müssen, Herr Mück!«

»Das ist es ja, was ich nicht verstehe!«, rief er lauthals und verwirrt.

»Nach dieser Nacht fehlte rein gar nichts. Alles war an seinem angestammten Platz. Alle Hämmer, alle Schaufeln, Harken, alles an Materialien, alles eben. Alles war wie immer und an seiner zugedachten Stelle. Selbst meine Angeln hingen wie stets fachmännisch sortiert an der Decke.«

Mücke schnaufte einmal tief durch.

»Na, dann ist ja noch mal gut«, beruhigte sich seine Chefin und lehnte sich entspannt in ihren Schreibtischstuhl zurück.

Mich erinnerte der Vorfall intuitiv an den Einbruch in der »Lottoannahme Pfeiffer«. Dort hatte jemand vorletzte Woche ein Hoffenster eingeschlagen, war in den Kiosk eingedrungen und hatte angeblich nichts geklaut. Nicht nur für meinen Sohn hatte das gar keinen Sinn ergeben. Ein Diebstahl, welcher Art auch immer, schien die logischste Folge eines Einbruchdeliktes – vielleicht auch noch Vandalismus. Alles andere war Nonsens.

»Das hört sich gar nicht nach Einbruch an«, sagte ich.

»Aber dann! Heute früh war das Schloss weg. Einfach so.«

»Welches Schloss?«

»Heute Morgen um halb sieben wollte ich den Schuppen aufschließen. Steh vorm Tor und denk, ich guck nicht richtig. Da fehlt doch was, da war das Schloss weg. Ein Vorhängeschloss, ein ganz normales, wie es sie in jedem Eisenwarenladen zu kaufen gibt. Zusätzlich mit Kette. Schwere Eisenkette. Die hing noch da. Hängt jetzt auch noch … die Kette, aber ohne Schloss.«

»Und die Hämmer, Schaufeln und Harken?«, fragte ich ungeduldig.

»Alle noch da.«

»Na dann.« Marie-Luise Krabbe wollte sich bei mir entschuldigen und sich wieder wichtigeren Aufgaben widmen. Da kreischte Mücke voller Entsetzen in unsere Ohren:

»Aber die Angelsehne fehlt! Mein Gott, eine ganze Rolle feinster Wallerschnur! Hundsgemein! Und nicht irgendeine: ausgerechnet die ›Super Cat‹, dreihundert Meter am Stück.«
»Kein Grund, gleich zu heulen.« Der Krabbe war das Gezeter peinlich.
Der passionierte Angler schluchzte nicht allein wegen des Verlustes einer besonderen Angelschnur. Er fand eine triftigere Ursache.
»Ich weiß nicht ... Die alte Frau aus Zimmer 6. Meine Güte! Die arme Frau Schmatz ist doch schon ... vor über einer Woche ... mit einer Angelsehne ... Na, Sie wissen doch selbst ...«
Frau Krabbe zuckte unmerklich mit den Mundwinkeln und sank zurück in ihren Chefsessel. Der Tag war gelaufen. Wortlos schnappte sie sich ein Papiertaschentuch und schnäuzte prustend den Frust heraus.
Ich nahm den Telefonhörer ab und rief meinen Sohn in der Kommandantur an.

Am Abend begutachtete Inga Jensen mit einem Kollegen der Spurensicherung Mückes Werkstatt und vernahm dessen mittlerweile besser strukturierten Beobachtungen und Erklärungen. Dennoch war daraus nicht viel abzuleiten: Das fehlende Schloss war nicht mehr auffindbar. Die Kiste mit Angelschnur umfasste immer noch drei Rollen. Den Verlust der vierten beklagte Hein Mück nach wie vor mit leichtem Zürnen. Die Kriminalassistentin bat ihn, sich zudem eine der anderen Rollen ausleihen zu dürfen. Als Vergleichsobjekt. Nur widerwillig rückte Mücke seine geliebte Angelutensilie heraus.
Derweil bestäubte der Kollege aus der Kommandantur den Griff der Außentür und mehrere Flächen an der Sehnenkiste mit einem Puder, um mögliche Fingerabdrücke zu sammeln. Abschließend mussten die Fingerkuppen des Hausmeisters herhalten, damit dessen Abdrücke von denen des Eindringlings sorgfältig getrennt werden konnten.
Die Ausbeute hielt sich in Grenzen, viele der unzähligen Fingerflecken waren verwischt, verschmutzt und somit unbrauchbar.
Mit den wenigen sauberen Abdrücken wollte Inga Jensen zurück in die Kommandantur, um sie einerseits mit den drei Millionen re-

gistrierten Personen der zentralen Datenbank des Bundeskriminalamtes abzugleichen, andererseits würde man die Fingerabdrücke nach individuellen spezifischen Merkmalen untersuchen.

Die Kriminalassistentin plauderte aus dem Nähkästchen. Das Labor von Steffen Stieber an der Lübecker Uni, erklärte sie nicht unbeeindruckt, könne heutzutage anhand eines Fingerabdruckes zweifelsfrei feststellen, ob der Träger zum Beispiel Raucher sei oder nicht. Sogar, ob er Vegetarier sei oder nicht.

Es war faszinierend, wozu moderne Polizeitechnik mittlerweile in der Lage war.

Am frühen Abend machte ich mich auf den Weg durch die Zimmer der Station »Abendfrieden«, um den Stapel Quittungsbelege, den mein Sohn in der »Lottoannahme Pfeiffer« konfisziert und mir ins Pflegeheim mitgebracht hatte, mit den Tippscheinen der Spielgemeinschaft abzugleichen und den jeweiligen Teilnehmern zuzuordnen.

Die meisten spielten von Woche zu Woche, viele immer mit den gleichen Zahlen. Oft Geburtstage, Hochzeitstage, Scheidungstage oder Todestage (in dem Fall meistens von verstorbenen Angehörigen).

Elfi von Meuselwitz erklärte mir, dass ein gewisser Lüder Hempel, der vor drei Jahren in der Kirchenbank vom Heiligen Geist ausgerechnet am Weihnachtsabend tot zusammengebrochen sei, stets seine Lagernummer aus der Kriegsgefangenschaft in Russland getippt habe.

»Immerhin fast zwei Jahrzehnte lang.«

»Lotto-Lüder?«, fragte ich interessiert nach. Die Erfolgsgeschichte des alten Mannes war in Wismar bekannt, die Hintergründe seines Gewinnes waren mir jedoch bislang fremd gewesen.

»Genau. Lotto-Lüder. Kurz vor Millennium hatte er in der Weihnachtsziehung zweiundachtzigtausend Mark gewonnen. Mit seiner Lagernummer als Kriegsgefangener. Muss man sich mal vorstellen! Somit hat alles irgendwann sein Gutes.«

So gesehen hatte Elfi recht. Aber verallgemeinern würde ich das nicht.

Allein Piet Pirschel und Eddi Goor waren anders und setzten ihre Kreuze jedes Mal neu. Immerhin wies eine Spielquittung andere

Zahlenkombinationen auf, als der entsprechende Lottoschein anzeigte. Die Kreuze von Gerlinde Poltzins letztem Abgabeschein mussten bei der Registrierung in Pfeiffers Terminal um jeweils ein Kästchen nach links verrutscht sein.

Hatte Wurst-Willi meinem Sohn also doch keinen blanken Humbug erzählt. Die Erfassung der Lottoscheine zeigte sich anfällig für technische Fehler. Frau Poltzin regte sich darüber gar nicht auf, ihr schien es egal, sie grinste mich an und schaute dann phlegmatisch zum laufenden Fernseher.

Alles andere als gleichgültig reagierten die Tipper auf die Tatsache, dass eine Quittung gänzlich fehlte. *Die* Quittung! Der entscheidende Fünfer vom vorletzten Wochenende. Alle anderen Belege waren einwandfrei zuzuordnen, nur der der toten Frau Schmatz nicht. Damit gab es mehrere Möglichkeiten: Entweder hatte Helga Maria Schmatz die Zahlen auf ihrem Lottoschein nicht mehr getippt. (Dagegen sprach die Verteilung der Gewinnsumme in der Kladde von Schwester Irmi.) Oder Detlev Pfeiffer hatte den Beleg vorsorglich (gegebenenfalls berechnend) aussortiert. Oder jemand anders musste ihn entwendet haben.

Fifi Ferres, die Schwestern Ehlers, Elfi von Meuselwitz und die beiden Herren der Schöpfung diskutierten die Varianten bis in die späten Abendstunden. Erst während der Übertragung der Ziehung der Lottozahlen herrschte im Gemeinschaftsraum wieder angespanntes Schweigen. Alle starrten gebannt auf den Bildschirm.

»Und die Neunundvierzig! Damit stehen die sechs Richtigen fest. Es folgt noch die Zusatzzahl!«

Die Tipprunde ging diesmal leider leer aus.

10

Sonntag, den 20. Dezember

Nach der Erstanamnese und medizinischen Indikation vor mittlerweile elf Tagen hatte es bislang (die Therapiefarce der brutalen hessischen Raumpflegerin ausgeklammert) keine weiteren Untersuchungen meines körperlichen Wohlbefindens gegeben.

Achtsam hatte ich mich an die Anweisungen gehalten und jeden Tag reichlich Tee und Wasser getrunken. Hier und da spürte ich zwar noch ein nervöses Zwicken im Bauchbereich, aber ansonsten ging es mir schon wieder tadellos. Selbst der wunde Hals und die seelische Schramme durch die verheerende Magensonde waren einigermaßen verheilt beziehungsweise verdaut. Auch deshalb wunderte es mich ein wenig, als mein verehrter Doktor ausgerechnet am Vormittag des vierten Advents in mein Zimmer trat, um von mir ein neues Blutbild erstellen zu lassen.

»Reine Vorsichtsmaßnahme«, nannte es Hannibal Jepsen, »bei jedem Patienten notwendig, der länger als eine Woche bei uns stationär im Haus verweilt.«

»Aber mein Sohn hat schon mit Ihnen über die eigentlichen Umstände gesprochen?« Ich betrachtete ihn wohlwollend. Er zwinkerte mir charmant zu.

»Hat er, Frau Hansen, hat er. Ich bin unterrichtet. Aber was sein muss, muss sein. Schließlich habe ich ärztliche Pflichten, denen ich nachkommen muss. Ein harmloser Pikser, Frau Hansen.«

»Aber warum?«

Er war ein sehr gut aussehender Arzt, schätzungsweise Mitte vierzig. Ich musterte seine Gesichtszüge, ob da irgendeine Unsicherheit oder Unklarheit erkennbar war. Ergebnislos. Der Doktor hatte mir unmittelbar nach der Aufnahme schon einmal zur Gewinnung von Serum Blut abgenommen. Auf dieser Basis erfolgte damals der genaue Giftnachweis.

»Ihnen geht es gut. Das ist schön zu wissen. Aber haben Sie es schon vergessen, Frau Hansen? Sie hatten eine böse Fischvergiftung.«

»Man sollte beim simplen Hering bleiben.«

»Sie sagen es.«

»Wie kommt solch ein Gift in den Fisch?«

»Meistens über Meeresalgen. Spezielle Algen, die ein gefährliches Nervengift enthalten, das über die Nahrungskette in den Fisch gelangt«, erklärte Dr. Jepsen. »Ich hab mich noch mal schlaugemacht. In unserer Ostsee kaum denkbar, aber in den Ozeanen an der Tagesordnung. Der Fisch, der diese merkwürdigen Algen frisst, merkt nichts von den Toxinen. Dem gefangenen Fisch oder gekauften Fischfilet sieht man auch nichts an. Selbst der Geschmack beim Verzehr ist normal, also unauffällig. Aber dann … die Folgen … na ja, Sie wissen es selbst am besten.«

Ich hatte die Erinnerung an den Fieberschub oder die äußerst unangenehmen Magen-Darm-Störungen beileibe nicht verdrängt.

»Damit ist nicht zu spaßen«, betonte er nochmals. »Gottlob hat Ihr Sohn Sie sehr rasch hierhergebracht. Der Zeitfaktor bei Vergiftungen ist nicht zu unterschätzen. Wir haben Ihren Magen ausspülen und Ihnen eigens ein Gegengift verabreichen müssen. Erfreulicherweise haben Sie sich schnell wieder erholt.«

Hannibal Jepsen legte zwei blendend weiße Zahnreihen frei. Ein unverschämt liebenswürdiges Lächeln hatte der Herr Doktor.

»Nach solch einem Krankheitsbild kann jedoch das einwandfreie Funktionieren vieler Körperfunktionen nur durch eine weitere gezielte Blutuntersuchung überprüft werden. Wenn Ihr Blutbild nun nach zehn Tagen immer noch eine Abweichung aufweisen sollte, erhalten Sie eine abschließende Medikation, damit Sie in den nächsten Tagen endgültig entlassen werden können.«

»Um das Weihnachtsfest zu Hause verbringen zu können«, ergänzte ich und zwinkerte zurück.

»Sie nehmen mir die Worte aus dem Mund, Frau Hansen.«

Dr. Jepsen nahm meinen linken Arm, zog unterhalb des Bizeps einen Schlauch straff, um das Blut zu stauen, klopfte und massierte die Venen in der Ellenbeuge, desinfizierte die Haut und stach mit einer Nadel hinein. Das Blut wurde in ein Röhrchen gezogen, und prompt zog der Arzt die Kanüle auch schon wieder heraus.

»So, das war's. Wir warten die Blutwerte ab, und wenn alles in Ordnung ist, wovon ich ausgehe, Frau Hansen, dann sehen wir uns hoffentlich nicht so schnell wieder.«

Zu einer anderen Zeit, an einem anderen Ort, wer weiß …

»Jingle Bells«. Moderatorin: »Und hier kommt die Zusatzzahl: Es ist die ... Vierundvierzig ... Wer gerade die sechs Richtigen geschafft hat, wird jetzt wahrscheinlich die Luft anhalten. Was wäre wenn? Was wäre, wenn Sie in wenigen Sekunden einundzwanzig Millionen Euro gewonnen hätten?« Funjingle.

Die Pension »Pour La Mère« befand sich mitten in der Bademutterstraße im Herzen der Altstadt Wismars. Im Laufe der letzten zehn Jahre hatte man investiert und expandiert. Mittlerweile gehörten vier liebevoll restaurierte Gebäude zum Anwesen der einst winzigen Pension. Aus anfänglich acht Zimmern waren achtundzwanzig geworden. Das Erfolgsrezept war so einfach wie genial: Der Wirt bot familiäres Ambiente zu einem unschlagbar günstigen Übernachtungspreis.

Die Bommels hatten vor einer Woche eines der Familienzimmer im frisch modernisierten Haus auf der Südseite der Bademutterstraße bezogen.

Zwei Erwachsene, drei Kinder, inklusive Frühstück: fünfundvierzig Euro die Nacht. Kein Township-Niveau, aber allemal preiswerter als manch schlichte Unterkunft im südafrikanischen Urlauberparadies Knysna.

Unfreiwilligerweise hatte Ruben Bommel die letzte Nacht auf der Kommandantur verbracht. Seine Frau klagte über die fehlende, doch so oft gerühmte Mecklenburger Gastfreundschaft, während Grietje, Jaap und Antje um Assistentin Inga Jensen herumtollten und deren Untersuchung im »Pour La Mère« mehr oder weniger stark behinderten.

»Was suchen Sie denn eigentlich?«, fragte Frau Bommel-Schmatz sichtlich genervt und entriss ihrer größeren Tochter den amtlichen Durchsuchungsbescheid.

»Wir haben einen Hinweis erhalten, dem müssen wir nachgehen«, wich Hansens Assistentin aus.

Der Kommissar war in der Kommandantur geblieben, um für den Zeitraum der Durchsuchung den südafrikanischen Ehemann und eine schlecht gelaunte Staatsanwältin in Schach zu halten.

»Bedrohung mit Rotkäppchen-Sekt ist allerhöchstens ein Kavaliersdelikt«, stutzte sie Hansen gerade die Federn, um dann in Hannemann'scher Manier hinzuzufügen: »Die Hansestadt gehört zum UNESCO-Welterbe! Herr Hansen, wir haben Gäste in Wismar. Die Stadt lebt von ihren Urlaubern. Sie können nicht einfach einen Touristen aus dem Verkehr ziehen, schon gar keinen anderer Hautfarbe. Welches unappetitliche Licht fällt auf unsere Exekutive und auf die gesamte Wismarer Öffentlichkeit?«

Keine Frage: Olaf Hansen stand unter Druck und damit auch Inga Jensen.

In fremder Wäsche herumzustochern war für niemanden angenehm. Erschwert wurde die Prozedur durch den wieselflinken Jaap, der die aus den Koffern aussortierten Kleidungsstücke nicht an ihrem Platz beließ und gerade mit Mamas Strapsen ungeniert Lassowerfen üben wollte.

»Wir sind gleich durch«, kommentierte Inga Jensen ihre Suche und durchforstete mit flinken Händen den unverfänglicheren Inhalt des Kleider- und Schuhschranks.

Doch da gestaltete sich die hochnotpeinliche Razzia in der Pension »Pour La Mère« als Volltreffer. In der Schuhspitze einer Wechselsandale, die in Herrn Bommels Jute-Rucksack steckte, verbarg sich hinter einem Sockenballen eine Spule feinster Angelsehne der Sorte Wallerschnur ›Super Cat‹.

»Die muss ich leider beschlagnahmen«, meinte Inga Jensen ernst. »Und ich möchte Sie darauf hinweisen, dass wir in der Werkstatt von Herrn Mück Fingerabdrücke Ihres Mannes gefunden haben. Ich kann es leider nicht anders ausdrücken: Ihr Ehemann steht damit unter Mordverdacht.«

»Nein!«

»Doch.«

»Nein!«, wiederholte Monika Bommel-Schmatz.

»Tut mir leid.«

»Nein!«, schrie Frau Bommel-Schmatz ein drittes Mal.

Das verbesserte die Lage ihres Mannes nicht im Geringsten.

Ruben Bommels Haftverschonung konnte nach dem Sehnenfund keine noch so leutselige Staatsanwältin durchdrücken. Sie wollte es auch gar nicht mehr. Vielmehr überlegte sie, wie sie die Situation lange genug unter Verschluss halten konnte, um sich zuallererst mit der Bürgermeisterin abzustimmen und die Meute von der regionalen (höchstwahrscheinlich sogar überregionalen) Presse, solange es irgendwie ging, auf Distanz zu halten.

Der Verdächtige wurde umgehend in eine Zelle in den Fürstenhof verlegt. (Ein unbedeutender Handtaschendieb bekam weihnachtlichen Sonderurlaub und durfte die JVA kurzfristig verlassen.) Bei seinem Abgang aus der Kommandantur keifte Ruben Bommel, dass er keinen blassen Schimmer habe, woher die Angelsehne in seinem Rucksack stamme, dass das Ganze eine himmelschreiende Ungerechtigkeit sei und er umgehend den Botschafter der Republik Südafrika zu sprechen wünsche.

Der war in Wismar schwerlich aufzutreiben, aber ein guter Anwalt tat es vermutlich auch.

Nicht nur Bommel fühlte sich allein, noch ein anderer war stinksauer über die unvorhergesehene Entwicklung: S. K. Möller. Zwei Tage hatte sich der Psychologe haarklein durch die Polizeiarchive gearbeitet, um daraufhin ein Täterprofil vom Feinsten zu erstellen.

Leicht demoralisiert saß er in Hansens Büro in der Kommandantur und guckte – obwohl ihm gar nicht besinnlich zumute war – in die vier Flämmchen der fast niedergebrannten Kerzen auf dem Adventskranz der Wismarer Polizeiwache.

»Du siehst schlecht aus«, drückte ihn der Kommissar noch ein bisschen tiefer in die Lehne und in die Krise.

»Das kann nicht sein«, lautete Möllers knapper Kommentar.

»Im ›Steigenberger‹ gibt's 'ne tolle Sauna«, wollte Inga Jensen wissen. »Eine finnische! Die möbelt Sie bestimmt wieder auf.«

»Schwedische«, verbesserte Olaf Hansen.

»Das kann nicht sein!«, wiederholte Möller eine Nuance lauter.

Steffen Stieber habe eine Daktyloskopie der Fingerabdrücke gemacht, erklärte der Kommissar. Hundertprozentige Übereinstimmung. Zudem Raucherfinger. Ruben Bommel sei langjähriger Raucher.

»Er dreht selbst«, fügte die Assistentin an.

»Kein Beweis für den Mord an seiner Schwiegermutter.«

»Indizien, die sich verdichten. Glauben Sie mir, es braucht noch eine Zeit, dann wird er weich und fängt an zu singen. Wem sage ich das, Sie kennen sich da besser aus als ich ...«

»Der Zustand heutiger Altenpflegeheime ist eine Ausgeburt der Hölle!«, platzte es aus Möller heraus.

»Ihre Mutter, Sönke Knut, muss unglücklich ertrunken sein. So leid es mir tut. Ruben Bommel hat sein bescheidenes Heim im Township zwischen Plettenberg Bay und Knysna während des letzten Sommers nie viel länger als für die Zeitspanne einer Arbeitsschicht verlassen. In Europa oder gar in Wismar war er jedenfalls nicht. Das hat meine Assistentin fernmündlich überprüft. Außerdem hätte er im Falle *Ihrer* Mutter auch gar kein Motiv.«

»Im Jahr 2001 gab es einen Altenpfleger in Cuxhaven, der wegen fünffachen Mordes an alten, pflegebedürftigen Frauen lebenslang bekam«, begann der Psychologe aus der Erinnerung heraus sehr abgeklärt zu rekapitulieren. »Der Mörder hatte sich von den Frauen drangsaliert und geknechtet gefühlt und wollte sich rächen, indem er zuallererst die Seniorinnen beklaute. Der Blödmann von Gutachter sah das als Hauptgrund für die Morde, dass der Pfleger die Tötung der Alten als zusätzliche Erwerbsquelle für sich erkannt hatte. Er hatte sie erwürgt und erstickt. Für eine Beute von insgesamt dreitausendsiebenhundert Mark.«

»Und? Was wollen Sie uns damit sagen, Sönke Knut?«

»2004 erfolgte die bislang längste bekannt gewordene Serientötung in der Geschichte der Bundesrepublik. In Aiterhofen.«

»Wo ist das?«, fragte Inga Jensen neugierig.

»Bayern«, antwortete Hansen, »wenn mich nicht alles täuscht.«

Der sogenannte Todespfleger von Aiterhofen habe an seiner Arbeitsstelle innerhalb von anderthalb Jahren sage und schreibe neunundzwanzig Patienten erschlagen, referierte Möller, darunter zwölf Männer und siebzehn Frauen. Pflegebedürftige Menschen, zwischen fünfzig und fünfundneunzig Jahre alt. Dieser Serienmörder sei ebenfalls zu lebenslanger Haft verurteilt worden.

»Kurioserweise wurde ihm dazu ein Berufsverbot auf Lebenszeit ausgesprochen«, ergänzte der Kommissar, »ich erinnere mich an das makabre Urteil.«

»Und 2007?«, fragte der Psychologe.

»2007?« Inga Jensen zuckte nur die Achseln.

»Der Todesspritzenprozess!«, hauchte Dr. Möller in die flackernden Kerzenstummel. »Ein besonders perfider Fall von missverstandener Nächstenliebe. Eine junge Frau wollte Erzengel spielen. Eine unausgebildete Pflegehelferin. Sie tötete mit Lust neun Seniorinnen eines Altenheims in Bottrop, indem sie den alten Leuten nachts eine Injektion verabreichte. Um sie zu erlösen, wie sie später zugab! Eine Todesspritze mit Insulin beziehungsweise einem Cocktail an Beruhigungsmitteln. Während ihrer Taten hatte sie Kirchenlieder gesungen und gebetet!«

Für einen Moment herrschte nachdenkliche Stille im Büro.

»Und das sind nur die spektakulären Tötungen in deutschen Landen der letzten Dekade, die weit über unsere Grenzen hinaus für Aufsehen gesorgt haben.«

»Perverse Beispiele«, flüsterte die Kriminalassistentin sichtlich berührt. »In was für einer Zeit leben wir eigentlich?«

»Ich könnte Ihnen noch von einem halben Dutzend weiterer skandalöser Serienmorde in Altenpflegeheimen dieser Republik erzählen. Aber lassen wir das.«

S. K. Möller machte eine schöpferische Pause und schnaufte durch. Das Ermittlerduo grübelte über seine Aufzählung an Serientötungen nach. Möller sammelte sich, umschritt großräumig Hansens Schreibtisch und blieb im Rücken des Kommissars stehen. Dann strich er mit der Hand durch sein kurzes dunkles Haar.

»Der Pflegeberuf ist seit Jahrzehnten geprägt von generellem Kostendruck, speziellem Zeitdruck, erhöhtem Belastungsdruck und individuellem seelischen Druck.«

Auf seinem Steckenpferd galoppierte der Doktor der Psychologie druckvoll auf die Zielgerade seines herzallerliebsten Terrains.

»Altenpflege muss vierundzwanzig Stunden am Tag, sieben Tage die Woche geleistet werden. Der Pfleger muss all das tun, was alle anderen nicht tun können oder tun wollen. Psychische Stressfaktoren sind mehrerlei: Viele Bewohner sind verwirrt, aggressiv oder depressiv. Das belastet das Personal in ähnlicher Weise wie der fast tägliche Umgang mit den Sterbenden oder dem Tod.«

Der Kommissar drehte sich zu Möller um, denn er mochte es grundsätzlich nicht, wenn jemand längere Zeit hinter ihm stand.

Möller fuhr fort: Hinlänglich sei bekannt, dass ihre Arbeit nur geringe gesellschaftliche Anerkennung erfahre. Das alles reiche natürlich noch nicht aus, um einen Mord zu begehen oder gar zum Serienmörder pflegebedürftiger Menschen zu werden.

»Dennoch wird von den meisten Tätern das immer gleiche hanebüchene Motiv angegeben: Sie hätten Mitleid gehabt mit den Kranken und Gebrechlichen.«

»Pervers«, meinte Inga Jensen.

»Richtig, das könnte man so nennen. Stimmt aber nicht ganz, ist allenfalls die halbe Wahrheit. Die Beweggründe liegen tiefer – in der Psyche des Täters. Serienkiller stellen ein hohes Maß an psychologischem Rätsel dar. Verstörte Wesen, einschlägige Vergangenheit, oft traumatisierende Kindheit. Wesen, die ihren Blutdurst stillen, um die eigene kranke Seele zu befriedigen. Töten aus emotionalem Zwang. Sie müssen es tun. Verstehen Sie?«

Der Tod sei eine Art Ventil, um emotionalen Druck abzubauen. Die Gründe seien tief in der Psyche des Mörders verankert, sie könnten aber durch unbedeutende Anlässe oder einen alltäglichen Anstoß aktiviert werden.

»Wie Frust bei der Arbeit?«, fragte Hansen.

»Könnte sein. Warum nicht?«

»Pervers«, urteilte Inga Jensen nochmals.

»Frust am Arbeitsplatz gibt's fast überall«, wollte der Kommissar einwenden.

»Er muss natürlich auf den richtigen Nährboden stoßen«, erklärte Möller. »Ich habe in der Vita des Herrn Friesen einige interessante Details vor allem in seiner Kindheit gefunden.«

Der Psychologe trat an die Kommode mit dem Adventskranz und nahm eine Mappe an sich. Er blätterte durch seine Unterlagen, räusperte sich, um die Anspannung und Aufmerksamkeit der Polizisten bis zur Unerträglichkeit auszureizen.

»Hören Sie?«

»Wir sind ganz Ohr, Sönke Knut.«

»Max Friesen wurde 1977 als nicht eheliches Kind im Dorf Mestlin, unweit von Schwerin, geboren. Seine Mutter Anna Sawatzki starb kurz nach der Geburt an Tuberkulose. Das erste Jahr verbrachte das Kleinkind in der Obhut häufig überlasteter Krankenschwestern in einer Klinik in Schwerin.«

Hansen pfiff leise durch die Zähne. »Das erste Lebensjahr ist prägend wie kein anderes.«

Inga Jensen guckte ihn überrascht an, der Kommissar war nicht dafür bekannt, sich in der Kleinkindentwicklung auszukennen. Auch seine junge Assistentin hatte noch nicht über eigenen Nachwuchs und die unter Umständen verhängnisvollen Folgen nachgedacht.

»Dann kam zufällig Hannelore Friesen, die Frau des wohlhabenden Wismarer Fleischers Helmut Friesen, in dieselbe Klinik, um sich den Blinddarm entfernen zu lassen. Die kinderlosen Eheleute nahmen sich des Waisenjungen an und adoptierten ihn wenig später.«

Der Junge war alles andere als kindgerecht aufgewachsen, diese Auskunft hatten die einstigen Metzgereinachbarn bei Möllers Recherchen bereitwillig gegeben. Aus Angst, dass Max draußen erfahren könnte, dass er nicht das leibliche Kind der Friesens war, hatte ihn die Mutter bis zum Schulanfang völlig isoliert und von anderen Kindern ferngehalten.

»Eingesperrt in einen unterirdischen Kellerraum mit Würsten und Schinkenkeulen als einzige Spielkameraden.«

»Nein!«

»Doch.«

»Gemein und pervers!«

»Das kann man so sagen, ist aber lang nicht alles.«

Die Adoptivmutter, die gleich nach der Wende an gebrochenem Herzen gestorben war, hatte das Kind unter ihrem extremen Sauberkeitswahn leiden lassen. Zweimal täglich war es in einer Zinkbadewanne abgeschrubbt worden, dass die Haut des kleinen Max in Fetzen heruntergehangen hatte.

Die Schulleitung hatte dann Alarm geschlagen, und nach dem Tod von Rabenmutter Hannelore war Max vierzehnjährig vom Adoptivvater Helmut ins Kinderheim »Margot Feist« in Schönberg gebracht worden. Das war nicht weit weg, keine fünfzig Kilometer südwestlich der Hansestadt, unweit des gerade gefallenen deutsch-deutschen Eisernen Vorhangs.

»Dem Fleischermeister ging es dort nicht streng genug zu. Anfang der Neunziger übergab er Max deshalb an ein christliches Internat nach Rostock, wo er als Sechzehnjähriger von einem Pastor sexuell missbraucht worden war.«

Abermals pfiff Hansen durch die Zähne. Das erkläre einiges.

Max Friesen war stiften gegangen, der Adoptivvater hatte ihn aus Scham verstoßen, und der Jugendliche hatte zwei Jahre auf einem abgetakelten Fischtrawler unweit der Wismarer Hanse-Werft gewohnt. Wovon er gelebt hatte, wusste kein Mensch, bis er als Volljähriger bei der Abfallentsorgung der Hansestadt einen Job als Müllmann erhalten hatte. Der Rest war hinlänglich bekannt.

»Die Kindheit von Max Friesen erinnert in ihrer Dramatik und Chronologie fatal an die von Hans Albert Fisch«, bemerkte Olaf Hansen.

»Stimmt. Die Auswirkungen auch.«

»Sadomasochistisch«, gab Inga Jensen zu bedenken, »scheint Max Friesen aber nicht veranlagt zu sein, zumindest ist davon nichts bekannt.«

»Offensichtlich hat Friesen ein Dominanz-Aggressions-Problem. Er empfindet sich als Diener schwächerer Menschen, er muss sie füttern, waschen, auf die Toilette setzen und ihnen den Popo abputzen. Dafür erwartet er von seinen Patienten freiwillige Unterwerfung. Verhalten sie sich nicht unterwürfig, neigt Friesen dazu, sie zu schikanieren. Die Beobachtungen Ihrer Frau Mutter, Olaf, sind glasklar. Es ist gut, dass wir Hanna Hansen auf der Station haben. Besser ließen sich Insiderinformationen gar nicht sammeln.«

»Danke, Sönke Knut, ich werde das Kompliment an Hanna weitergeben.«

»Dieser Pfleger ist prädestiniert für Gewalttaten!«

»Und er ist mit Pauken und Trompeten durch den Fisch-Biss-Test gerasselt.«

»Die Quintessenz der Täteranalyse heißt Max Friesen!«

»Dem werden wir morgen als Erstes auf den Zahn fühlen. Versprochen, Sönke Knut.«

11

Montag, den 21. Dezember

Vehement stritt Ruben Bommel ab, mit dem Tod seiner Schwiegermutter auch nur irgendetwas zu tun zu haben. Auf Anraten seines Pflichtverteidigers, den ihm die Staatsanwältin in Absprache mit der Bürgermeisterin schnellstmöglich vermittelt hatte, gab er im Verhörraum freimütig zu, als Angler aus Leidenschaft von der speziellen Angelsehne des Herrn Mück sehr angetan gewesen zu sein. Nach dem gemeinsamen Brandungsangeln auf der Insel Poel am letzten Samstag in aller Herrgottsfrühe hatte er die Rolle ›Super Cat‹ unbedacht, aber unbemerkt eingesteckt.

»Dat war ein Fehler, dat chebe ich zu«, sagte Ruben Bommel. Aber dreihundert Meter feine Wallerschnur in Schilfgrün, absolut dehnungsfrei, mit einer gigantischen Tragkraft und allerhöchster Abriebsfestigkeit, das sei einfach eine Verlockung, der habe er leider nicht widerstehen können.

Hansen kratzte sich am Kopf, die Staatsanwältin schien erleichtert durchzuatmen.

»Salzwasserbeständich!« Damit wollte Herr Bommel den Angellaien ein nächstes gutes Argument für seinen unüberlegten Fauxpas liefern. Die koste Herrn Mück ein müdes Lächeln, ihn ein Vermögen, fügte er dann noch leise, um Verständnis heischend hinzu.

»Grün, sagten Sie?«, unterbrach ihn der Kommissar nachdenklich.

»Schilfchrün.«

»Schilfgrün.« Hansen blätterte in der Akte Schmatz, beugte sich zu seiner Assistentin hinüber und meinte gefasst: »Die Sehne um den Hals der toten Frau Schmatz war farblos. So steht es im Protokoll, Fräulein Jensen. Das hätten wir früher bemerken müssen.«

»Schilfgrün?«, fragte Inga Jensen.

»Schilfchrün.« Ruben Bommel zuckte fast entschuldigend seine mächtigen Schultern.

»Unser Fehler, Herr Bommel«, stellte Hansen nüchtern fest.

Der Pflichtverteidiger tuschelte mit der Staatsanwältin, und die legte Hansen wohlwollend ihre Hand auf die Schulter.

»Sie können gehen«, sagte der Kommissar. »Bedrohung mit einer Sektflasche und Entwendung einer Spule Angelsehne ist kein hinreichender Grund, Sie länger in U-Haft zu belassen. Halten Sie sich aber bitte in den nächsten Tagen noch zu unserer Verfügung.«

Bommels Verteidiger versprach es und schüttelte der Staatsanwältin zum Abschied die Hand.

»Ein Letztes, Herr Bommel«, stoppte Olaf Hansen die allgemeine Aufbruchsstimmung. »Haben Sie das Werkstattschloss gewaltsam beseitigt, um an die Angelschnur zu gelangen?«

»Nee!«, rief Ruben Bommel. »Ehrlich. Dat Schloss war schon wech, als wir die Angeln aus dem Schuppen holen wollten, um an die Ostsee zu fahren. Herr Mück war mächtich bös, hatte aber in sein Werkstatt nichts vermisst.«

»Danke«, erwiderte Hansen, »und noch einen angenehmen Aufenthalt in Wismar.«

Ruben Bommel holte tief Luft und wollte aufbrausend werden, nun legte ihm sein Verteidiger beruhigend die Hand auf die Schulter. Herr Bommel verstand und schwieg.

Überhaupt sollte es der Tag der kuriosen Entlassungen werden.

Keine zwei Stunden später folgte Detlev Pfeiffer dem Beispiel des Südafrikaners und marschierte als freier Mann durch das Eisentor der Justizvollzugsanstalt im Fürstenhof und blinzelte erleichtert ins Sonnenlicht.

Hansen und Jensen beobachteten den gewieften Kioskpächter, als er durch die enge Gasse Negenchören über das Kopfsteinpflaster Richtung Lübsche Straße verschwand – höchstwahrscheinlich um schleunigst seine Lottoannahme aufzusperren und den Umsatz der letzten lukrativen vorweihnachtlichen Woche abzuschöpfen.

Steffen Stieber hatte sich den Lottoterminal vorgeknöpft, aber keinerlei Hinweise darauf entdeckt, dass an der Software des Lottoprogramms manipuliert worden war. Die Fehlerquelle für die Abweichungen zwischen Spielschein und Quittung war ein Problem der Hardware. Wie auch bei anderen Lottoannahmestellen quer durch die Republik bestand die Gefahr, dass der Mechanismus zur Registrierung, wenn der Schein nicht bedachtsam und präzise ins Gerät gelegt wurde, derart unglücklich zugriff, dass die Zahlenreihen falsch gelesen und fehlerhaft erfasst wurden.

»Wenn ich das richtig gelesen habe, macht allein die Lottozentrale in Rostock jährlich eine Viertelmilliarde Euro Umsatz!«, beklagte der Kommissar. »Und dann schafft sie es nicht mal, den Annahmestellen einwandfreie Technik zur Verfügung zu stellen?«

»Möchte nicht wissen, wie viele Anzeigen es gegen Lotto schon gegeben haben muss«, sagte seine Assistentin. »Da sollten die Reporter vom OSTSEE-BLICK endlich mal investigativ werden.«

Den Hauptgrund für Pfeiffers vorzeitigen Schritt zurück in die Freiheit hatte der Lottoladenpächter jedoch persönlich geliefert. In Absprache mit seinem Rechtsanwalt hatte er zögerlich zugegeben, am Morgen nach dem merkwürdigen Einbruch in seinen Spätkaufkiosk, entgegen vorherigen Behauptungen, doch etwas Bedeutsames vermisst zu haben.

»Na, was?«, hatte Hansen gefragt.

Es sei ihm fürchterlich peinlich, hatte Pfeiffer eine Weile herumgedruckst, weil gerade ihm, als korrekt, geradezu penibel arbeitendem Lottovertreter Derartiges nie und nimmer hätte passieren dürfen.

»Wir sind ja sozusagen die Hebammen des Glücks, müssen Sie wissen. Wir helfen, wo wir können. Oftmals geben wir unseren Tippern Orientierung. Wir hören uns ihre Sorgen an und spenden Trost, wenn es mal wieder nicht geklappt hat. Aber wenn jemand gewinnt, ist es das Allerwichtigste, den Mund zu halten. Diskretion! Verstehen Sie? Diskretion ist unsere erste Pflicht.«

Ob der langatmigen Einleitung hatte der Kommissar eine unwirsche Handbewegung gemacht. Pfeiffer hatte so angegriffen gewirkt, dass Hansen erst einmal einen Sturzbach an Tränen erwartet hatte, doch dann hatte der Mann die Kehrtwende geschafft, und wie mit tosendem Wellenschlag war die Wahrheit und nichts als die Wahrheit nur so aus ihm herausgesprudelt.

»Ich habe nichts verbrochen. Vielleicht habe ich mich verhalten wie ein Idiot, aber ich habe nichts Böses getan. Sie hätten mich sicher sofort verdächtigt. Es ist hinlänglich bekannt, dass ich die Quittungsbelege der alten Leute aus dem ›Glatten Aal‹ verwalte. Und nun haben die Armen einmal in ihrem langen Leben einen Hauptgewinn —«

»Zentralgewinn«, hatte Hansen verbessert.

»Genau. Zentralgewinn. Einen Fünfer!«, hatte Pfeiffer aufgeschluchzt. Vor Freude oder vor Gram? Das war nur schwer zu deuten gewesen.

»Jedenfalls hatte am nächsten Morgen nach dem Einbruch alles an seinem vorgeschriebenen Platz gelegen oder gestanden. Und deshalb kam mir das sofort komisch vor. Ich bin dann an die Kasse und habe die darunter deponierten Quittungsbelege kontrolliert. Tja, und einer hat gefehlt. *Der* eine!«

Hansen und Jensen hatten sich angeschaut: Klar wie Kloßbrühe! Wenn Pfeiffer die Wahrheit sagte, dann hatten die Einbrecher Kenntnis von dem Lottogewinn und auch vom Aufenthaltsort der Quittung gehabt.

»Dreißigtausend! Mein lieber Herr Gesangsverein! Da hätten es die alten Leute im ›Aal‹ richtig krachen lassen können. Und dann solch ein Malheur«, hatte Pfeiffer seufzend hinzugefügt. Vor Schwermut oder vor Kummer? Das war immer noch nicht leicht zu interpretieren gewesen.

»Jedenfalls hatte ich ein schlechtes Gewissen und Angst, vielleicht sogar verhaftet zu werden. Obwohl ich selbst nichts verbrochen habe.«

Der Kommissar hatte daraufhin nichts erwidert, alles Weitere mit Pfeiffers Anwalt besprochen, und der wiederum hatte versprochen, dass sein Mandant die Hansestadt für die restlichen Tage des Jahres nicht verlassen und zukünftig im Sinne der Ermittlungsarbeit besser kooperieren werde.

Bommel war draußen, Pfeiffer war draußen – und der Gewinnbeleg blieb nach wie vor spurlos verschwunden.

Aus der Hanse-Klinik Friedenshof wurde zeitgleich die Bodenkosmetikerin Sigrid Kowalski entlassen. Das Prickeln im linken Arm war zwar noch bedenklich, aber Dr. Hannibal Jepsen meinte gelassen, der Zustand bessere sich nicht durch bloße Bettruhe. Im Gegenteil, Bewegung tue gut, und er erwarte Frau Kowalski am späten Nachmittag nach Praxisschluss in seinem Haus in der Dahlmannstraße – zur Generalreinigung seiner riesigen Villa. Auf den Vorbehalt der Klinikschwester, dass gegen Frau Kowalski ermittelt werde und eine Anzeige wegen Körperverletzung vorliege, entgegnete Hannibal Jepsen nur generös:

»Was soll's? In diesen komischen Zeiten ist es schwieriger, eine zuverlässige Putzhilfe zu halten, als den Unterschied zwischen Normalität und Wahnsinn zu erkennen.«

»Jingle Bells«. Die Glücksgöttin strahlt sehnsuchtsvoll übers ganze Gesicht. »Liebe Zuschauer! Jetzt könnte es wahr werden. Hier ist die Ziehung der alles entscheidenden Superzahl! ... Es ist die ...« Das Winterlied verstummt. Totenstille. Das deutliche Klacken einer Kugel. Reißzoom. »... Sieben!« Shotgun.

Die vierte Entlassung an diesem letzten Montag vor Weihnachten traf den fiesen Friesen – er war überraschenderweise fristlos gefeuert worden.

Ole Hansen, Inga Jensen und S. K. Möller wollten umgehend – und das hieß zur Mittagszeit, noch vor der Medikamenten- und Essensausgabe – den Pfleger Max Friesen sprechen, und zwar ungestört, am besten in einem Raum abseits der Station »Abendfrieden«.

Aufgrund akuten Personalmangels kümmerte sich heute Marie-Luise Krabbe höchstpersönlich um die Verteilung passierter Peking-Ente für Diabetiker in süßsaurer Pflaumensoße.

Die Anstaltsleiterin hatte die Nase gestrichen voll. Das vierte Polizeiaufgebot innerhalb von zwei Wochen war zu viel der negativen Publicity. Gegen das Erscheinen des Trios aus der Kommandantur konnte sie nicht viel sagen; als sie jedoch den Namen »Friesen« hörte, platzte ihr jäh der Kragen.

»Ein Gauner und Ganove, der es mit der Wahrheit nie genau nahm. Ich hatte mal große Stücke auf ihn gehalten, bis ich feststellen musste, dass er sich regelmäßig aus der Kantine vom Essen der Bewohner bediente. Der mopste aber nicht nur ein trockenes Brötchen oder 'nen alten Apfel. Bin doch nicht blöd, das tut doch fast jeder meiner Angestellten. Sie glauben gar nicht, was man sich als Leiterin einer solchen Einrichtung vom Personal alles bieten lassen muss. Gute Pflegekräfte sind rar ...! Nein, der Pfleger Friesen muss zwei- bis dreimal pro Schicht warme Mahlzeiten in sich hineinschlingen und dann noch dreist Nachschlag einfordern. Die Vietnamesen haben sich über so viel Heißhunger zuerst gefreut, wollten aber natürlich die zusätzlich vertilgten Portionen bezahlt bekommen und sind deshalb heute Morgen zu mir gekommen. Dem werde ich was husten! Was glauben Sie? Das Geld hole ich mir wieder, wenn nötig vor Gericht. Ich hab ihn umgehend entlassen.«

»Und wo steckt er jetzt?«, wollte Ole Hansen wissen.

»Keine Ahnung. Ist mir auch egal. Dieses Gebäude betritt der Lump jedenfalls nie wieder.«

Meine Sammelbeschwerde, die ich gestern (auf Grundlage der Vorkommnisse beim letzten Julklapp) in einem verschlossenen Briefumschlag unter Krabbes Bürotür hindurchgeschoben hatte und die von nahezu allen Bewohnerinnen und Bewohnern der Station »Abendfrieden« unterzeichnet worden war (Elfi von Meuselwitz hatte sich als Einzige geweigert, da Friesen stets für alkoholischen Nachschub im Schwesternzimmer gesorgt hatte), erwähnte die Leiterin des »Glatten Aal« in diesem Moment nicht. Aber unsere Beschwerde über das fiese Verhalten des Pflegers als Julklapp-Nikolaus, da war ich mir sicher, hatte seine Wirkung garantiert nicht verfehlt.

Die fünfte und letzte Entlassung war erbarmungswürdig und vor allem unumkehrbar. Am frühen Abend ging die ehemalige Deutschlehrerin des Geschwister-Scholl-Gymnasiums aus Zimmer 11 für immer von uns.

Erika Zamzow wurde sechsundsiebzig Jahre alt – eigentlich kein Alter. Durch ihre Alzheimererkrankung hatten die letzten Jahre – und aufgrund der jüngsten Komplikationen infolge der Lungenentzündung vor allem die letzten Wochen – eine grausame Tortur bedeutet.

Seit meinem Besuch hatte sich ihr Zustand stetig verschlimmert. Unablässiges Röcheln. Lunge und Luftröhre waren dick verschleimt. Man hatte sogar aufgegeben, das zähe Sputum in immer kürzeren Abständen abzupumpen. Zu ihrer Erleichterung wurde Frau Zamzow alle Stunde umgelagert, sodass sie einmal den linken und einmal mehr den rechten Lungenflügel belastete.

Jede Bewegung des steifen Körpers musste Schmerzen verursachen, ihre kranken Organe brannten vermutlich wie Feuer.

Ich hielt ihre Hand, war mir aber unsicher, ob sie es noch wahrnahm. Einmal schien sie etwas sagen zu wollen, doch da kam nur ein elendes Gurgeln. Massiver Auswurf suchte sich den weiten Weg durch Brustkorb und Kehle. Sie hatte keine Kraft mehr, ihn mit

Wucht herauszuhusten. Am Ende würde sie elendig ersticken, dachte ich. Glücklicherweise sollte ich nicht recht behalten.

Es roch nach vertrockneten Tannen auf einem Friedhof, und das hieß: nach Sterben und Tod.

Dr. Jepsen war bislang nicht wiederaufgetaucht. Er hatte sie aufgegeben, das war klar. Das nächste Mal würde er ins Zimmer 11 treten, um den Tod festzustellen; dann müsste er die Uhrzeit und die Ursache in den Totenschein eintragen. Ein Akt der Bürokratie – keiner der Barmherzigkeit.

Ihre Hand war kalt und dürr, aber nicht abweisend oder gar abstoßend. Die gebrechliche Hand eines Menschen, der vor nicht allzu langer Zeit andere Hände gehalten und ihnen Wärme gespendet hatte. Man hatte ihr eine zweite Bettdecke über den Körper gelegt, damit sie nicht fror.

Das Schmerzmittel könne zu plötzlichem Blutdruckabfall führen, hatte Dr. Jepsen bei seiner letzten Konsultation erklärt, da krieche rasch die Kälte in die Glieder. Andererseits immunisiere das Morphin das Empfinden von Temperaturschwankungen.

Der rasselnde Atem wurde ruhiger, tiefer, langsamer. Ihr Antlitz begann sich unmerklich zu entspannen. Frau Zamzow trat in eine Phase ein, in der alle Qual und vor allem der physische und psychische Kampf gegen das Unausweichliche von ihr abfielen.

Mein Mann war von einem Moment auf den anderen aus dem Leben gerissen worden. Meine beste Freundin hatte ich in ihrer Sterbestunde nicht begleiten können. Vater und Mutter waren eingeschlafen und einfach nicht mehr aufgewacht. Wie oft hatte ich im Nachhinein die Formulierung gehört oder gelesen: Der geliebte Mensch sei »sanft entschlafen«. So hatte es auch damals in den Todesanzeigen von Mutter und Vater geheißen.

Hier und heute machte ich erstmals die Erfahrung, was diese vom ersten Eindruck her trivialen Worte tatsächlich bedeuteten. Dass nämlich jeder, der nach längerem Todeskampf loslässt, sanft entschläft.

Obwohl ich Frau Zamzow nicht wirklich näher kannte, war dieser Moment an ihrem Bett intensiv und erhellend. Offen gestanden: Rückblickend möchte ich ihre Todesstunde niemals missen.

Die Atmung verlangsamte sich. Ihre Atemzüge wurden seltener, aber tiefer und befreiender, geradewegs so, als störten sie die befallenen Lungenflügel oder die wunde Luftröhre gar nicht mehr. Dort, wo nur Kampf und Krampf gegen die Krankheit geherrscht hatten, machte sich Befreiung breit. Ihr Körper entspannte sich. Der Sauerstoff durfte noch ein paarmal frei zirkulieren. Ihre Haut – all die tiefen Falten und Furchen im Gesicht – glättete sich.

Diesen Augenblick beobachten zu dürfen, als das Leben dem Körper unwiderruflich entwich, das war zutiefst berührend und erstaunlich. Mit Ausnahme der Geburt meines Sohnes hatte ich vielleicht nie etwas derart Makelloses erlebt.

Als Frau Zamzow ein letztes Mal ausgeatmet hatte, entstand ein Moment alles durchdringender Stille. Eine hochgradige Empfindsamkeit beherrschte Raum und Zeit. Meine Wahrnehmung war geschärft und von einem Zartgefühl, wie ich es vordem nicht für möglich gehalten hätte.

Der Augenblick des Todes strahlte in seiner unendlichen Schönheit.

12

Dienstag, den 22. Dezember

In dieser Nacht lag ich die längste Zeit wach. Bereits kurz nach fünf stand ich auf, wusch mich, zog mich an und schlüpfte in meinen dicken Wintermantel, der während meines Aufenthaltes im »Glatten Aal« zumeist ungenutzt im Kleiderschrank gehangen hatte.

Aus dem Seesack meines verstorbenen Mannes fischte ich die elektronische Fußfessel heraus, die mir Inga Jensen nach meiner angefertigten Wunschliste vor zehn Tagen auf die Station gebracht hatte. Als ich mir vorsichtig den Sender um das rechte Fußgelenk befestigte, dachte ich kurz an unsere grantige Frau Bürgermeisterin, die sich sicher über meine Maßnahme gefreut hätte.

Auch wenn die halbe Welt das fälschlicherweise annahm, behinderte solch eine Fußfessel den Träger überhaupt nicht. Man konnte hingehen, wohin man wollte, auch dorthin, wohin ein Gefangener, für den sie ursprünglich konzipiert war, eigentlich nicht durfte. Der Sinn war, dass dem Empfänger über ein elektronisches Signal regelmäßig der Standort des Trägers gemeldet wurde. Das war schon das ganze Prinzip. Somit wusste der diensthabende Polizeibeamte in der Kommandantur, bestenfalls sogar mein Sohn, wo ich mich von nun an aufhalten würde.

In der gegenüberliegenden Sankt-Georgen-Kirche wollte ich in Gedenken an die verstorbene Frau Zamzow eine Kerze entzünden. Vorbei an der schnarchenden Notbesetzung im Schwesternzimmer schlich ich mich durch den Korridor der Abteilung »Abendfrieden«, öffnete in bewährter Manier mit dem Elektrodietrich die Stationstür und schritt die Haupttreppe zum Ausgang hinunter.

Die Glocke von Sankt Georgen schlug kurz und knapp zur halben Stunde. Ich trat auf das glänzende Kopfsteinpflaster der schmalen Gasse und verließ damit nach fast zwei Wochen erstmalig wieder das Gelände des Seniorenstifts.

Es fror nicht mehr, das knackige Winterwetter der letzten Tage hatte umgeschlagen. Kühle, feuchte Luft strömte in die Lungen. Der noch finstere Morgen war nasskalt und windig. Ein glänzender Film lag auf den Pflastersteinen. Fröstelnd kroch es mir unter dem Mantel die Beine herauf.

Ich schlug den Kragen hoch, lief durch das kurze Stück der Bliedenstraße um das Ende des Mittelschiffes der Georgenkirche herum und trat durch ihr Hauptportal. Knarrend schlossen sich hinter mir die schweren Türflügel aus Bronzeguss.

Ein monumentaler Kirchenbau; eines der drei spätgotischen Gotteshäuser Wismars, deren Backsteinarchitektur die Hansestadt – neben Schiffbau und Handel – berühmt gemacht hatte. Einst soll aus Lehm und fleißiger Handarbeit jeder einzelne Stein geknetet, geformt und gebrannt worden sein. Es hieß, dass im 17. Jahrhundert vierzig Millionen Mauerziegel vonnöten gewesen waren, um dieses Meisterwerk der Baukunst zu realisieren. Keine Ahnung, wer die gezählt hatte. Sicher war nur, dass nach den Kriegsbeschädigungen des letzten Jahrhunderts und nach der Wende in der ehemaligen DDR der Wiederaufbau ebenso viele Millionen Euro verschlungen hatte und nicht nur deshalb die feierliche Eröffnung von Sankt Georgen als »Wunder von Wismar« weit über die engen Altstadtgrenzen hinaus bekannt geworden war.

Schummriges Licht umgab mich. Im Eingangsbereich hingen zwei große stolze Wismar-Flaggen, deren rot-weiße Streifen feierlich einen Teilbereich der Kirchenkuppel schmückten.

Ein ums andere Mal hob ich den Blick ins imposante Gewölbe. Ich begab mich zum entgegengesetzten Ende des Gotteshauses, während meine vorsichtigen Schritte von den hohen Wänden widerhallten. Den mittleren Teil des Kirchenschiffes säumten zu beiden Seiten je sieben mächtige Backsteinsäulen. Durch gedämpfte Notlichter an den Längsseiten fielen schemenhafte Schatten über den unebenen Steinboden.

Unbedacht trat ich auf eine Grabinschrift, die den Kirchenboden zierte. Überall Grabplatten von Gräbern, zum Gedenken an Wismarer Bürger, die sich um das Allgemeinwohl der Hansestadt oder im Besonderen der Sankt-Georgen-Kirche verdient gemacht hatten. Unzählige von ihnen waren im Innern der Kirche nicht stehend, sondern in der Waagerechten als Bodenplatten ins Erdreich eingelassen worden.

Es roch streng. Mir kam der überlieferte Kirchenspruch in den Sinn: Es stinkt gen Himmel! Gegen den muffigen Geruch hätte allenfalls ein großzügiger Einsatz von Weihrauch helfen können – oder einfach mal ein paar Tage lang konsequent lüften …

Befangen zog ich meinen Schuh zurück und kniete mich nieder. Die steinerne Gedenktafel eines »Hinrich Hinrichsen«, gestorben 1686. In der Mitte hatte der Steinmetz das Relief einer Kogge gefertigt, darunter das Stundenglas und ein Totenschädel. Die Gebeine oder das, was an Knochenstaub noch übrig war, lagen fast unmittelbar zu meinen Füßen.

Vergiss es einfach, dachte ich schaudernd. Mein Bedarf an Gespensterromantik hielt sich in Grenzen. Ich griff in meinen Mantel, holte die rote Kerze hervor, die ich mir aus unserem Gemeinschaftsraum ausgeliehen hatte und die ich im Chor der Kirche rein symbolisch platzieren und entzünden wollte.

Sankt Georgen kannte keinen Altar und keine Kanzel. Nicht mehr. Es sei denn, die Wismarer wollten ausdrücklich in der größten ihrer drei gotischen Sakralbauten sılecht Weihnachten oder Ostern zelebrieren, dann wurde sie kurzerhand für die Dauer eines Gottesdienstes entsprechend ausstaffiert. Seit der Restaurierung gehörte die ehemalige Kirche der Stadt und diente in der Regel nur mehr als kulturelle Einrichtung oder Museum. Zwischen elf Uhr morgens und siebzehn Uhr abends war sie entsprechend hoch frequentiert, so früh am Morgen war man dagegen völlig allein.

Doch dann, als ich mit dem Streichholz den Docht der Sturmkerze entfachte, hörte ich ein fremdartiges Zischen – ein seltsames Geräusch, vielleicht das Fiepen einer Ratte …

Angeekelt blickte ich mich um. Nichts zu sehen. Schatten an den Wänden und auf den Steinplatten, hervorgerufen durch die schwache Sicherheitsbeleuchtung und die mächtigen Pfeiler. Womöglich war es nur das Echo des anreißenden Streichholzes. In solch riesigen Bauwerken herrscht eine ungewohnte Akustik, da können Schallwellen diffus durcheinanderwirbeln, der eigenen Wahrnehmung einen Streich spielen.

Gott verdammich! Da waren doch Schritte – oder was war das? Kurz und schwer, wahrscheinlich hinter den Säulen des südlichen Teils des Querhauses. Vielleicht eine Museumswärterin, zu früh zum Dienst erschienen? Oder eine ältere Dame, die im Morgengrauen für die Seele ihres verstorbenen Gatten beten wollte?

»Ist da wer?«, rief ich mit belegter Stimme.

Dröhnend hallte mein Rufen zwischen Steinpfeilern und dicken Kirchenwänden hin und her. Der Schall blieb die einzige Antwort. Rückzug! Vorbei an den Säulen des Nordquerhauses. Niemand zu sehen. Zu dumm auch, um diese frühe Uhrzeit in eine verwaiste Kirche zu spazieren. Selbst schuld, wenn es dich gruselt, dachte ich. Schon wieder so ein Zischeln ... Die dicken Säulen ergaben einen ausgezeichneten Sichtschutz, ihr Umfang betrug bestimmt zwei Meter. Alles und jeder blieb in ihrem Schatten verborgen.

»Hallo?«, rief ich. »Haaallooo!«

Eine schneidende Stille.

»Mensch, ist das gruselig hier mit diesem Hall und Radau«, nuschelte ich zur eigenen Beruhigung. »Jetzt aber zurück zum ›Glatten Aal‹. Bist ja nicht bei Trost, Hanna Hansen.«

Mit sich selbst zu reden half ungemein, wenn mir auch ein Elektroschocker in der Manteltasche lieber gewesen wäre. Leider lag der im Seesack in meinem Zimmer. Stattdessen war das Einzige, was ich neben ein paar Papiertaschentüchern und dem Elektrodietrich nervös aus meinen tiefen Taschen fischte, die obskure Visitenkarte von meinem kurzen Tête-à-Tête mit dem rätselhaften Möwenkopf-Mann, die jedoch hier und heute für mich gar keinen Nutzwert hatte. Im Gegenteil. »Für alle Fälle«, stand da geschrieben. Aberglaube hin oder her, fahrig zerknüllte ich das Kärtchen und warf es achtlos fort.

Die eigene Stimme holte mich in die Realität zurück. »Dröhnt ja wie in einer Tropfsteinhöhle.«

Plötzlich lachte jemand! Kurz und böse. Direkt hinter mir. Ein Schauer lief mir über den Rücken. In einem Bogen umschlich ich die schwere Holzpforte zur alten Sakristei. Darüber prangte in verschnörkelter Schrift eine Botschaft:

»Des Priesters Lippen sollen die Lehre bewahren.«

Ein lang gezogener Schatten huschte von der Sakristeitür über den Knick im Gewölbebogen und verschwand im Zwielicht. Blitzschnell drehte ich mich um. Es fröstelte mich. Dann rannte ich los ...

Bei einem entspannten Bummel war das Kopfsteinpflaster der Wismarer Altstadt sicher eine atmosphärische Bereicherung und lud vor allem häufiger zum Verweilen ein. Morgens um Viertel nach sechs bei Windböen, Nieselregen und blühender Phantasie machte dieses blöde Kopfsteinpflaster gar keinen Spaß und schon gar keinen Sinn.

Der Georgenkirche mit heiler Haut entflohen, fühlte ich mich draußen sicherer. Erste Frühaufsteher, Rentner mit Dackeln mit gut gefüllter Blase, verloren sich in den engen Gassen. Vielleicht war es ein Fehler, niemanden der Passanten um Hilfe zu bitten oder nicht den direkten Weg zurück ins Seniorenheim zu nehmen, aber mein Misstrauen und die Angst während des Kirchgangs waren noch nicht verflogen.

Beim Gedanken an einen Spaziergang unter freiem Himmel durch die schöne Altstadt Wismars war mir wohler als bei der Vorstellung, rasch in den »Glatten Aal« zurückzukehren, in dem bereits drei Menschen eines gewaltsamen Todes gestorben waren.

Kurz knickte ich zwischen zwei glitschigen Pflastersteinen um. Ein wenig zu hektisch führte mich mein Weg durch die Baustraße fort von Sankt Georgen, vorbei an dem verrammelten China-Imbiss »Zul flöhlichen Flühlingslolle«, über den begrünten Mittelpfad der Claus-Jesup-Straße. Hin und wieder blickte ich mich um ... niemand zu sehen. Trotzdem hatte ich Bammel, von meinem unsichtbaren Widersacher weiter verfolgt zu werden.

Zu meiner Rechten tauchten mehrere Müll- und Glascontainer auf, über und über vollgestopft mit Abfall und Flaschen, geradewegs so, als sei das Weihnachtsfest schon längst gelaufen. Auch hier roch es bitter – fast wie im Zamzow-Zimmer oder über den Grabplatten von Sankt Georgen. Das strenge Aroma konnte von den Fichtenbüschen oder Tannenzweigen stammen, die am Wegesrand verdorrten. Einige der Nadelhölzer waren von den Anwohnern mit Lichterketten festlich dekoriert worden.

Zur Linken der Laden von Bäcker Tilsen. Es brannte bereits Licht, jedoch war niemand zu sehen. Aus der Wollenweberstraße hallten Schritte herüber, doch auf ihrer Höhe angelangt, blickte ich in eine verlassene Gasse.

Ein paar Meter noch, dann war ich auf der Ulmenstraße und damit in relativer Sicherheit. Hier herrschte schon um halb sieben geschäftiges Treiben durch den frühen Berufsverkehr. Möglicherweise waren auch die ersten Fischverkäuferinnen am Alten Hafen bereits auf den Beinen, säuberten ihren Frischfisch oder sperrten die Verkaufskutter auf.

Ausgangs der Fischerreihe vor der Gaststätte »Fischerklause« stand ein öffentliches Telefonhäuschen. Wie beiläufig schlüpfte ich hinein und rief in Windeseile meinen Sohn in der Böttcherstraße an.

Während ich darauf wartete, dass er abnehmen würde, lief draußen im Sprühregen ein Weihnachtsmann vorüber. Im tiefen Küstengrau dieses unwirtlichen Morgens ein lustiger Farbtupfer.

»Olaf! ... Moin moin ... Pass auf! Ich bin am Hafen unterwegs und werde verfolgt. Ich hab die elektronische Fußfessel aktiviert und brauche deine Hilfe.«

Der Polizist in meinem Sohn war sofort knallwach.

»Ich hab nicht viel Zeit«, fuhr ich ihm über den Mund, »der Täter ist jetzt hinter *mir* her ... Felsenfest sicher. Mein Plan: ... Ich fahr raus nach Poel ... Hör zu! Treffpunkt: um acht im Hafen von Kirchdorf. Überschaubares Gelände, keine Fluchtwege ... Bestell das SEK aus Schwerin! ... Keine Widerrede! ... Und dann schnappt ihr zu.«

Bevor Ole etwas Törichtes erwidern konnte, hatte ich aufgelegt. Falls mich mein Verfolger beobachtete, wollte ich ihm keinen Anlass geben, argwöhnisch zu werden oder sich zurückzuziehen. Nichts wie raus aus der Zelle. Ich trippelte am Schiefen Haus vorüber, dann zielstrebig Richtung Busbahnhof in der Wasserstraße.

Auf der gegenüberliegenden Straßenseite dümpelten an der Kaimauer die Fischkutter. Der Wind toste, zerzauste meine Haare und zerrte an meinem Mantel. Lotte Nannsen winkte mir überschwänglich von ihrem Verkaufstresen zu. Sie hielt ein langes Messer in der Hand, vermutlich um Fisch zu schuppen oder zu filetieren. Ich grüßte nicht zurück, sie schaute mir stutzig hinterher. Ich beneidete sie um ihr scharfes Werkzeug, ließ mich jedoch nicht hinreißen und setzte ohne Unterbrechung meinen Marsch zur Bushaltestelle fort.

Eine halbe Stunde später rollte der Nahverkehrsbus der Linie 430 vom Bussteig durch die Poeler Straße auf die B 5 Richtung Insel Poel mit seinem Fernziel der Endhaltestelle in Kirchdorf.

Der Omnibus der Wismarer Verkehrsbetriebe war spärlich besetzt. Der Strom der Poeler floss um diese Tageszeit in die entgegengesetzte Richtung, hauptsächlich wegen der Arbeitsplätze und Schulen in Wismar. Die Busse, die von Kirchdorf in die Hansestadt fuhren, waren proppenvoll, die hinüber zur knapp fünfzehn Kilometer entfernten Insel gähnend leer.

Hinter mir unterhielten sich angeregt drei ältere Damen über die vor uns liegenden Festtage und die Vorzüge von Gans oder Ente oder Fisch. Drei Geschmäcker, drei Meinungen.

In der letzten Reihe knutschte voller Leidenschaft ein junges Liebespärchen, auf dass einem angst und bange werden konnte, ob die beiden die halbstündige Fahrt heil überstehen würden.

Schräg vor mir saß ein Nikolaus, kurz vor Weihnachten keine untypische Kostümierung. Santa Claus in voller Montur: roter Mantel, lederne Stulpenstiefel, weißer wallender Bart, rote Zipfelmütze. Dennoch: bereits der zweite Weihnachtsmann am heutigen Morgen. Komisch war das schon, dass sie so früh auf den Beinen waren. Bescherungen fanden in der Regel zu späterer Stunde statt. Ich wollte ihn im Auge behalten.

Auf Höhe des schmalen Damms, der das Festland mit der Insel Poel verbindet und der einen weiten Blick über den Breitling zulässt, einen flachen Meeresarm der Ostsee, geschah dann etwas ganz und gar Außergewöhnliches. Eine Art Naturereignis, wie ich es in meinen vielen, vielen Jahren an der Küste bislang nie gesehen und erlebt hatte.

Mit seinem Schwemmland bot der Breitling normalerweise ein einzigartiges Refugium für Wasservögel und anderes nistendes Federvieh. Doch waren heute Morgen weit und breit kein einziger Schwan, keine Entenfamilien und nicht einmal profane Seemöwen zu beobachten.

Stattdessen glänzte in der Ferne die Wasseroberfläche der Ostsee in einem leuchtenden Violett. Selbst der Busfahrer glotzte ein ums andere Mal irritiert hinüber. Mit viel Phantasie erinnerte der Anblick irgendwie an eine schwimmende Insel von phosphoreszierendem Rotkohl, der tonnenweise über der Wismarbucht ausgekippt worden war.

»Fliederfarben«, sinnierte eine aus dem Damentrio hinter mir.

»Eine Sinnestäuschung«, flüsterte ihre Nachbarin ängstlich.

Keine Frage, alle wunderten sich. Selbst die verschlungenen Turteltauben hielten für einen Moment die beiden Schnäbel vor Erstaunen starr und sperrangelweit offen.

»Vielleicht lila Seerosen!«, riet die dritte Dame. »Soll es geben.«

»Auf der Ostsee?«, widersprach ich. »Und um diese Jahreszeit?«
Ein riesiger veilchenblauer Teppich – wie aus der Tiefe der See heraus beleuchtet; mitten im Dezember, wo normalerweise gar nichts mehr wächst – außer Nordmanntannen, Küstentannen oder Heilige Tannen.

Der Busfahrer rief aufgeregt, dass das Algen sein müssten und die Natur mal wieder komplett verrückt spiele. Mit Geschick lenkte er seinen Omnibus an den Wegesrand des schmalen Damms, hielt kurzzeitig an, um das Schauspiel in Ruhe zu bestaunen.

Der Nikolaus murmelte in seinen mächtigen Kunstfaserbart etwas von »Jüngstes Gericht« und »Ende der Menschheit«. Vielleicht übte er, geistesabwesend und brabbelnd, aber auch nur kindgerechte Schelte für den Heiligen Abend.

Ehrlich gesagt, stellten Algen in der Ostsee kein ungeheuerliches Naturereignis dar. An der Atlantikküste oder in der Adria ging es zwar weit schlimmer zu, aber während der Sommermonate füllten dicke Algenteppiche per Satellitenbild immer öfter die dünnen Nachrichten vom NDR. Dabei handelte es sich zumeist um grüne, blaue oder Rotalgen, die auf der Ostsee schwappten, jedoch nie im unmittelbaren Küstensaum. Algenprobleme sollten etwas mit dem übermäßigen Ablassen von Jauche und Kuhmist in die freie Natur zu tun haben, hatte ich mal gehört, Überdüngung hieß das. Aber ein lila Algenfilm, der direkt vor unseren Augen einen nicht unerheblichen Teil der Wismarer Bucht bedeckte und zudem auch noch von innen heraus glühte, das war etwas völlig Neues.

»Das ist der Untergang, nicht aufzuhalten«, brummte die Zipfelmütze in tiefster Knecht-Ruprecht-Manier.

Eine der Damen wusste zu berichten, dass in einer der letzten Apotheken-Umschauen zu lesen war, dass man von der bloßen Berührung mit himbeerfarbenem Plankton schrecklichen Dauerdurchfall bekommen könne.

»Herrjemine«, schüttelte es die zweite.

Die dritte im Bunde ergänzte: »Wenn das verrottet, sollen angeblich giftige, lebensgefährliche Gase entstehen, die einem den Atem rauben und im Kopf ganz schusselig machen.«

»Schwefelwasserstoff«, rief der Busfahrer. »Kann tödlich enden.«

»Gott im Himmel!«, stöhnte die zweite.

Natürlich erinnerten mich diese Aussagen sofort an meine gerade überstandene Fischvergiftung und die gemeinen Meeresalgen mit dem Nervengift, von denen Hannibal Jepsen mir berichtet hatte. Ob da jedoch ein Zusammenhang bestand, musste bezweifelt werden.

Der Weihnachtsmann meinte dann noch ganz komisch: »Algen? Nie von gehört.«

»Algen-Power!«, brüllte der junge Mann von der letzten Bank, und seine Freundin stimmte quietschvergnügt in sein schallendes Gelächter ein.

Als der Bus mit der Nummer 430 vis-à-vis dem Gemeindezentrum des Hauptdorfes der Insel Poel hielt, stiegen alle Passagiere aus. Der Weihnachtsmann wanderte, begleitet von einer neugierigen Möwe, federnden Schrittes in den Möwenweg, vorbei an der Pension »Seemöwe«, unweit des bekannten Möwenhügels, von wo man das Kreischen einer ganzen Möwenkolonie vernahm. So etwas gab es mit an Sicherheit grenzender Wahrscheinlichkeit nur auf Poel. Die drei Damen liefen schnatternd direkt zur Konditorei im Edeka-Markt neben dem Gemeindezentrum. Und das junge Glück lief turtelnd in die entgegengesetzte Richtung, vielleicht auf der Suche nach einem Liebesnest. Aber wer wusste das schon so genau. Der Bus fuhr weiter Richtung Schlosswall und würde dort voraussichtlich planmäßig kehrtmachen.

Nachdem ich mich etappenweise dem kleinen Segel- und Fischereihafen von Kirchdorf genähert hatte, war ringsum, nah wie fern, kein Auto aus Wismar oder Schwerin zu entdecken. Ausnahmsweise perfekt getarnt die Einsatzkräfte, dachte ich optimistisch und zählte vier Wagen mit NWM-Kennzeichen. Kein HWI, kein SN, nur hiesige Nordwestmecklenburger. Kurz vor acht konnte man nicht drauf zählen, dass die schweren Jungs vom Sondereinsatzkommando aus der Landeshauptstadt überpünktlich erschienen. Von meinem Sohn und seinen Kollegen aus der Kommandantur erwartete ich das schon.

Es war klamm, es war feucht, der Sprühregen wuchs sich zu Bindfäden aus. Vorausschauend hätte ich an einen Schirm denken sollen. Trotzig setzte ich mich auf eine der beiden leicht erhöhten Parkbänke auf dem Schlosswall, der hinter dem malerischen Hafen den nicht weniger idyllischen Friedhof von Kirchdorf umrahmte.

Hier konnte man durchatmen, dümpeln und dösen, wenn man denn wollte und Muße besaß. Selbst bei norddeutschem Regenwetter erschien der Anblick des kleinen Fischerhafens lauschig und friedlich. Von der Kirchsee wehte eine leichte Salzbrise herauf.

Dessen ungeachtet: Eine knappe Viertelstunde und keine Minute länger würde ich hier wie auf dem Präsentierteller hocken.

Der Fischer Arno Gössel, ein in der Region bekanntes Inseloriginal, fast neunzig Jahre alt, saß unten auf dem Anleger und flickte Netze. Ab und zu guckte er zu mir hoch.

Ich rief ihm zu: »Moin Moin.«

Arno nickte nur. So selbstverständlich, als würde ich jeden Tag hier sitzen. Egal, ob Sonne oder Sturm, sein ganzes Leben lang fuhr er täglich hinaus aufs Meer, um Fische zu fangen. Auch heute noch. Arno Gössel war das lebende Beispiel dafür, wie man uralt werden möchte und, wenn alles gut lief, auch konnte.

Am Himmel zogen tiefdunkle Wolken auf, und die wenigen Böen, die sie mitbrachten, fegten mir ins Gesicht und durch die entlaubten Bäume. Niemals empfand ich das Rascheln der Zweige im Ostseewind intensiver. Die Zeit verging, die Minuten zerrannen, vom Turm der kleinen romanisch-gotischen Kirche aus dem 12. Jahrhundert, die dem Inselhauptort seinen Namen verlieh, schlug es achtmal zur vollen Stunde.

Meine Angaben waren kurz, aber präzise gewesen. Ich hatte auch nicht geflüstert oder genuschelt. Ole Hansen hatte mich klar und deutlich verstanden. Und doch sprach rein gar nichts dafür, dass in diesem ungemütlichen Stillleben, das mich zunehmend umzingelte, für den Fall der Fälle irgendwo Hilfe schlummerte.

Hätte ich mir zum letzten Geburtstag doch eines dieser modernen kabellosen Telefone schenken lassen, wie es mir mein Sohn nahegelegt hatte. Für diesen bevorstehenden Heiligabend, da war ich mir jetzt sehr sicher, würde ich diesen Herzenswunsch nachholen.

Auf dem Schlosswall, am Ende des Trampelpfades, knackte ein Ast. Unwillkürlich sprang ich auf. Wie dösig musste man eigentlich sein, um sich auf solche Sperenzien in meinem Alter noch einzulassen?

Von Fischer Gössel unten auf dem Steg konnte ich keine tatkräftige Unterstützung erwarten. Arno schaute nicht mehr hoch, er bewegte sich nicht mal mehr, vielleicht war er beim Flicken seiner Netze eingenickt.

Ich eilte den Wall hinunter und bog am Ende des Hanges in den Friedhof von Kirchdorf ein. Die traditionelle Ruhestätte für die Seemänner der Region konnte kaum schlimmer als das Georgen-Gewölbe sein. Im Gegenteil: Zwischen Grabsteinen, Gedenkstatuen oder Gotteshaus ließ es sich trefflich verstecken.

Nahe der Friedhofspforte raschelte es merklich hinter zwei kahlen, doch undurchsichtigen Rhododendronbüschen. (Auch deren Blüten sind im Sommer wunderschön lila, dachte ich unpassenderweise.) Schnell bewegte ich mich in die entgegengesetzte Richtung, umkurvte die Kapelle und drückte mich in eine Nische hinter einem Mauervorsprung neben dem Eingangsbereich der altehrwürdigen Kirche. Der Regen fiel seitlich versetzt auf mich herab. Meine Halbschuhe waren längst durchweicht. Ein Rabe krächzte aus dem blattlosen Geäst eines hohen Baumes. Von den dünnen Zweigen tropfte leise Niesel herab. Grundlos musste ich in diesem Moment an die seltsamen Algen denken, die sich gerade ähnlich einer Pest über unsere heimische Bucht ausbreiteten. Wer weiß, welch langen Weg sie zurückgelegt hatten? Vielleicht stammten die gar aus der Nordsee und waren vom Skagerrak durch das Kattegat bis tief in die Ostsee geschwappt. In einem Kochbuch hatte ich vor langer Zeit einmal etwas von mexikanischer lila Paprika gelesen – vielleicht hatte ein Frachtschiff bei der Überquerung des Atlantiks seine Ladung verloren ...

Absurd, dachte ich noch, da löste sich über mir ein Laubpfropfen aus der Dachrinne und gab einen Schwall kalten Regenwassers frei, der sich durch das gebrochene Rohr ausgerechnet in meinen Nacken ergoss. Keine Zeit und kein Ort für Flüche. Mein Glaube hielt sich in Grenzen, dennoch wollte ich mich kurz vor dem heiligen Fest nicht versündigen und ertrug die Dusche mit hanseatischer Gelassenheit.

Plötzlich fiel die schwere Kirchentür knarrend ins Schloss. Wenn tatsächlich jemand hinter mir her war, dann war er gerade ins Kirchenhaus geschlüpft, um seine Suche drinnen fortzusetzen. Zeit zum Aufbruch – wenn, dann jetzt! Aber nicht durch die Hauptpforte, besser hintenhinaus, durch das rostige Gatter. Von dort führte ein Trampelpfad zum Gelände der ehemaligen Poeler Festung, heute nur mehr eine dürftige Open-Air-Bühne für die touristische Sommersaison.

Ich rannte los. Es konnte nur eine Frage von Minuten sein, bis der Kommissar mit dem großen Aufgebot anrückte, seiner Mama aus der Patsche half und der unsichtbaren Schreckgestalt den Garaus machte.

Hinter der Bühne lief ich den hohen Wall hinunter, durch Gestrüpp und dichtes Buschwerk hindurch. Kleine Äste peitschten mir ins Gesicht. Dann hatte ich freie Bahn auf die angrenzende Koppel, jedoch keine freie Sicht mehr. Völlig unerwartet waberte Nebel auf dem Feld. Zu meiner Linken die Kirchsee, ein breiter Ostseearm, zu meiner Rechten Äcker und Wiesen. Zum Wasser hin war das Terrain leicht abschüssig, das machte das Laufen ein wenig schwerer. Durch die Nebelbank erahnte ich am Horizont die Dachgiebel eines kleinen Dorfes. Bis dahin wollte ich versuchen zu kommen.

Es roch nach dem lehmigen Duft feuchter Erde. Ein Drahtzaun, der zwischen Koppel und dem nächsten Acker gespannt war, versperrte den Weg. Kaum hindurchgeschlüpft, klumpte es unter meinen Schuhen. Das schnelle Gehen bereitete Mühe. Von unten her spürte ich Kühle und Nässe meine Beine heraufziehen. Spätestens jetzt sah ich es ein: Ich war schlecht auf diesen Einsatz vorbereitet. Mir wurde gerade eine Lektion erteilt, die es in sich hatte.

Von irgendwoher kam das Geräusch eines Traktors und verklang wieder. Einmal rutschte ich aus, stolperte und fiel auf die Knie. Ich rappelte mich auf, dann drehte ich mich um. Der Nebel drückte auf die graue, nasse Erde. Und im kalten Dunst erkannte ich hinter mir auf dem Wall schemenhaft den roten Mantel.

»Also doch, *Compañero*! Ich habe es geahnt. Weihnachten – das Fest der Liebe! Und du versteckst dich zum Töten hinter einer Nikolausmaske. Zum Teufel mit dir!«

Das Selbstgespräch half vordergründig, die Angst steckte in den betagten Knochen wie das Morgengrauen und die klamme Kälte. Ein Tag, an dem es nicht hell werden wollte.

Ich stapfte weiter durch den Lehm. Ein bisschen schneller als zuvor. Am besten im dichten Schleier untertauchen. Das Dorf in der Ferne war plötzlich von Nebelschwaden verschluckt.

Überraschend kam auf meinem Weg über den Acker ein Trecker zum Vorschein, dahinter ein rostiger Güllewagen. Vom Bauern keine Spur. Der musste sein Gefährt mitten auf dem Feld geparkt und verlassen haben. Kopflos stakste ich weiter. Komplett meschugge. Die letzten Tage waren strapaziös gewesen. Das Letzte, was ich brauchte, war ein Kräftemessen auf offenem Feld mit einem mordenden Weihnachtsmann.

Die Stille erschien unwirklich, ein Blick zurück unnötig. Ich ahnte ungefähr, wo ich war und dass der Mörder von Irene Möller, Helga Schmatz und Marita Gumbinnen irgendwo direkt hinter mir sein musste.

Ich versuchte zu laufen und dabei zu kombinieren. Die Kostümierung sprach für den fiesen Friesen, vielleicht hatte er seine Nikolausverkleidung aus dem »Glatten Aal« als Andenken mitgehen lassen. Andererseits hätte sich auch jeder andere bedienen können. Ruben Bommel war aus dem Gefängnis entlassen worden, Detlev Pfeiffer auch. Mein Gott! Vielleicht war es wieder diese schwer verständliche Putzfrau aus dem Hessischen?

Fast wäre ich abermals im Schlamm ausgerutscht. Mit Mühe hielt ich mich auf den müden Beinen. Mitten in einer Waschküche auf einem matschigen Acker ein Querfeldeinlauf – nichts für eine Frau in den besseren Jahren. Die Fragwürdigkeit meines Unternehmens wurde mir deutlich bewusst. Doch war es einfach zu spät, um umzukehren. Zurück geht nicht mehr, dachte ich, nur noch nach vorn.

Plötzlich ein tiefes Schnarren, ein angestrengtes Keuchen, nur wenige Meter neben mir. Wie ein Hase schlug ich im Modder einen Haken und lief ein Stück versetzt Richtung Kirchsee. Verdammt, man konnte bald seine Hand vor Augen nicht mehr erkennen. Wie sollte die Kavallerie meines Sohnes mich da finden?

Abrupt brach ich die Flucht ab. Vor mir die deutlichen Spuren von schweren Schuhen im lehmigen Grund. Das konnte nicht sein! Nochmals änderte ich die Laufrichtung, stockend ging ich weiter.

»Wer sich im Nebel verirrt, riskiert es, totgeschlagen zu werden«, zitierte ich in Gedanken einen Satz, den ich einmal in einem mäßig spannenden Buch gelesen hatte. Die Wirklichkeit war vergleichsweise dramatischer. Irgendwo hier und irgendwie so ähnlich musste damals Irene Möller bei ihrer unfreiwilligen Irrwanderung auf Poel fast ihr Leben gelassen haben.

Nicht weit, und ich traf inmitten des Ackers auf ein kleines Gehölz. Ein Krähenschwarm saß in einer kahlen Baumkrone und lugte herab. Ich hielt inne, spürte ein Stechen in der Lunge. Außer Atem stützte ich meine Hände auf den zittrigen Knien ab und schnappte wie ein verendender Karpfen nach Luft.

Elfriede von Meuselwitz, fiel es mir siedend heiß ein. Das weibliche Monstrum Meuselwitz. Sie hatte stets nur so getan, als sei sie eine Freundin im Geiste. Ihr war es zuzutrauen, dass sie bei Pfeiffer in die Lottoannahme einstieg und den Quittungsbeleg klaute. Warum sollte sie nicht auch etwaige Mitwisser eiskalt eliminieren?

Völlig unverhofft entdeckte ich zwischen dem Buschwerk ein Rentier, das an den kahlen Sträuchern knabberte – unglaublich, keine fünf Meter entfernt. Es hob sein Geweih und guckte mich ganz entspannt an. Nicht die leiseste Ahnung, wie dies seltene Huftier auf die Insel Poel kam. Meines Wissens war diese Hirschart in Herden und weit nördlicher unterwegs; vielleicht ein krankes altes Tier, das sich separiert hatte oder einfach den Artgenossen nicht mehr hinterhergekommen war.

Wie lange ich dort stand, Kraft schöpfte und von Ren Rudolph betrachtet wurde, wusste ich nicht. Ein fast besinnlicher Augenblick. Fehlt nur noch Schnee und Schlitten, dachte ich leicht entrückt. Wohl irgendein Geräusch, das ich selbst nicht wahrnahm, ließ das Karibu die großen Schaufeln heben und aufhorchen. Dann sprang es kraftvoll über das Feld davon und war hurtig im Nebel verschwunden.

Aus der Lichtung trat der Weihnachtsmann.

In seinen Händen lud er geräuschvoll durch – eine italienische Beretta M-92.

Brüllend rannte ich davon, hinein in die Suppenküche, in der mir die blauen Bohnen nur so um die Ohren flogen.

»Steh still!«, giftete es hinter mir.

Ich schrie wie am Spieß. Es riss mir in den Lungen. Ich hatte Glück, denn ich stürzte keine zwanzig Meter weiter über einen rostigen Spaten, der mitten im Feld lag und wie der Trecker vom Bauern wohl vergessen worden war. Nicht dass ich in dieser schier ausweglosen Situation ernsthaft glaubte, ein Spaten sei das adäquate Verteidigungsmittel gegen eine Handfeuerwaffe, aber wäre ich nicht über ihn gefallen, hätte mich die zweite knatternde Salve mit Sicherheit in ein mausetotes Sieb verwandelt.

Kräftemäßig am Ende, auf alles gefasst, pumpte ich steif wie ein

Marienkäfer auf dem Rücken und fühlte mich im tiefsten Herbst des Lebens angekommen.

Aus der Nebelwand trat der rote Mantel, über ihm die feige, höhnische Plastikmaske, umrahmt von einem langen, wallenden Wattebart.

»Sie haben unglaubliches Glück, Frau Hansen«, schnarrte der Weihnachtsmann atemlos.

Die Stimme erkannte ich nicht sofort. Friesen konnte ich ausschließen, das fiese Timbre war mir geläufig. Auch Sigrid Kowalski kam nicht in Betracht. Hesse babbele andersch.

»Der blöde Nebel hat mir einen Strich durch die Rechnung gemacht«, beschwerte sich der Weihnachtsmann beim Wetterfrosch. »Hab alle Kugeln verschossen, das komplette Magazin. Zwanzig Projektile, alle daneben.«

Er musste kurz verschnaufen, auch ihm steckte der Marsch durch den tiefen Morast offensichtlich in den Knochen.

»Manchmal hat man einfach kein Glück, und dann kommt auch noch Pech dazu. Nicht eine lausige Patrone mehr im Lauf. Es ist zum Mäusemelken! Für den Kopf der lieben Frau Hansen kein Blei mehr übrig.«

Er klang fast, als würde es ihm leidtun. Ich konnte seine Verstimmung nicht teilen.

»Wo haben Sie die Waffe her?«, fragte ich mit brüchiger Stimme.

»Mitgenommen.«

»Warum?«, versuchte ich den Weihnachtsmann zu beschäftigen und in ein Gespräch zu ziehen.

»Das ist eine Insel. Was man nicht selbst mitbringt, kriegt man hier auch nicht.«

Das klang völlig unpassend und dennoch irgendwie logisch.

In hohem Bogen schmiss er die Beretta tief in den Acker und zog aus der Manteltasche eine Rolle Angelsehne.

Ich schluckte. Der Mann hatte an alles gedacht und schien hinter seiner Plastikmaske auch wieder einigermaßen bei Stimme und in Stimmung zu sein.

»Ich tue das nicht gern, Frau Hansen. Das müssen Sie mir glauben. Ich bin kein Unmensch. Die Frau Schmatz, das ging einfach nicht anders. Das wäre mit der Pistole zu laut gewesen, trotz Schalldämpfer, mitten in der Nacht, mitten auf der Station. Erwürgen ist nicht schön, dauert einfach zu lange, und man kommt sich sehr nah. Ich sehe schon: Sie verstehen mich, Frau Hansen.«

Keine Ahnung, wo er diese abstruse Gewissheit hernahm. In mir nagte ein mächtiger Zweifel, dass ich aus dieser Nummer noch einmal lebend herauskommen würde.

Er kniete sich breitbeinig vor mich und besudelte dabei seinen roten Mantel bis zu den Knien mit Schmutz und Schlamm. Er beugte sich über mich und spannte die Sehne zwischen seinen behandschuhten Fäusten.

Auf diesen Augenblick hatte ich gewartet. Ich rammte den rostigen Spaten mit Schmackes zwischen seine Beine und rollte mich gleichzeitig geschwind zur Seite.

Der Urschrei des Weihnachtsmannes schloss Elfi von Meuselwitz als Täterin definitiv aus. Ein gezielter Hieb in den weiblichen Unterleib schmerzt höllisch, ein Spaten mitten ins männliche Gemächt lässt die himmlischen Kirchenglocken auf Sturmflutniveau läuten.

Samt Maske rammte sein Kopf frontal in die Erdpampe. Spätestens jetzt, wurde mir auf Anhieb klar, litt der Weihnachtsmann akut unter Sauerstoffmangel. Leichtes Oberwasser witternd, sah ich dennoch keinen Grund, mich auf meinen Lorbeeren auszuruhen. Ein letztes Mal sammelte ich alle Kräfte und zwiebelte dem Rotrock mit dem Spaten eins über die Rübe.

So schnell es meine lehmverklebten Halbschuhe zuließen, rannte ich über den Acker und keine fünfzig Meter später, an der Einfahrt zur Siedlung Weitendorf, mitten in die Arme meines entsetzten Sohnes Ole.

Ich musste scheußlich aussehen!

»Wie siehst du nur aus, Mama?«

»Genauso wie ich mich fühle, Ole«, hechelte ich komplett außer Atem.

Meine Sachen waren bis auf die Haut durchnässt. Ich fror. Inga Jensen war so lieb und brachte mir sofort eine dicke Wolldecke aus dem Polizeiwagen. Mein Mantel war bis hoch hinauf mit Lehm bespritzt. Die Schuhe konnte ich wegschmeißen.

»Wo ist er?«, fragte S.K. Möller rücksichtslos.

Es war Zeit für einen milden Tadel. »Warum kommt ihr erst jetzt?«

»Du hast gesagt, um acht!«, erklärte Ole Hansen, »nicht, ob morgens oder abends. Das SEK kriege ich doch nie und nimmer innerhalb einer Stunde von Schwerin nach Poel. Keine Chance!«

Meinem Sohnemann war das Ganze unangenehm, er stockte und meinte dann verlegen: »Die Mühlen der Bürokratie mahlen langsam, Mama. Ich dachte, du meinst acht Uhr am Abend. Warum konntest du nicht warten, Mama? Immer diese Eigenmächtigkeiten.«

»Da hab ich ja noch mal Glück gehabt, wie?«

»Der elektronischen Fußfessel sei Dank. Und vor allem auch Lotte Nannsen«, erklärte Inga Jensen. »Als Lotte Sie zielstrebig und vor allem wortlos am Hafen vorbeimarschieren sah, hat sie den Braten gerochen und plietsch sofort die Kommandantur verständigt.«

»Und der Täter?«, fragten Ole Hansen und S. K. Möller begierig und im selben Atemzug.

»Der Weihnachtsmann.«

Mein Ole guckte komisch, der Psychologe ahnungsvoll bis wissend.

»Trotzdem: Man soll die Hoffnung auf das Gute im Menschen nicht aufgeben«, philosophierte ich.

In diesem Moment tauchte aus dem Nebel ein mächtig behämmertes, völlig orientierungsloses und ziemlich zittriges Väterchen Frost auf, das sich widerstandslos festnehmen ließ. Nach Luft japsend, hatte es sich freiwillig die Plastikmaske über die blutverschmierte Schädeldecke geschoben. Sein Antlitz war aschfahl, der Mund stand offen, das schwere Doppelkinn hing tiefer denn je. Wie sollte es anders sein? Der Weihnachtsmördermann hieß Hein Mück.

13

Nahaufnahme der Lottofee vor ruhendem Ziehungsgerät. »Hier nun die Zusammenfassung der Gewinnzahlen der Weihnachtsveranstaltung des deutschen Lottoblocks ...« Mit einer Wischblende schiebt sich eine Zahlengrafik ins Bild. Noch vor der feierlichen Deklamation reißt der Ton abrupt ab. Schwarzbild.

Mittwoch, den 23. Dezember

Der Test auf Basis des berühmten Fisch-Bisses funktionierte in fünfundneunzig Prozent aller Fälle einwandfrei. Der Fall des tötenden Hausmeisters gehörte offensichtlich zum überschaubaren Rest. Für S. K. Möller war es ein Schlag ins Kontor, dass nicht Pfleger Friesen, sondern Mücke, der Hauswart, einen derart seelischen Dachschaden hatte, der drei Menschen das Leben gekostet hatte. Alle drei toten Frauen im »Glatten Aal« gingen auf dasselbe Konto. Die Beweggründe für Hein Mücks Taten waren schwer nachzuvollziehen, obwohl sein Geständnis umfassend war.

Müde saß Mücke im fensterlosen Verhörraum im Keller des Fürstenhofes, das Trio aus der Kommandantur erwartungsvoll um sich versammelt. Die von Hanna Hansens Schlägen mit dem eisenharten Spaten stammende klaffende Platzwunde zwischen Fontanelle und Scheitelbein war ihm gestern Abend im Hanse-Klinikum mit zwölf Stichen genäht worden.

Möller starrte ihn an, machte ein langes Gesicht und schwieg. Der Kriminalassistentin Jensen leuchtete das ein: Den Doktor der Psychologie hatte das eigene schlechte Gewissen gedrückt und getrieben. Er war damals mit seiner Familie von Mecklenburg in den Breisgau gezogen und hatte seine alte, kranke Mutter Irene allein gelassen, quasi ihrem schlimmen Schicksal anheimgestellt. Nach der zehntägigen Irrwanderung über die Insel Poel hatte der Sohn die verwirrte Mutter mir nichts, dir nichts ins Altenheim abgeschoben, wo sie bereits vier Wochen später jämmerlich umgekommen war. Um sich von eigener Schuld reinzuwaschen, verrannte sich der Mediziner Hals über Kopf in die durchaus existierende Altenpflegeproblematik. Die vermeintliche Serientat eines frustrierten Pflegers war für den Psychologen selbst langsam, aber sicher zur fixen Idee geworden.

Hein Mück nahm kein Blatt vor den Mund.

»Sie hat mich tierisch genervt, genauso wie die beiden anderen alten Damen, die immer alles nur nach ihrer Fasson geregelt haben wollten. Keine Ordnungsliebe, keine Disziplin, keinen Sinn für Sauberkeit und Pflege von Haus und Hof. Abgetakelte Fregatten! Ehrabschneidendes Benehmen! Das prangere ich an.«

»Was konkret, bitte schön, war denn derart beleidigend am Verhalten der Seniorinnen?«, wollte Inga Jensen wissen.

»Die Möller hat immerzu Blumen gepflückt und die Blüten von den Beeten im Garten abgezupft. Nicht einmal, nicht zweimal, zigfach hatte ich sie vorher gewarnt. ›Lassen Sie die Finger von meinen Pflanzen‹, hatte ich sie ermahnt und damit nichts anderes als einen deutlichen Wink mit dem Zaunpfahl gegeben.«

Natürlich hatte S. K. Möller während seiner Karriere an psychischen Defekten schon einiges erlebt und analysiert, doch diese hanebüchene Begründung trieb ihm die Zornesröte ins Gesicht.

»Die Möller dachte, ich wollte an ihren Lottoschein, und hat ihn einfach aufgegessen, aber nicht hinuntergeschluckt bekommen. Daran ist sie wohl gestorben. Ich hab sie nur ein bisschen festgehalten – mehr nicht. Im Nachhinein dachten alle, es hätte was mit dem Lottospiel zu tun. Alles Quatsch.«

Hansen legte seinem Kollegen besänftigend eine Hand auf den Arm. Beide saßen dem Täter gegenüber. In der Ecke an einem kleinen Beistelltisch protokollierte eine aufmerksame Inga Jensen das Gesagte.

»Ich gebe mir so viel Mühe«, beklagte sich Mücke. »Gehegt und gepflegt, der Garten, wie mein Augapfel. Wissen Sie, was üppig blühende Staudenrabatten das Jahr über für eine Arbeit machen? Und die alten Schrullen haben gar keinen Sinn für die schönen Geranien oder Lupinen, die Gladiolen oder Herbstastern. Im Gegenteil: Die rupften erst die Pfingstrosen aus und später dann noch den Eisenhut, nur um sie in Vasen zu stellen und damit ihre Zimmer zu verschönern. Das ist doch viel zu schade. Das geht doch nicht, Herr Kommissar, so etwas kann man nicht einfach hinnehmen …« Einen kurzen Moment hielt er inne. »Entschuldigen Sie, ich habe mich ein bisschen verplappert. Das ist sonst nicht meine Art.«

»Sie sind ein großer Blumenfreund, wie?«, kommentierte der Kommissar bewusst kulant.

»Angeln ist meine Leidenschaft«, seufzte Mücke, »aber der Garten ist meine große Liebe!«

Das war mehr als ein Spleen. Mücke hatte eine Macke, die stellte niemand mehr in Frage. Mit einer einladenden Geste ermutigte Hansen ihn fortzufahren.

»Die Schmatz war noch schlimmer. Die sammelte immer ihren ganzen Unrat, ihre Kekstüten und Pralinenschachteln, und warf dann all ihren Müll in einem Moment, in dem sie sich unbeobachtet fühlte, einfach aus dem Zimmerfenster auf die Straße. Einfach so. Verstehen Sie? Aus dem Bett heraus, hinunter auf den Weg. Das ist doch keine Art. Das ist nicht nur mangelnde Hygiene, das ist eine Respektlosigkeit gegenüber meiner Tätigkeit. Wozu bin ich im Haus? Können Sie mir diese Frage beantworten, Herr Kommissar?«

Hansen schürzte die Lippen.

»Sehen Sie! Meine Funktion besteht bestimmt nicht darin, den alten Frauen hinterherzufegen und ihren Abfall von der Straße aufzulesen und in die dafür vorgesehenen Container zu verteilen. Wir haben ein ausgeklügeltes System der Abfallentsorgung, müssen Sie wissen —«

»Wie sind Sie denn eigentlich zur Frau Schmatz ins Zimmer gelangt?«, unterbrach ihn Olaf Hansen.

Aber Mücke dachte gar nicht dran, auf die Frage einzugehen. Er war jetzt am Drücker und nutzte die Gelegenheit, die Dinge aus seiner sehr speziellen Sichtweise zu schildern und einzuordnen.

»Das war ein netter Versuch, Herr Kommissar«, lachte der Exhausmeister, »die Wand hoch und dann ins Fenster rein. So klappt das nur, wenn man 'ne Sportkanone ist, wie Ruben Bommel, dieser Schuft. Stellt sich als Freund dar, und kaum dreht man ihm den Rücken zu, beklaut er einen. Das ist doch keine Art. Egal, wie arm die Menschen in Afrika sind: Diebstahl bleibt Diebstahl. Schließlich ist 'ne Rolle Angelsehne kein Mundraub, oder?«

»Schön suutsche, eins nach dem anderen«, brachte ihn Hansen zurück auf Linie. »Wie kamen Sie ins Zimmer hinein?«

»Von oben!«

»Wie, von oben?«

»Übers Dach«, erklärte Hein Mück. »Durch die Dachluke aus

dem Dachboden abgeseilt, direkt bis vors Fenster vom Zimmer der Schmatz. Ausm Dachgeschoss hinab ins erste Stockwerk. Von oben nach unten. Viel schneller und sauberer als umgekehrt.«

Hein Mück guckte, als würde er Beifall erwarten. Als der nicht aufbrandete, entsann er sich wieder seines kurzfristigen Angelkumpels.

»Ruben Bommel hat so etwas geahnt und mich beim Brandungsangeln auf die Möglichkeit hingewiesen. Ich wollte ihn loswerden, auf dass er sich nicht verquatscht. Kleinkarierter Dieb! Zum Dank für das gemeinsame Angelerlebnis klaut er mir die teure Sehne. Da dachte ich: Gut. Er will's nicht anders. Und 'ne bessere Gelegenheit kommt so schnell nicht wieder –«

»Sie wollten es ihm heimzahlen.«

»Sagen wir mal so: Die Konstellation war günstig ...«

Hansen kratzte sich am Kopf.

»Den Einbruch in die Werkstatt«, schlussfolgerte Möller mit geheuchelt wohltemperierter Stimme, »den haben Sie fingiert, um Herrn Bommel über den Diebstahl der Sehne mit dem Mord an Frau Schmatz in Verbindung zu bringen?«

»Zugegeben, eine etwas konstruierte, vielleicht sogar leicht überflüssige Maßnahme, aber ...«

»Und Frau Gumbinnen?«, unterbrach ihn nochmals der Kommissar.

»Die hab ich auf frischer Tat ertappt«, antwortete Hein Mück rechthaberisch. »Die Gumbinnen wollte im Schutze der Dunkelheit ihren Privatmüll unsortiert in meinen Tonnen im Hof entsorgen. Aber das war noch lang nicht alles. Ich habe den lila Drachen genau beobachtet. Wissen Sie, der grüne Container ist für leere Flaschen vorgesehen. Die gelbe Tonne ist für Kunststoffe und Verpackungsreste. In den blauen Container gehören nur Pappe und Papier. Und die große braune Komposttonne ist für die Essensreste aus der Kantine, also reiner Bioabfall. Und was tut der lila Drachen ...?«

»Na, was?«, fragte Hansen auf alles gefasst.

»... schmeißt das ganz Zeugs einfach so in die braune Biotonne. Eine Unverschämtheit sondergleichen! Zwei Plastiktüten mit alten Schlüpfern und ausgelesenen Zeitschriften und ranzigen Lebensmitteln. Alles durcheinander. Ich hab im Nachhinein reingeguckt und umverteilt. Musste den Müll fein säuberlich auseinanderklaubüs-

tern.« Mücke schnappte nach Luft. »Ohne zu trennen, hineingestopft in die Komposttonne. Ja, wo kommen wir denn da hin?«
Dann schnappte seine Stimme fast über vor Erregung.
»Ich bemühe mich hier, den Laden tipptopp zu halten, und die Bewohner tanzen einem zum Dank auf der Nase herum.«
»Kein Grund für eine Exekution«, bemerkte Hansen ohne viel Federlesen. »Sie können doch keinen Menschen umbringen, nur weil er eine andere Auffassung von Reinlichkeit oder Ordnungsliebe hat.«
»Nach der ersten Tüte habe ich Frau Gumbinnen angerufen: Was das zu bedeuten hat? Sie hat einfach geschwiegen. Sie hat sich nicht mal bemüht, eine Erklärung abzugeben, geschweige denn eine Entschuldigung zu formulieren. Und dann hat sie auch die zweite Hausmülltüte in meine Biotonne werfen wollen.«
»Das ist doch kein Verbrechen!«, rief Inga Jensen außer sich.
S. K. Möller platzte fast vor beruflicher Neugier. »Und dann?«
»Wissen Sie, Herr Kommissar«, wandte sich Hein Mück vertraulich an Olaf Hansen, »es ist nicht so, wie Sie denken. Ich bin kein Unmensch. Mit mir kann man über alles reden. Aber man muss reden und darf nicht schweigen. Man muss mich behandeln wie einen Hausmeister. Ach was! Wie einen Menschen – mehr nicht! Dieser lila Drachen hat sich über mich, mein Engagement und meine Profession respektlos hinweggesetzt. Die Frauen haben sich lustig gemacht. Die haben getuschelt! Das hab ich selbst mitbekommen. So etwas kann man sich über einen längeren Zeitraum nicht gefallen lassen. Dem muss man nachhaltig und vor allem dauerhaft Einhalt gebieten.«
Mücke erzählte alles ganz freimütig, so als wären die Morde die natürlichste Reaktion der Welt. Die drei Beamten lauschten seinem Geständnis mit gespannter Aufmerksamkeit und wachsendem Befremden.
Nach der Herkunft der Tatwaffe gefragt, antwortete Hein Mück arglos: »Eine Beretta M-92, schickes Itaker-Teil.«
»Woher?«
»Erbstück von meinem Vater.«
»Von Fiete, dem Angler?« Der Kommissar zeigte sich überrascht.
»Genau, meinem Papa«, antwortete er und bekreuzigte sich melodramatisch.
»Elfriede von Meuselwitz?«, fragte Hansen jovial. »Meine Mutter

erzählte uns, dass Sie auch Frau von Meuselwitz mit ihren Schnapsflaschen, die sie ebenfalls rücksichtslos entsorgt, auf dem Kieker hatten.«

»Rücksichtslos! Da haben Sie ausnahmsweise einmal recht gesprochen. Stimmt. Die ist nicht besser als all die anderen.«

»Und warum nicht Frau von Meuselwitz?«

»Keine Sorge, Herr Kommissar, die von und zu Meuselwitz wäre mit Sicherheit die Nächste gewesen.«

Auch Hanna Hansen sei ihm ein Dorn im Auge gewesen, weil die Mutter vom verehrten Oberkommissar ständig herumgeschnüffelt habe und ihm mit ihren Nacht-und-Nebel-Aktionen buchstäblich auf den Pelz gerückt sei.

Hansen warf ihm einen gequälten Blick zu, in dem deutlich zu lesen stand: Passen Sie auf, was Sie sagen! Überspannen Sie nicht den Bogen!

»Die will einfach nicht nach Hause. Dabei ist sie gar nicht wirklich krank, die tut doch nur so. Aber das wissen Sie besser als ich. Hat sich einfach eingenistet bei uns im ›Glatten Aal‹. Dann hab ich sie bis nach Poel gehetzt. In dem tiefen Acker hätte sie kein Bauer vor der nächsten Saat gefunden.«

Hansen räusperte sich. Zur Abwechslung legte Sönke Knut seinem Kollegen Olaf die Hand beruhigend auf den Unterarm. Aber der Kommissar war durch und durch Profi, niemals hätte er sich zu einem lauten Wort oder gar einer Beschimpfung hinreißen lassen. Außerdem war seiner Mutter, Gott sei Dank, nicht viel passiert. Das bisschen Schnupfen hielt sich in Grenzen.

Mit dem Lottofall hatte Hein Mück nichts zu tun. Er schwor es beim Leben seiner zwei Kinder. Zum ersten Mal wirkte er dabei zutiefst gutmütig. Er hinterließ drei Opfer sowie drei eigene Familienangehörige, das wollte menschlich und moralisch auf den ersten Blick einfach nicht zusammenpassen.

Dr. Möller sollte über Mückes Seelenzustand noch länger reflektieren, weit über seinen weihnachtlichen Kurzbesuch in Wismar hinaus. Das Fachbuch mit dem Titel »Silhouette eines Serienkillers«, das im Zuge dieser jahrelangen Überlegungen entstand, sollte in fernen Zeiten die ungeteilte Aufmerksamkeit und Hochschätzung seiner Berufskollegen und Psychologiestudenten an der Universität Freiburg erfahren.

Hein Mück wurde der Staatsanwältin und dann dem Haftrichter vorgeführt. Nach einer fast einjährigen Untersuchungshaft wurde er in einem spektakulären Gutachter-Prozess vor dem Oberlandesgericht in Rostock von einer unmittelbaren Schuld freigesprochen. Stattdessen ordnete der Richter nach Paragraf 66 StGB eine lebenslange Sicherheitsverwahrung in einer psychiatrischen Heilstätte an.

In einer geschlossenen Nervenheilanstalt im schönen Röbel an der Müritz stieg Mücke binnen drei Jahren vom bösartigen Buhmann zum fleißigen, ehrenamtlichen Hauswart auf. Noch sehr viel später sollte er regelmäßig Postkarten aus dem fernen Südafrika erhalten. Der mehrfach ausgesprochenen Einladung zum Hochseefischen auf Barrakuda und Thunfisch durfte Hein Mück jedoch bis an sein Lebensende niemals nachkommen.

»Alle Angaben wie immer ohne Gewähr!«

»... Das Schiff geht still im Triebe, es trägt ein' teure Last, das Segel ist die Liebe, der Heilig Geist der Mast.«

Über den Flur klang zäh und süß ein Evergreen nach dem anderen von der hinlänglich bekannten Weihnachts-CD. Im »Glatten Aal« feierten sie das Fest der Liebe. Hoher Besuch hatte sich angekündigt und war sogar erschienen. Im Schlepptau von Bürgermeisterin Ilse Hannemann sonnten sich die Anstaltsleiterin Marie-Luise Krabbe, die beiden besten Reporter vom OSTSEE-BLICK und so ein kleiner drahtiger Moderator von »Wismar TV« samt Kameramann-Azubi, die das in Verruf geratene Vorzeige-Stift in erschöpfender Länge als Aufmacher ihrer Sondersendung am ersten Weihnachtsfeiertag beziehungsweise in der Tageszeitung am Heiligen Abend in Hochglanzqualität auf Seite eins lobpreisen sollten.

»Wir sind alle so froh, Frau Hansen«, trällerte Ilse Hannemann, »dass Sie gemeinsam mit Ihrem Sohn den Mörder der alten Damen dingsbums ... äh, dingfest machen konnten.«

»Man tut, was man kann«, antwortete ich zurückhaltend.

»Und Ihnen ist bei der ganzen Aufregung wirklich nichts passiert?«

Meine Erkältung hatte es in sich. Schluckbeschwerden, Mandelentzündung, Hustenreiz. Ich schüttelte nur den Kopf.

Maliziös schauten mir die beiden unverbrauchten Pflegekräfte, die heute zur Feier des Tages ihren offiziellen Arbeitsbeginn hatten, über die Schulter, wie ich meine Siebensachen packte und die schwere Reisetasche und den ebenso gewichtigen Seesack hinaus auf den Korridor bugsierte.

»Fröhliche Weihnacht überall!, tönet durch die Lüfte froher Schall. Weihnachtston, Weihnachtsbaum, Weihnachtsduft in jedem Raum ...«

Gemeinsam schritten wir in den Aufenthaltsraum für die Bewohner der Station »Abendfrieden«. Bürgermeisterin Hannemann hatte nicht allzu viel Zeit mitgebracht, schließlich war unsere Station nur eine von vieren, die sie besuchen wollte, und noch am selben Nachmittag stehe die obligatorische Weihnachtsfeier mit den Bediensteten des Rathauses an.

»Ein Termin jagt den anderen«, stellte sie freudestrahlend fest. »So schön ist Weihnachten in unseren modernen Zeiten!«

Frau Krabbe stimmte ihr überschwänglich zu. Der Fernsehreporter rollte den Rollstuhl mit Gerlinde Poltzin neben die Bürgermeisterin und somit ins Bild. Der junge Kameramann versuchte einen schwungvollen Kameragang zwischen Eddi Goor und Piet Pirschel hindurch, direkt auf Ilse Hannemann zu, die in diesem Moment der verdutzten Frau Poltzin mit einem herzlichen Lächeln theatralisch die Hand schüttelte und ein festlich verpacktes Präsent überreichte.

Die Senioren waren – wenn man es nach den tödlichen Ereignissen so euphemistisch ausdrücken durfte – vollzählig angetreten. Die Zwillingsschwestern Ehlers saßen auf einem kleinen Sofa und strahlten vor Glück über so viel feierliche Abwechslung. Eine leicht überdrehte Fifi Ferres drängte sich ins Bild und wollte eine spontane plattdeutsche Begrüßungsrede halten, da brach der Kameramann seine Aufnahme ab und rief Ilse Hannemann zu: »Bitte, Frau Bürgermeisterin. Noch mal auf Anfang.«

Das war jedoch leider nicht mehr zu realisieren, Frau Poltzin hatte ihr Präsent schon vorschnell aus der Weihnachtsverpackung herausgerissen.

Elli Schwertfeger gackerte köstlich amüsiert und wollte niemandem verraten, wo und wann der Film zu sehen sein werde. Aber sie habe mit eigenen Augen beobachtet, dass weitere versteckte Überwachungskameras vor ein paar Wochen in der Saaldecke installiert worden seien.

Es war das erste Mal, dass ich überzeugt war, die alte Frau Schwertfeger nicht nur einigermaßen zu verstehen, sondern ihren Beobachtungen auch Glauben schenken zu dürfen.

»Sihr ihrbore Frau Börgermeistersch! Se glöben gor nich, wat för en Ihr Se ehr Besök in uns' Hüsung för uns bedüd't ...«

Abermals wurde die ehemalige Schauspielerin der Niederdeutschen Bühne von Frau Krabbe unterbrochen und barsch angewiesen, sich auf ihre vier Buchstaben zu setzen. Die dachte nicht daran und verzog sich schmollend, aber nur vorübergehend, hinter die Kulissen.

Meine spezielle Freundin Elfriede von Meuselwitz hatte einmal mehr eine Fahne drei Meilen gegen den Wind. Aus glasigen Augen schaute sie mich an, nickte mir zu und warf ihren langen grauen Zopf lässig auf den Rücken.

»Liebe Bewohnerinnen und Bewohner der Station ›Abendfrieden‹.« Die Bürgermeisterin erhob das Wort. »Sie glauben gar nicht, wie glücklich ich bin, heute bei Ihnen zu sein, mit Ihnen gemeinsam die kommenden, hoffentlich besinnlichen Weihnachtstage einläuten zu dürfen.«

Ilse Hannemann stand mitten im Gemeinschaftssaal und sprach mit salbungsvollem Unterton.

»Aber ich bin, wie Sie sehen, nicht allein gekommen. Ich darf Ihnen mit großer Genugtuung mitteilen, dass Ihnen ab heute zwei neue Fachkräfte auf Ihrer gemütlichen Station zur Verfügung stehen, die Ihnen Ihr Leben noch ein bisschen angenehmer gestalten werden.«

Marie-Luise Krabbe kommentierte diese Aussicht mit einem spontanen freudigen Klatschen in die Hände.

»Die Bürgerschaft der Hansestadt Wismar hat sich – auf mein bescheidenes Anraten hin – großzügig gezeigt und ohne langwieriges bürokratisches Prozedere die finanziellen Mittel für zwei neue Pflegekräfte bewilligt, die allein Ihnen, liebe Wismarerinnen und Wismarer, im nächsten Jahr mit Rat und Tat zur Seite stehen werden.«

Zur Abwechslung spendete jetzt die Bürgermeisterin selbst den Applaus, und die Krabbe klatschte noch mal mit, und die beiden in Megaperlweiß gekleideten Angesprochenen lächelten hölzern, traten jeweils einen Schritt nach vorn, verbeugten sich einen Tick zu feierlich und traten wieder ins zweite Glied zurück.

Pirschel und Goor glotzten zuerst skeptisch und klatschten dann ebenfalls Beifall. Die Übrigen beäugten die beiden Neuen nur interessiert bis distanziert.

»Von ganzem Herzen wünsche ich Ihnen eine friedliche Weihnacht und einen guten Rutsch ins neue Jahr. Und bleiben Sie vor allem gesund und munter.«

In diesem Moment schmetterte es aus den unsichtbaren Boxen in der Zimmerdecke: »Lasst uns froh und munter sein und uns recht von Herzen freun! Lustig, lustig, traleralera! Bald ist Nik'lausabend da, bald ist Nik'lausabend da!«

»Ein Prosit auf unsere Retterin!«, rief Elfi von Meuselwitz mit einem Augenzwinkern. »Hoch lebe Wismar! Hoch lebe der ›Glatte Aal‹!« Dann hob sie ihren Flachmann an die Lippen und genehmigte sich ein ordentliches Schlückchen.

Ilse Hannemann fand den Toast recht passend, fühlte sich geschmeichelt, trat auf Frau von Meuselwitz zu und wollte ihr dankend die Hand reichen. Im selben Moment löste sich Elfi und wankte schnurstracks an der Bürgermeisterin vorbei und mit ausgestreckten Händen mir entgegen. Sie umarmte mich. Die Ehlers, Goors und Pirschels entfachten ehrlichen Beifall. Die Kamera drehte sich ein, die Blitzlichter des Fotoreporters zerhackten die Szenerie. Endlich sah Fifi Ferres ihre Zeit gekommen, drängte sich abermals ins Bild und wollte eine niederdeutsche Dankesrede halten. Die beiden neuen Pflegehelfer (Hartz-IVer auf Ein-Euro-Job-Basis, wie Elfi herausgefunden haben wollte) hatten auf Anhieb alle Hände voll zu tun.

Vorwurfsvoll schaute Ilse Hannemann Marie-Luise Krabbe an, die zuckte hilflos die Schultern. Beide klatschten keinen Applaus, sondern einmal generös in die Hände. Und nach Hannemanns energischem »Hopp, hopp!« zogen sie mit den kuschenden Medienvertretern im Kielwasser augenblicklich zur nächsten Station.

»Morgen, Kinder, wird's was geben, morgen werden wir uns freuen! Welch ein Jubel, welch ein Leben wird in unserem Hause sein! Einmal werden wir noch wach, heißa, dann ist Weihnachtstag ...«

Es war eine heitere, launige Runde, in der wir uns wiederfanden. Die neue Schwester und der junge Pfleger zeigten erste Unsicherheiten, ließen uns gewähren und zogen sich unauffällig ins Personalzimmer zurück.

»Du siehst nicht gut aus«, meinte Elfi zu mir.

»Erkältung«, erklärte ich. »Die letzten Tage sind nicht spurlos an mir vorübergegangen.«

»Verstehe«, sagte sie. »Schonung tut not.«

»In einer halben Stunde kommt mein Sohn und holt mich ab. Dann war's das mit dem ›Glatten Aal‹. Endgültig.«

»Du Glückliche!«, rief Elfi ehrlich und herzlich. »Beneidenswert.«

»Komm doch einfach mit.« Mein Angebot hatte ich mir reiflich überlegt. Ein bisschen plagte mich mein Gewissen, schließlich hatte ich Elfi mit meinen haltlosen Verdächtigungen Unrecht getan. »Ich lade dich hiermit ein, Weihnachten bei uns im Hause zu verbringen. Du bist herzlich willkommen. Heiligabend mit dem traditionellen Besuch in der Sankt-Nikolai-Kirche und danach Nordische Fischplatte und leckeres Wismarer Pilsener. Wie wär's, Elfi?«

Elfi lehnte dankend ab. Sie allein wusste, warum.

Dann geschah ein Akt der Nächstenliebe, wie er altruistischer kaum sein konnte. Urplötzlich stand die Raumpflegerin mitten zwischen uns. Keiner hatte sie eintreten sehen. Vermutlich hätte auch niemand in dem Tohuwabohu sogleich Notiz von ihr genommen, wenn sie nicht engelsgleich ihre Arme ausgebreitet und in unverkennbarem Dialekt in den musikalischen Chor mit eingestimmt hätte.

»Sei willkumme, du edler Gascht! De Sünder nedd verschmähet hascht. Und kummschd ins Elend her zu mir, wie soll isch imme danke dir?«

Mir schwante Böses, doch sollte ich mich kolossal irren. Bis zum Schluss verteidigte der Mensch seine Vorurteile und war deshalb vor Überraschungen nie gefeit.

Sigrid Kowalski strahlte wie ein Honigkuchenpferd, nicht heuchlerisch, eher aus Verlegenheit heraus. Sie trug Zivil, weder schwang sie den Wischmopp, noch kam sie, um weitere Lymphdrüsen zu malträtieren.

»Misch treibt moin schlesschtes Gewisse zu Ihne«, eröffnete sie ihre Erklärung ein wenig genierlich und in ureigener Mundart. »Moi ehemalische Fraa, die Irmi, die hot misch vor zwaa Woche beauftragt gehabt, bei ihrem Spezi, dem Lotto-Pfeiffer, inne Nacht einzubresche unn *dess* hier wegzunämme unn ehr mitzubringe.«

Sie hielt einen Quittungsbeleg in die Höhe – den registrierten Spielschein mit dem wertvollen Fünfer. Ein Raunen und Juchzen ging durch die Gruppe der anwesenden Senioren.

Im ersten Moment machte mich ihre Formulierung skeptisch: Irmgard Schröder ihre »ehemalige Frau«? Das bedeutete, Sigrid Kowalski und Schwester Irmi waren nicht nur befreundet, sondern ein Paar gewesen. Interessant, dachte ich tolerant.

Die Freude unter den Bewohnern über den Lottoschein war groß, wenn auch das eine oder andere Missbehagen nicht ausblieb. Schließlich hatte Frau Kowalski den Schmatz-Beleg entwendet und damit den Fall unnötig verkompliziert. Doch immerhin wagte sie aus freien Stücken den Schritt zurück und brachte der Tipprunde einen Tag vor dem Heiligen Abend das lang ersehnte, sicherlich kostbarste Geschenk mit.

Elfi von Meuselwitz nahm den Spielschein entgegen, hielt ihn in die Höhe und deklamierte die Zahlenkombination: »Sechs... acht... zwölf... neunzehn und... sechsundzwanzig!«

Goor und Pirschel fielen sich um den Hals und knutschten sich auf den Mund. Die Schwestern Gertrud und Gudrun verdrückten vor Rührung je eine Träne. Frieda Ferres jubelte, als hätte sie posthum den Oscar als beste Nebendarstellerin gewonnen. Nur Gerlinde Poltzin verstand es nicht auf Anhieb, ich erklärte ihr die wunderbare Bescherung.

Sie grinste und meinte naiv wie ein Kind: »Na, dann gibt's ja jetzt über zweitausend Mark mehr – pro übrig gebliebenem Schnabel.«

»Euro, Frau Poltzin. Euro.«

»Wie auch immer«, lachte sie.

Ich stutzte kurz, rechnete nach und schaute sie voller Respekt an. Wo sie recht hatte, hatte sie recht, wenn man auch bedenken musste, dass es Erben gab, die für die verblichenen Lottospieler Ansprüche geltend machen dürften.

Die Einzige, die keinen persönlichen Grund zur Freude hatte, war Elli Schwertfeger, die noch nie in ihrem Leben getippt habe, wie sie mit Nachdruck versicherte. Vielleicht eine gute Voraussetzung, um uralt zu werden.

»Aber die Möwe«, betonte die fast Hundertjährige ohne jeden Zusammenhang, »die hat sich in der Regenrinne ein Nest gebaut und brütet dort ein Überraschungsei aus...«

»Klinget mit lieblichem Schalle – über die Meere noch weit, dass sich erfreuen doch alle – seliger Weihnachtszeit. Alle aufjauchzen mit herrlichem Sang. Glocken mit heiligem Klang ...«

Detlev Pfeiffer war unschuldig. Beim Verlust der entscheidenden Lottoquittung hatte Irmgard Schröder die Hände im Spiel gehabt. Das sah Schwester Irmi ähnlich, sie hatte den Hals nicht vollkriegen können, ihre Allzweckwaffe Sigrid Kowalski aktiviert, und die war mir nichts, dir nichts in die »Lottoannahme Pfeiffer« eingedrungen, um den wertvollen Beleg zu stehlen. Anstiftung zum Einbruch mit Diebstahl beziehungsweise Betrug und Unterschlagung – eine Bewährungsstrafe konnte sich Irmgard Schröder abschminken.

Wo die Bodenkosmetikerin die plötzliche Einsicht hernahm, dass der Diebstahl ein Fehler gewesen war, wollte sie uns nicht mitteilen. Dann entschuldigte sie sich bei mir persönlich wegen des körperlichen Übergriffes. Sie habe zu lange unter einem ungünstigen Einfluss gestanden, und Schwester Irmi habe ihre Zuneigung schamlos ausgenutzt. Den Job im »Glatten Aal« habe sie verloren, mache sich aber um ihre Zukunft keine ernsten Sorgen.

»In der Lübsche Burg gibt's nu ein neues Pflegeheim, da brauche sie nedd blouß Pflegekräfte, sonnern aach Putzfraae. Isch mit moi Erfahrung kumm da bestimmt unner.«

Das war denkbar. Im letzten Frühjahr war das neue Pflegezentrum für einhundertzwanzig Senioren auf einem weitläufigen Gelände zwischen Werft und Bürgerpark feierlich eröffnet worden. Eine topmoderne Pflegeeinrichtung, hieß es, die es dem »Glatten Aal« schwer machen würde, die Nummer eins am Platz zu bleiben.

»Wo kommen Sie eigentlich ursprünglich her?«, wollte ich wissen.

»Butzbach«, antwortete Sigrid Kowalski in einwandfreiem Hochdeutsch, »liegt nördlich von Frankfurt.«

»Butzbach?«, kalauerte Elli Schwertfeger dazwischen. »Butzbach wie Utzbach – das ist lustig!«, lachte sie aus vollem Herzen, »Onkel Bernhard hätte seine helle Freude gehabt.«

Das soll verstehen, wer will.

Ich dachte nicht länger drüber nach und fragte stattdessen die gebürtige Hessin: »Und warum gerade nach Wismar?«

»Der Libbe wäje ...«

Wir alle saßen noch ein Weilchen bei Kaffee, Plätzchen und Tee mit Schuss gemütlich beisammen, und die glücklichen Gewinner des Tages schmiedeten Pläne, was sie mit dem vielen Geld anstellen könnten.

Dann kam mein Sohn Ole, um mich abzuholen.

Elfi von Meuselwitz, die bis dahin viel gelacht hatte, fing nun an, hemmungslos loszuschluchzen. Das tat zwar ein bisschen weh, aber ich wusste auch, dass ihr Gemütszustand vom erhöhten Cointreau-Pegel beeinflusst war.

»Elfriede Karla Theodora Freifrau von Meuselwitz«, betonte ich innig. »Es war mir eine Ehre.«

Sie salutierte zackig und lächelte verkniffen.

Es lag viel Wehmut in der weihnachtlichen Stimmung. Jeder verabschiedete sich von mir auf seine Art, wünschte mir alles Gute und erklärte vor allem, dass man sich so schnell nicht wiedersehen wollte. Spätestens im Altenheim wussten die Menschen, worauf es im Herbst des Lebens ankam. Ole trug meine beiden Taschen, und wir schritten grußlos am Schwesternzimmer vorbei, den Korridor hinunter.

»Stille Nacht, heilige Nacht! Alles schläft, einsam wacht – nur das traute hochheilige Paar. Holder Knabe im lockigen Haar, schlaf in himmlischer Ruh! Schlaf in himmlischer Ruh!«

Während unserer späten Einkäufe trafen mein Sohn und ich am Rande des Weihnachtsmarktes bei einer kurzen Verschnaufpause ein letztes Mal auf die Familie Bommel.

Ausschweifend entschuldigte sich der Oberkommissar für die Unannehmlichkeiten, die Herr Bommel, aber auch seine Frau und Kinder während ihres Wismar-Aufenthaltes hatten erdulden müssen.

»Wie lange bleiben Sie noch in unserer Stadt?«

»Bis einschließlich Silvester«, antwortete Monika Bommel-Schmatz. Sie hatte die kleine Antje auf dem Arm, während Jaap sich an einer rosa Zuckerwatte zu schaffen machte und Grietje aus einer Papiertüte beflissen gebrannte Mandeln herauspickte.

»Ich hätte meinen Kindern zu gern einmal weiße Weihnachten geboten – und meinem Mann natürlich auch.« Sie schaute in den verregneten anthrazitfarbenen Himmel und seufzte. »Aber daraus scheint ja wieder nichts zu werden ...«

»Lausiges Schmuddelwetter!«, schniefte ich.

Die Zeit müsse ausreichen, um alle Formalitäten zu erledigen, wechselte mein Ole das Thema. »Ich darf Ihnen nämlich mitteilen, dass der abhandengekommene Lottoschein wiederaufgetaucht ist.«

»Die fehlende *kwijting*?«, fragte der ebenfalls erkältete Ruben Bommel und hustete ein wenig.

»Keine Bange, diesmal werden Sie Ihr Geld bekommen«, versicherte ich und schnäuzte lautstark in mein Taschentuch.

»Kalt in Deutschland«, antwortete er und putzte sich solidarisch die Nase.

»Wenn ich Ihnen aber einen guten Rat mit auf den Weg geben darf: Sie sollten mit den anderen Tippern teilen. Die Rechtslage ist zwar nicht eindeutig«, legte Ole dar, »aber ohne juristisches Nachspiel, das sich über Wochen, wenn nicht Monate hinziehen könnte, ist es für alle Beteiligten der Tippgemeinschaft und die Erben leichter. Wenden Sie sich bitte, so rasch Sie es einrichten können, an meine Assistentin Fräulein Jensen. Sie hat die Aufgabe kommissarisch übernommen, die Gewinnsumme gerecht zu verteilen.«

»*Duitse grondigheid, he?*«, stöhnte der Südafrikaner und konnte sich ein breites Grinsen nicht verkneifen. »Übrigens hätte ich die Morde Hausmeister Hein Mück niemals zuchetraut. Der hatte eine solch zuverlässige, tüchtige Art und war, wie kein Zweiter in Wismar, chanz chastfreundlich.«

An das Kauderwelsch wollte ich mich nie gewöhnen.

»Tja, die Wege in Wismar sind oftmals verschlungen«, verklausulierte mein Sohn seine Antwort, »dafür aber immer die kürzesten.«

Ruben Bommel schaute uns fragend an, während Jaap ihm am Hosenbein zog.

»Nichts für unchut. *Tot ziens.*«

»Auf Wiedersehen. Und alles Gute. Und frohe Weihnachten!«

Auch Monika Bommel-Schmatz wünschte uns ein frohes Fest und einen guten Rutsch, und schon war die südafrikanische Familie im Trubel des Weihnachtsmarktes verschwunden.

Gemütlich hakte ich mich bei meinem Ole ein, und wir schlenderten bei feinem Nieselregen Richtung Karstadts Stammhaus an der Ecke Lübsche und Krämerstraße. Mein Ziel war die Abteilung für Telekommunikation mit ihren modernen Mobiltelefonen.

Der Fall war abgeschlossen. Die detaillierten Fakten lagen als Kopie in einer Akte bei Ole in der Kommandantur und das Original als reiche Gabe auf dem Tisch der Staatsanwältin. Alle Fragen und Probleme schienen zufriedenstellend gelöst, nur das eine blieb für immer ungeklärt: die Bedeutung der drei Fragezeichen auf meiner Lottoliste.

»? ? ?«

Aber wahrscheinlich war das auch gar nicht mehr so wichtig.

14

Donnerstag, den 24. Dezember

Man will nicht unken, schon gar nicht am Heiligen Abend. Sicherlich war es nur eine profane Erkältung – mehr nicht: Schnupfen, Husten, Heiserkeit, das Übliche halt. Früh am Morgen bekam ich Temperatur und leichten Schüttelfrost. Gar nicht schön.

Unbemerkt wollte ich mich in die Küche schleichen. Unser Haus in der Böttcherstraße 35, gleich schräg hinter der alten Kirchenmauer des einstigen Heilig-Geist-Spitals, war in zwei Etagen unterteilt. Oben schlief und wuselte mein Sohn, das untere Stockwerk bewohnte ich. In der gemeinsamen Wohnküche hielt ich das Zepter allein fest in der Hand.

Als ich die Tür knarrend öffnete, schlich erst meine süße Angora-Kikki anmutig um meine Beine, dann prostete mir grunzend mein verschlafener Sohn mit einem dampfenden Pott vom Küchentisch zu.

»Mensch, Mama, um diese Zeit! Es ist halb sechs.«

Meine Katze grüßte charmanter. Während sie unwiderstehlich miaute, summte die Waschmaschine unter der Spüle. Das Wasser lief gerade glucksend aus der Trommel ab.

»Guten Morgen, mein Sohn!«

»Moin.«

Unwillkürlich schloss ich die Augen, atmete einmal durch die Nase tief ein und durch den Mund wieder aus.

»Hättest du mit der Wäsche nicht warten können, bis ich auf bin?«

Ole schaute mich an und antwortete mit einem kurzen ausweichenden Brummen. Er trug noch sein Schlafshirt mit Homer Simpson auf der Brust, darunter ein paar ausgeleierte Boxershorts und ganz unten dicke rote Wollsocken. Die passten zwar wunderbar zur Weihnachtszeit, waren aber mehr dem Umstand geschuldet, dass der Kommissar Hausschuhe hasste wie die Pest.

Mehrfach hatte ich zu Weihnachten versucht, ihm Pantoffeln schmackhaft zu machen, die wärmer und sicherer waren. Aber nein, meinem Sohn waren Pantoffeln zu peinlich. Kurzerhand hatte er sie jedes Mal vom Tannenbaum weg in die Altkleidersammlung entsorgt. Ich hatte es aufgegeben. Im Winter lief der Kommissar in dicken Socken durch die Wohnung und im Sommer mit bloßen Füßen. Das war seine Marotte.

Ich hustete. »Ich möchte eine heiße Milch ... am besten mit Zitrone und viel Honig.«

»Dein Gebölke hat mich die halbe Nacht nicht schlafen lassen. Nicht, dass das was Schlimmeres ist ...«

»Villicht Stickhoosten ...«, antwortete ich platt.

»Keuchhusten?«

»Hartnäckig, aber nicht gefährlich.«

»Ich dachte, so was kriegen nur Kinder ...?«

Ich setzte mich ebenfalls an den Küchentisch. Dankenswerterweise kümmerte sich Ole um die heiße Milch.

»Ich freue mich, wieder zu Hause zu sein«, schnarrte ich wenig später zwischen zwei Schlucken.

»Das versteh ich, Mama. Aber Weihnachten hin oder her, du musst dich schonen.«

»Eine Karpendiek kriegt man so schnell nicht klein«, antwortete ich lächelnd und setzte etwas kiebig hinzu: »Und eine Hansen erst recht nicht.«

»Kein Wunder, dass es dir schlecht geht. Bestimmt die Anstrengung der letzten Tage, die dir in den Knochen steckt und dich erschöpft hat.«

Ein kurzer Hustenanfall schüttelte mich. »Bitte geh heut Morgen zu Lotte Nannsen. Bestell ihr die allerliebsten Grüße und ein großes Dankeschön für ihre Aufmerksamkeit und Hilfe. Und sag ihr, ich komm nach Weihnachten persönlich vorbei.«

»Mama?«

»Nichts gegen Fisch-Kröger, aber ich will zu Weihnachten kein zweites Malheur. Du kaufst bei Lotte die schönsten Stücke von Scholle, Dorsch, Lachs und Aal. Kannst dir auch Pfeffermakrele mitbringen, obwohl das nicht passt.«

»Mama!«

»Heute Mittag kochen wir gemeinsam. Nachmittags kommt Uns Uwe zu Besuch. Nach Kaffee und Kuchen gehen wir mit ihm zum Weihnachtsgottesdienst in die Nikolaikirche. Hab letzten Monat schon bei Pastor Petersen angerufen und eine Bank reservieren lassen.«

»So geht das nicht, Mama.«

»Kuchen back ich gleich. Was möchtest du für einen, mein Jung?«

Mein Sohn schaute betrübt drein.

»Was hast du, Ole?«

Er schlürfte seinen Kaffee, der nur noch lauwarm, aber schwarz und stark war. Ich nippte an meiner Milch. Kikki maunzte neidisch.

»Ach, nichts, Mama. Ich geh nur schnell duschen, und dann kümmer ich mich.«

Im Laufe des Vormittags wurde das Wetter trockener und kühler – mein Husten dagegen schleimiger und schlimmer. Trotz dreier Aspirin-Tabletten wollte auch das Fieber nicht unter neununddreißig sinken. Kein Grund zur Besorgnis, redete ich mir gut zu. Dennoch setzte ich mich häufiger, um zu verschnaufen. Elende Plackerei.

Mein Mecklenburger Blitzkuchen ging mir routiniert von der Hand. Teig mit Butterschmalz und Eiern, viel Zimt und Orangenschale untergerührt. Garniert mit Pistazien und Mandeln, passte er locker und lecker zum Weihnachtsfest.

Die Hiobsbotschaft kam um halb eins. Zuerst dachte ich an eine Art Rückfall von der dummen Fischvergiftung. Am Telefon erklärte Dr. Jepsen, dass der Befund der letzten Blutuntersuchung nicht einwandfrei gewesen sei. Vielleicht von einer leichtgradigen Rippenfellentzündung. Um jedoch sicherzugehen, müsse man weitere Tests und vorsichtshalber eine Kernspintomografie der Lunge machen.

»Es ist nicht meine Art, mit Kanonen auf Spatzen zu schießen«, meinte Hannibal Jepsen, »aber man hört es selbst am Telefon, dass es Ihnen gar nicht gut geht. Haben Sie beim Atmen Schmerzen, Frau Hansen?«

»Wie ernst ist es?«, hauchte ich in den Hörer, nur um nicht wieder husten zu müssen.

»Das ist schwer zu sagen. Aber keine Sorge, Frau Hansen«, versuchte er zu beschwichtigen. »Eine reine Routineuntersuchung, um Schlimmeres auszuschließen. Wir sollten jedoch nichts auf die lange Bank schieben. Wir können das jetzt gleich bei mir in der Praxis erledigen. Vielleicht sind Sie dann zum Kaffee am Nachmittag schon wieder zurück in Ihrem Haus.«

Ich versprach zu kommen.

Es klingelte erneut – diesmal an der Haustür. Mein Sohn hatte vorhin seinen Schlüssel von innen stecken gelassen. Außerdem hatte er alle Hände voll: die große Plastiktüte mit dem Fisch von Lotte Nannsen und die schweren Ein-Liter-Bügelflaschen vom Brauhaus am Lohberg.

»Du siehst blass aus«, sagte er.

»Danke«, erwiderte ich, »zu wenig Schlaf.«

Völlige Offenheit war schwierig – selbst zwischen Mutter und Sohn. Vielleicht war Ehrlichkeit in engen Beziehungen gar nicht möglich. Sie tat weh und konnte rasch über die vorhandenen Kräfte hinausgehen.

»Stell dir vor, Mama! Lotte Nannsen erzählt, dass Jan Feddersen sein Boot, die ›Dicke Auster‹, nicht mehr flottkriegt. Wegen der Algenpest im Seehafen. Da hat sich der ganze Pflanzenglibber so zäh um die Schiffsschraube getüttelt, dass nun der Motor nicht mehr anspringt.«

Die lila Algen! Hatte ich beinahe schon vergessen. War der sonderbare Algenteppich also bis in den Wismarer Hafen hineingeschwappt. Und er schien stetig weiter anzuwachsen, wie Ole vom nervösen Hafenmeister erfahren hatte.

»Das Meerwasser im Alten Hafen leuchtet wie ein violett strahlender Weihnachtsbaum«, schilderte mein Sohn seine Beobachtung. »Gespenstisch geradezu oder klerikal ... Auf alle Fälle gruselig! Lotte meckerte, dass schon überall Schaulustige herumstehen, die aber vor lauter Bammel nix mehr kaufen wollen. Als wenn Lottes Fische mitten aus der Wismarer Bucht stammen würden ...«

»Ole?«

»Angeblich soll sich die Algenpampe schon durch die Frische Grube in den Wallensteingraben bis zur Schweinsbrücke gefressen haben ...«

»Ole!«, sagte ich mit Nachdruck.

»Wenn das man gut geht! Da muss ich gleich mal mit der Kommandantur und der Frau Bürgermeisterin schnacken, ob wir die Feuerwehr oder das THW alarmieren. Oder was man da machen soll ...«

»Min Jung!«
»Ja.«
»Wir müssen kurz zu Dr. Jepsen.«
»An Weihnachten?«, fragte er entgeistert.
»Geht nicht anders.«
»Vielleicht sollten wir die Festtage ausfallen lassen, mal was anderes machen.« Ole guckte mich besorgt an. »Wie wär's mit Tapetenwechsel? Algenpest hin oder her. Wir fahren in Urlaub, Mama. Last minute – was meinst du?«
»Später, später … Jepsen wartet schon.«
»Ans Mittelmeer. Nach Mallorca vielleicht. Das Mittelmeer soll salzhaltiger und gesünder sein als die Ostsee … Tut zur Abwechslung bestimmt ganz gut.«
»Ein andermal, ja?«

Gott sei Dank war die Fahrt hinüber in die Praxis kurz und schmerzlos. Erst auf der Treppe zu Dr. Jepsens gediegener Villa erfasste mich ein leichtes Schwindelgefühl. Ich hielt mich am Geländer fest, mein Sohn musste mich stützen. Im Warteraum angelangt, ging es schon wieder. Meine Bronchien brannten, aber das war nichts, was mir wirklich Angst machte. Die Untersuchung dauerte eine knappe halbe Stunde und war weniger anstrengend, als ich befürchtet hatte.

Kläre Jepsen, seine aparte Ehefrau und Assistentin, rief uns zehn Minuten später ins Sprechzimmer ihres Mannes. Der lauschte gerade in den Hörer hinein, erwiderte murmelnd, dass er darauf bestehe, verabschiedete sich freundlich und legte auf.

»Noch heute Abend werden Sie aufgenommen, Frau Hansen.«
»Wie bitte?« Das war mein Sohn, der fast aus allen Wolken fiel.
»Muss das denn sein?«, fragte ich gefasst.
»Leichte Rippenfellentzündung? Das war's vielleicht einmal. Es ist ernster. Husten, Atemnot, hohes Fieber, im Blut erhöhte CRP-Werte und Leukozyten. Klare Anzeichen einer Lungenentzündung. Verdacht auf Tuberkulose. Auf keinen Fall entlasse ich Sie nach Hause.«
»Können das nicht Nachwirkungen von der Fischvergiftung sein?«, fragte Ole nervös. »Oder Keuchhusten?«
»Ausgeschlossen. Die Ciguatera hat mit dem Lungen- und Blutbefund gar nichts zu tun. Die Fischvergiftung ist ausgeheilt. Das Blutbild ist eindeutig.«

»Ja und nun?«, fragte ich und ahnte schon die Antwort.
»Zwei Wochen Kurzzeitpflege im ›Glatter Aal‹. Sie kriegen ein schönes isoliertes Einzelzimmer auf der Station ›Abendfrieden‹.«
Meinem Sohn entglitten die Gesichtszüge.
»Ausgerechnet dort?«
»Besser als eine Überweisung ins Hanse-Klinikum. Da wird über die Feiertage aufgrund akuten Personalmangels der Notstand ausgerufen. Das kenne ich schon aus den letzten Jahren. Im ›Glatten Aal‹ wird gut für Sie gesorgt. Versprochen! Zudem hab ich dort über die Weihnachtstage Bereitschaft, und wir können weitere immunologische Tests vornehmen. Dann sehen wir weiter.«

Am frühen Abend begleiteten mich mein Sohn Ole und Hans-Uwe Bartelmann auf dem Fußweg durch die wunderschönen, festlich geschmückten Gassen der Altstadt der Hansestadt Wismar. Kurz vor der Bescherung waren nur noch wenige Menschen unterwegs. Fast unbeobachtet schritten wir durch die Große Hohe Straße. Die meisten saßen bereits zu Hause vor einem stimmungsvollen Tannenbaum oder ließen sich den vertrauten Gänsebraten schmecken.
    Es hatte sich noch einmal mächtig abgekühlt, der Atem kondensierte in der kalten Seeluft. Schützend hielt ich mir den wärmenden Schal vor den Mund. Schweigend gingen wir das kurze Stück durch die Bliedenstraße vorbei am Portal und der hohen Backsteinmauer der Sankt-Georgen-Kirche. Das Geschehen von vor drei Tagen schien mir schon Lichtjahre entfernt, die Details begannen früher als gedacht in meiner Erinnerung zu verblassen.
    Uns Uwe, wie ihn alle in der Altstadt liebevoll riefen, weil er 1980 im Finale um die Wismarer Betriebssportmeisterschaft ein ähnlich kurioses Tor mit dem Hinterkopf geköpft hatte wie zehn Jahre zuvor sein berühmter Namensvetter in Mexiko, sollte mit meinem Sohn später am Abend noch lange in unserer Wohnküche sitzen, diskutieren, fachsimpeln, Fisch und Kuchen essen und Wismarer Pilsener trinken.
    »Das beste Bier der Welt«, pflegte Uns Uwe dann immer zu sagen.
    Und Ole würde ihm zuprosten und rufen: »Prost! De Fisch möt swemmen!«
    Die Gläser würden zwar aneinanderkrachen, doch wäre es diesmal nicht wie immer bei uns in der Wohnküche in der Böttcherstraße.

»Kümmert euch liebevoll um Kikki, ja?«

Ich hauchte gegen die Kälte an und blickte meinem Atem nach, der wie weißer Rauch aus meinem Mund verflog.

»Klar, Mama.«

»Versteht sich von selbst, Hanna«, bekräftigte Uns Uwe.

Ich hustete und schwitzte, obwohl es doch fror. In dieser Heiligen Nacht sollte das Thermometer noch weit unter den Gefrierpunkt sinken.

Schon standen wir auf dem Kopfsteinpflaster in der bekannten engen Gasse und schauten auf das Eingangsportal des »Glatten Aal«. Mein Blick wanderte über die mittlerweile vertraute Hausfassade. Hinter dem verschlossenen Fenster des dunklen Zimmers mit der Nummer 5 erahnte ich schemenhaft eine Person. Es sah aus, als schaute jemand verstohlen durch die Gardine zu uns herab. Undeutlich und vor allem unverständlich bewegte sich ein Mund, formte mit schmalen Lippen lautlose Worte.

Irgendwo über mir unterbrach ein heiserer, krächzender Schrei meine Beobachtungen. Auf weiten Schwingen segelte eine Möwe über den »Glatten Aal« und kommentierte lautstark ihre späte Runde.

Mir war nicht danach, dass mich meine beiden Pappenheimer auf die Station begleiteten. Diesen Gang wollte ich allein gehen. Bartelmann drückte ich die Hand, meinen Ole umarmte ich und küsste ihn auf die Stirn. Ich nahm ihm den Seesack meines verstorbenen Jockel ab, trat allein auf den Eingang zu und schaute mich ein letztes Mal zu ihnen um. Uns Uwe zwinkerte mir aufmunternd zu, mein Herr Oberkommissar verkniff sich eine Träne.

Dann ging ich hinein.

Draußen fing es an zu schneien.

»Wie so oft gehören gerade wir jetzt wahrscheinlich zu denen, die nicht den Jackpot geknackt haben. Und man weiß nie, wieso, weshalb und warum sich das Glück gerade den einen anderen ausgesucht hat. Ich wünsche Ihnen dennoch einen schönen Abend. Bis zum nächsten Samstag. Tschüss und auf Wiedersehen.« Closer. Animierte Kugeln wie Schneegestöber. Abblende. Ende.

Nachtrag

Die Romanform verfügt über einen großen Vorteil: Nichts muss, vieles kann sich genauso zugetragen haben. Die Freiheit des Autors beinhaltet auch, dass er einen Hofgarten verändern und ein Gebäude hinzudichten darf. Dass er einen China-Imbiss oder Lottoladen erfindet, wie sie so vermutlich gar nicht existieren. Nichts anderes habe ich getan.

Wie in allen gesellschaftlichen Bereichen gibt es auch unter den Seniorenheimen gute und weniger gute Einrichtungen. Da ich mich in der fiktiven Welt des Kriminalromans bewege, habe ich – aus der eigenen detaillierten Beobachtung heraus – die kalte Realität der Altenpflege kritisch und karikierend zugespitzt, ohne damit eine konkrete Wismarer Einrichtung diskreditieren zu wollen.

Von Wolfville (Nova Scotia) bis Rümpel (Kreis Stormarn) gilt mein Dank all denen, die zum Gelingen dieses Buches beigetragen haben.

André Bawar

André Bawar
LACHSBLUT
Broschur, 192 Seiten
ISBN 978-3-89705-706-7

»Atmosphärisch sehr dicht gemacht. Sehr gut geschrieben. Man riecht die Seeluft und den Fischgestank. Lohnt sich!«
Peter Hetzel, Sat 1

»Das Erstlingswerk von Bawar ist nicht außergewöhnlich spannend, es ist außergewöhnlich und spannend. Wer seinen Urlaub an der mecklenburgischen Ostseeküste verbringt, wird sich bei der Lektüre ein wenig gruseln, aber auch seinen Spaß haben.«   dpa

»Genussvolles Gemetzel in Wismar! Ein intelligenter, psychologischer Krimi. Der Titel ist geradezu kryptisch angelegt.«
Musenblätter

www.emons-verlag.de

André Bawar
WISMARBUCHT
Broschur, 240 Seiten
ISBN 978-3-89705-750-0

»Wenn Sie Wismar mal von einer anderen Seite kennenlernen wollen, empfehle ich Ihnen die Wismarbucht.«
Steffen Czech, Wismar TV

»Auch im zweiten Ostseekrimi von André Bawar wimmelt es nur so von skurrilen Personen, herrlichem Humor und jeder Menge plattdeutscher Weisheiten.«
Grit Burkhardt, Krimibuchhandlung »totsicher«, Berlin

»Oberkommissar Hansen und sein Assistent müssen einen Fall von organisierter Hehlerei und brutaler Piraterie lösen. Lesenswert!«   BILD

www.emons-verlag.de

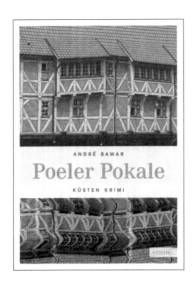

André Bawar
POELER POKALE
Broschur, 240 Seiten
ISBN 978-3-89705-806-4
eBook 978-3-86358-003-2

»*Kein harmloser Heimatkrimi, sondern voller Überraschungen und manchmal auch ganz schön hart.*« NDR Nordtour

»*Bawars Fußball-Thriller über mörderische Pokal-Diebe ist spannend und amüsant. Die Odyssee nimmt wahrlich surreale Züge an.*« Maria Panzer, Lesart

»*Wohltuend anders.*« 11 Freunde

www.emons-verlag.de